우드브리지

아브락사스

탁류 위로 날다

이유온 장편소설

우드브리지

날다

탁류 위로

아브락사스

이유온 장편소설

우드브리지

작가의 말

　창밖에 숲이 있다. 모르는 새 이파리가 여위고 가지가 메말라 빽빽하던 숲이 성기어졌다. 나무 기둥과 가지 틈새로 하늘이 보이고 무덤군이 보이고 등산로가 보인다.

　무덤 뒤 가파른 저 능선을 올라본 적이 없다. 위성 지도로 숲에 박힌 무덤들을 내려다 본 순간부터 너무 가파르다 핑계대며 오르기를 주저했다. 그러면서도 간혹 산행 차림으로 내려오는 사람들과 마주칠 때마다 오래도록 뒤돌아 보곤 했다.

　드디어 가보지 않은 길을 올랐다. 무덤 옆길을 아무렇지도 않게 지났다. 울퉁불퉁 바위 투성이의 급경사를 납작 엎드려 기다시피 올랐다. 폐부가 찢어질 듯한 순간 눈앞에 산마루의 평지가 펼쳐졌다.

　윗 글은 이 년 전, 어느 문학상 공모전에 응모하면서 적어둔 글입니다. 기성 작가가 절필할 나이에 쓴 첫 소설은 보기좋게 낙방을 했고, 이후 작품을 세상에 드러낼 길을 모색했지만 여의치 않았습니다.

　'남들과 다른 것을 썼나 보다... 쓰고 보니 사회의식과 멜로성이 결합한 하이브리드인데 역시 어느 쪽에서도 통하지 않는구나... 사회의식 같은 것 안 드러내면 본전이다. 차라리 다행이다...'

　소심한 의구심이 고개를 쳐들었고 그렇게 이 년을 묵혀두었습니다.

　'너라는 존재 참... 기존의 시스템에서 벗어나려는 포즈만 취한 채 한 발을 어정쩡하게 걸치고 있는 모양새라니... 기성작가라야 문이 열리는 레거시 출판계의 관행에 얽매이지 말고, 소위 트랜드 소설 출판계의 요구에도 기죽지 말고, 처음 소설 써내려 갈 때의 자세처럼 네 식대로 네 책을 출간하면 되잖아. 콘텐츠에서 표지 디자인까지 일체의 작업을 네 힘으로 해보는 거야.'

　첫 소설을 직접 출간하며, 무모해 보일지도 모르는 이 도전의 밑바닥에 깔린 동인이 무엇이었는지 새삼 되짚어 봅니다.

책 맨 뒤의 **작가 노트**에 썼듯, 제게는 오래도록 가슴 속에서 눅진하게 졸여 온 사념과 기억들이 있습니다. 또한 이분법적으로 분열된 사회와 세대에 대한 인식도, 소설 트렌드에 대한 나름의 견해도 있었습니다. 경계·틀·알이라는 개념으로 수렴될 수 있는 이런 여러 가지 상념들이 엉겨 가면서, 문득 이것들을 한데 풀어 보자는 생각이 들었습니다. 그 풀이 도구는 다름아닌 소설이었습니다.

그런데 왜 소설인가. 논문도 있고 시평이나 수필도 있을 텐데 왜 하필 소설인가. 소설에 무엇이 있기에 그걸 하고 싶은가. 제게 있어서의 소설의 본질은 무엇인지, 제가 어떤 소설을 쓰게 될지 곰곰 생각해 봤습니다.

그간 해오던 문학론 문학사 같은 것 넘어, 그간 수없이 봐왔던 소설들 넘어 제일 먼저 떠오른, 어쩌면 저의 가장 원초적인 이야기 기억에서 흘러나온 듯한 대답은, '소설은 곧 만화경의 스토리텔링과 재미'라는 것이었습니다.

유년 시절의 구전동화의 재미, 라디오를 끼고 저녁을 먹던 초등학교 시절의 연속극의 재미, 틈만 나면 도서실로 달리던 중학교 때와 대입 시를 앞두고도 펼치던 고교 시절의 명작들에서 누렸던 풍성한 스토리텔링의 재미.

소설의 스토리텔링은, 처음부터 메시지가 분명하고 단선적인 여타 장르와 달리, 여러 이질적인 모티프들을 교직해서 복잡다단하게 엮어 내는 장르입니다. 다양한 색깔과 섬유질의 씨실 날실로 아름답고 섬세하게, 또는 질박하고 두툼하게 교직해서 엮어낸 육중한 테피스트리의 문양이 서서히 펼쳐지는 순간, 기대와 탄성이 절로 터지고, 발걸음을 뗄 수 없게 홀릭되는 풍경이 바로 소설입니다.

　이런 풍성한 스토리텔링과 재미에는 물론 선한 영혼과 강철같은 의지에서 전해지는 감동, 인간들의 적나라한 욕망과 갈등에 이입해 보는 긴장감, 한 시대의 총체성과 거대한 시대정신을 읽어내는 지적인 고양감이 동반되고 있지요.

　요즘의 트렌디한 소설은, 로망스와 노벨이 달라진 만큼이나 고전적인 소설과 달라져 있습니다. 정치 영역 못지않게 독자의 욕망과 시대의 니즈를 채우기 위해, 끊임없이 콘텐츠와 형태를 바꾸는 유동적인 담론의 장이 되어 가는 것 같습니다. 대중들은 이미 쉽고 재미있는 이야기는 넷플릭스나 웹소설 트렌디 소설의 몫이고, 정통 소설은 어려운 코드풀이 놀이거나 명분있는 정치적 함의가 담긴, 그들만의 레거시 장르로 틀 지운 듯합니다.

　그러나 저는 감히 고전 소설의 풍성한 스토리텔링과 요즘 소설의 쉬운 재미를 다 가진 소설을 쓰고 싶습니다. 마음처럼 될지는 모르지만 아주 보편적인 소설을 쓰고 싶습니다. 제 소설관이 이렇다 보니,

　'어디 풀어봐 하듯 작가가 비유와 상징의 축조물 뒤로 숨어 버리는 구나. 대중적인 이야기의 재미는 TV 넷플릭스의 드라마가 다 가져가고, 인물 사건 배경의 스토리로 술술 재미있게 풀어내는 역할은 그림해설이 다 앗아가는데...'
　'풍부한 스토리텔링의 피와 살은 다 어디로 가고, 소설이 질기디질긴 이데올로기의 쇠심줄로 남은 것 같네. 이런! 이데올로기의 속살이 미어터지고 있잖아...'
　'왜 소설의 사회의식은 특정 계층의 전유물이 돼 있는 거지. 반대 계층의 이야기는 막장 멜로드라마로 추방되어 있고. 알게모르게 이분법의 계층 관념이 조장되고 있잖아...'

하는 푸념이 나오고, 제 소설의 출발점은 바로 이 지점입니다.

기질적으로 그리움과 호기심이 많은 노마드였습니다. 어릴 적 육 남매임에도 불구하고 틈만 나면 친구집을 찾았습니다. "누구야 놀자" 부르면 방에서 빼꼼히 내다보던 친구들에게 순간적으로 느꼈던 다름과 차이. 그에서 오던 근원적인 고독감.

육신적으로 어릴 때처럼 맘껏 밖으로 나돌 수 없게 된 노마드 기질은, 어느덧 텍스트 읽기라는 머리 쪽으로 선회했습니다. 집 서가의 장서들을 비롯한 수많은 명작들을 다시 읽었습니다. 집단지성이라지만 전문가적 수준으로 편집되어 가는 영어 일본어 등의 위키피디아의 하이퍼링크를 타고 온갖 분야를 넘나들다 보면, 하루 왼종일이 훌쩍 지나갔습니다.

그러나 이런 딜레땅트형 노마드의 삶도 더 이상 누릴 수 없는 취미가 되어버리는 것 같습니다. 수백만권의 책을 스캐닝해 학습되고, 전 세계 6천여만 개의 위키피디아를 수천번 독파하고도 남을 만큼의 독서를 수행했다는 AI들 때문입니다. 혹시 저 AI들이 내 머리 속의 아이디어까지 다 읽어내지 않을까 하는 공포 속에서, 하루 빨리 내 머리 속의 창조력을 발휘해야 한다는 조급함마저 밀려옵니다.

소설 창작은 평생 관습에 얽매여 살아온 저라는 존재가 찾아낸, 마지막 본연의 길입니다. 자신에게 충성할 수 있는 마지막 시간이 주어진 지금, 저는 직관으로 살던 삶의 길에서 그만 내려와, 그간 쌓아 온 것들을 치밀하게 풀어내는 생의 마지막 길을 가고자 합니다.

'두려워하지 마. 이 년의 흐름 동안 네 주인공들의 내면은 마지막 장면의 금강호처럼 더 맑고 깊고 투명해졌어. 이 년 동안 아브락사스

를 향하는 큰 새의 부리는 더욱 단단해졌고 날개 근육은 날 준비를
다 마쳤어. 이제 껍질을 깨고 날기만 하면 돼.'

　첫 소설, 쓰고 싶은 것을 썼고 쓸 수 있는 것을 썼습니다. 부족한
이 첫 소설을 읽어주실 모든 분들께 깊이 감사드립니다.

　마지막으로 이 부족한 책을 내 아버지께 올립니다. 어릴 적 아버지
가 사라진다는 상상만으로도 베갯머리를 적실 만큼 사랑했던 아버지.
성장하며 점차 세계관의 차이로 버거워졌던 아버지. 하지만 그런
갈등은 나 혼자만의 것일 뿐, 못난 자식에게 평생 지극정성 따뜻하고
(溫) 너른(裕) 마음이셨던 내 아버지께 이 소설을 바칩니다.

2025년 12월 이유온

차례

1 부

유작(遺作)과 위작(僞作)

"신부님. 혹시 아직 길에 계신가요?"

주교로부터 다시 전화가 걸려왔을 때 길정우는 저만치 눈앞으로 가림막에 가려진 광화문을 향하고 있었다. .

"예. 방금 교회를 지났습니다."

"아. 다행입니다. 그러시면 잠깐 교회로 들어오시겠습니까. 프란시스 홀로."

주교는 짧게 전화를 끊었다.

부암동 쪽 차선에 올라 있던 길정우는 급히 안쪽의 유턴 차선으로 이동했다. 광화문 앞에서 유턴을 하자마자 이번에는 사직동 쪽에서 몰려오는 차들과 뒤엉키며, 부지런히 바깥쪽 차선으로 빠져 나갔다. 길정우의 시선이 백미러와 사이드 미러 사이를 분주히 오갔다. 그러나 핸들에 놓인 길정우의 두 손만큼은 익숙한 도로 위에서 시종 여유롭고 능란했다.

'약속 시간 다 됐다며 서두르시더니 무슨 일이실까.'

한 시간 전쯤, 길정우가 남양주에서 출발하자마자 주교에게서 전화가 걸려왔었다. 남양주 출장 건이 어떻게 해결됐는지 궁금했던 것이다.

주교에게 보고를 마쳤을 때 길정우의 차는 벌써 강변북로를 벗어나 이태원을 지나고 있었다. 사실 평소대로라면 길정우는 내부순환로의 북악터널을 지나 이미 부암동의 집에 도착했을 시간이었다. 그러나 오늘은 주교의 전화를 받느라 출발 초반에 북부간

선도로를 놓쳐버리고 한강 쪽 길로 접어들고 말았다.

　차가 광화문 네거리에 들어서는 순간 신호등이 바뀌었다. 급물살의 차량들에 휩쓸려 쏜살같이 질주하는 찰나, 번쩍, 새문안 쪽에서 날아온 저녁 햇살이 조수석 차창에 날카롭게 꽂혔다. 확 고개가 틀리며 길정우의 얼굴이 찌푸려졌다. 검정 터틀넥 스웨터보다 더 진하고 굵은 길정우의 눈썹이 깊게 찌푸려진 미간 위에서 꿈틀거렸다.

　'아, 주치의 선생님과의 약속 시간……'

하는 그때, 도로 위로 내걸린 **대한성공회 서울주교좌성당**'의 커다란 현판이 눈앞으로 다가왔다.

　차량 몇 대가 주차된 해거름녘의 교회는 차분하고 고즈넉했다. 덕수궁에서 건너온 관광객들로 늘 수런거리는 경내는 인기척 하나 없었고, 위쪽의 수녀원 건물도 굳건히 닫혀 있었다.

　검정 스프링 코트에 팔을 꿰며 길정우는 왼쪽의 지하 예배당 입구 쪽으로 서둘러 걸어갔다.

　삼월 중순, 제법 풀려가는 바깥 날씨와 달리 건물 안은 썰렁하고 컴컴했다. 사무실과 작은 예배당이 놓인 지하 공간이 回자 형태의 회랑 구조인 덕분이었다. 바깥의 큰 □자와 내부의 작은 ㅁ자 사이에 □자의 복도가 있고, 복도 양쪽으로 줄지어 방이 들어서 있는 구조인 것이다. 여기에 더해 군데군데 게시물이 붙은 벽면은 짙은 마호가니 빛이고, 바닥은 진월넛의 쪽마루였다. 한낮에 불을 켜고도 어두울 수밖에 없는 동굴같은 형태와 색채였다.

　길정우는 중세의 수도원 지하실만큼이나 어두컴컴한 복도를 성큼성큼 걸으며 프란시스홀로 향했다. 안쪽의 ㅁ자에 있는 프란시스홀은 출입구와 가장 먼 대각선의 지점에 있었다. 출입구에서 직진을 하거나 우측으로 가거나 같은 거리의 위치였다.

길정우가 복도 끝에 있는 자신의 방을 끼고 우측으로 돌았을 때였다. 두런두런 프란시스홀 쪽에서 무슨 말소리가 들려왔다. 방문이 열려 있는 듯했고 여성의 말소리가 섞여 있었다.

'누구일까.'

길정우가 방으로 들어섰다.

"어서 오세요."

금방이라도 나갈 태세인 주교가 자리에서 벌떡 일어섰다. 진회색 헤링본 모직 코트 차림인 주교의 손에는 검정 목도리와 가죽 장갑이 들려 있었다.

면담용 소파에 앉아 있던 여성이 황급히 일어서며, 미처 길정우를 쳐다보지도 않은 채 깊이 고개를 숙였다. 고개를 들며 길정우의 얼굴과 마주친 그녀가 순간적으로 움찔했다. 길정우를 처음 보는 사람들이 흔히 보이는 반응이었다.

"퇴근하던 길이었는데, 이분이 경비실에서 길 신부님을 찾고 있기에 바로 전화드렸습니다. 하나원에서 길 신부님 소문을 듣고 오셨다는데…"

길정우는 갓 전도사 직함을 받았던 이 년 전, 하나원에서 생활 법률 강의를 한 적이 있었다. 안식년으로 출국한 대학 은사를 대신한 강의였다.

변호사 자격을 보유한 종교인이라는 길정우의 특수한 이력은,

탈북인들을 위한 강사로서의 명분이 충분했다. 특히 생활법률은 그들이 대한민국에 정착하는 데 필수적인 강좌였기에, 젊은 변호사신부 길정우의 인기와 명성은 드높았다.

길정우가 하나원 강의를 끝낸 후에도 이따금 길정우를 찾아오는 하나원 출신들이 있었다. 로펌 아닌 교회로 찾아와도, 그들이 원하는 길정우는 하나같이 사제로서의 길정우가 아니라 변호사로서의 길정우였다.

사실 성공회의 자급 부사제로서의 길정우의 역할은 성공회의 집단적인 사건의 자문 역할로 한정되어 있었다. 신도들의 개별적인 법률 상담은 전혀 그의 역할이 아니었다. 가령 오늘 그가 직접 현장으로 출장을 나갔던 남양주 사건은, 남양주 교구의 교민 전체와 전 지역 사회가 연루된 사회적인 사건이었다.

주교는 자급 신부로서의 길정우의 이런 역할 규정을 누구보다 잘 알고 있었다. 그러나 주교는 유독 탈북자 문제에서만큼은 자주 이 규정을 잊는 듯했다. 아무런 사전 약속이 없던 이 여성을 위해 길정우의 개인적 사정을 묻지도 않은 채 불러들인 지금처럼 말이다.

자신을 소개하는 주교를 지켜보던 여자가 길정우에게 다시 고개를 숙이며 인사했다.

"처음 뵙겠습니다. 김선주라고 합니다. 하나원 선배들로부터 신부님의 존함을 듣고 이렇게 찾아뵙게 됐습니다. 저는 작년에 하나원에서 교육을 받았습니다."

김선주라는 여자의 목소리가 미세하게 떨렸다. 그러나 처음과는 달리 길정우를 똑바로 직시하고 있었다. 특이하게도 그녀의 말에서는 북한 억양이 거의 느껴지지 않았다.

"자 나는 이제 나갑니다. 어떻게, 여기서 이야기를 나누시겠습니까."

"아닙니다. 일단 나가야지요."

세 사람은 프란시스홀을 나와 출입구 쪽으로 향했다. 복도를 돌아나오며 주교가 말했다.

"참 내일 그곳에 가실 때 옷은 그냥 자연스럽게 입도록 하세요. 너무 사복만 아니면 될 것 같습니다."

"예. 알겠습니다."

입구에서 주교를 배웅한 길정우는 잠깐 궁리했다. 교회를 나가면 정문 우측으로 바로 카페가 있다. 그러나 서둘러 귀가해야 하는 길정우로서는 그곳조차도 멀고 번거로웠다. 목요일마다 왕진을 오는 모친의 주치의에게 집에서 뵙겠다고 이미 약속을 한 터였다. 잘못하다간 늦을 수도 있었다.

길정우는 일의 경중을 몰각한 채 주교의 호출 전화에 응했다는 후회가 스쳤다. 그러나 어찌됐든 지금은 저 탈북 여성의 이야기를 들어줘야 한다. 되도록 짧게.

아직 경비원이 근무중인 것을 확인한 길정우는 경비실과 마주보는 교회 까페의 비밀번호를 눌렀다.

길정우가 커피 머신의 버튼을 누르자, 자리에 앉으려던 김선주가 재빨리 쟁반을 들고 다가왔다.

자리에 앉으며 길정우가 말했다.

"김선주씨. 먼저 이곳에서의 모든 대화는 공개가 원칙이라는 것을 말씀드립니다. 교회에서의 저의 일이 정식 변호사로서의 상담 업무와는 다르다는 것을 말씀드리는 겁니다."

"네. 잘 알겠습니다. 실은 지금부터 제가 드릴 말씀은 오히려 널리 세상에 알려져야 하는 이야기입니다."

'세상에 널리 알려져야 한다...?'

뜨거운 종이컵을 두 손으로 움켜쥔 채 김선주는 한참 말이 없었다.

길정우는 음성 녹음기를 켜고 잠자코 기다렸다.

김선주의 얼굴로 모락모락 김이 올라가고 있었다. 탁자에 컵을 내려놓은 그녀가 드디어 입을 열었다.

"신부님. 필시 제 이야기가 뜬금없으실 겁니다. 그러나 제 이야기는 사회적으로 문화적으로 너무나도 중요한 내용입니다. 진즉 변호사님을 찾아 뵙고 싶었지만, 몇 가지 이유로 줄곧 망설였습니다. 그러다가 마침 오늘 근처에 일자리 면접이 있어서, 이렇게 용기를 냈습니다. 부디 너른 양해 부탁드립니다."

김선주는 종결 어미 하나도 얼버무림 없이 또박또박 격식을 갖춰 말했다.

길정우는 사회 문화라는 거창한 수식어를 거리낌없이 동원하는 이 여자를 비로소 직시했다.

한 삼십 초반, 자신의 나이쯤 됐을까. 제법 풀린 날씨임에도 두터운 회색 패딩 코트 차림인 그녀는, 긴 생머리를 질끈 동여맨 탓인지 화장기 없는 얼굴이 꽤 초췌해 보였다.

'무슨 직종이기에 저런 모습으로 면접에 임했던 걸까.'

길정우는 변호사 사제의 길에 들어선 이래 수많은 사람들을 만나왔다. 그러는 사이 사람 보는 안목도 웬만큼은 트였다. 의뢰인들의 경우, 옷차림이나 용모보다 그 너머의 미세한 표정이나 말투 몸가짐이 먼저 눈에 들어오곤 했다.

김선주는, 흔들리던 시선이 금세 맞받는 시선으로 바뀐다든지, 예의를 갖추면서도 끝까지 할 말을 다한다든지, 하는 걸로 보아 결코 허튼 사람은 아니었다.

"신부님. 혹시 수년 전 떠들썩했던 **이진섭 화가 위작 사건** 알고 계십니까?"

'이진섭… 위작 사건…'

뜬금없는 이야기라더니, 이건 정말 자다가 봉창 두들긴 듯 전후좌우 아무런 문맥이 없이 훅 치고 들어온, 쌩뚱맞은 이야기였다. 그러나 한동안 세상을 떠들썩하게 했던 이진섭 위작 사건을 길정우가 모르지는 않았다.

이진섭 위작 사건은 오 년 전인 2005년, 어느 화가가 일본에 있는 이진섭의 아들을 대동하고, 일본의 아들에게 전달된 이진섭의 유품이라며 수십 점의 그림을 공개함으로써 발발한 사건이었다. 공개된 그림들이 위작이라고 추정한 미술품 감정협회는 이 사건을 검찰에 고발했고, 국립과학수사연구소와 국립현대미술관까지 동원된 검찰 수사는, 세간의 예상대로 위작 사건인 쪽으로 진행이 되고 있었다. 그러나 언론의 관심이 잠잠해질 무렵, 돌연 피의자였던 화가가 자살했다는 소식이 들려왔다. 결국 **이진섭 위작 사건**은 어떤 법적인 결말을 내리지 못한 채, 공소권 없음으로 종결되고 말았다.

"신부님. 오 년 전의 이진섭 위작 사건이 어떻게 일어났고 어떻게 마무리 되었는지, 그 과정은 제가 다 알고 있습니다. 그러나 그 위작 사건과 별개로, 북한 땅에서 진본의 이진섭 그림이 이진섭 화가님의 유족에게 위탁 전달된 일이, 맹세코, 실제로, 있었습니다. 바로 저의 가족이 이진섭 화가님의 그림들을 전달했던 장본인입니다.”

‘이진섭의 진본!?’

실로 엄청날 수도 있는 이야기가 김선주라는 여자의 입에서 아무렇지도 않게 흘러나오고 있었다. 미처 들을 준비가 되지 않은 길정우는 아랑곳없이, 이 여자의 이야기는 그길로 일사천리였다.

김선주가 숨가쁘게 전달한 자칭 **‘이진섭 유작 사건’**의 자초지종은 다음과 같다.

북한의 공훈화가인 김선주의 할아버지는 이진섭(1916~1956)의 친구였다. 1988년 임종을 앞둔 그는, 자신이 평생 비밀리에 보관해온 이진섭의 그림 8점을 역시 공훈화가인 아들, 그러니까 김선주의 아버지에게 이진섭의 유품으로 맡겼다. 뎃생 4점과 유화 4점이었다. 뎃생 2점은, 오산고보 시절의 동창인 김선주의 할아버지가 일본 유학 중에 방학으로 귀국한(1931) 이진섭으로부터 받은 선물이었다. 또 다른 뎃생 2점과 유화 4점은, 임종을 앞둔 이진섭의 어머니가 일본에 사는 손자들에게 전해 달라며 김선주 할아버지에게 맡긴 작품들이었다.

어떤 일이 있어도 이진섭 아들 측에 그림을 전달하라는 조부의 유언을 실행할 기회를 찾던 그들 부녀에게, 드디어 때가 다가왔다. 2004년 가을 남조선의 그림 애호가들이 북조선 땅에 나타난 것이다. 이진섭의 유작들은 그들이 미리 생각해 둔 방법으로, 남한의 한 사업가에게 위탁 전달되었다. 당국의 눈을 피해, 이진섭의 그림들을 김선주 할아버지와 아버지의 그림으로 위장하여 전달한 것이다. 물론 그 사업가에게는 그 8점의 그림이 이진섭의 작품이라는 사실을 알렸고, 일본의 아들에게 전달해줄 것을 누차 간곡히 부탁했다.

김선주가 남한에 오자마자(2008년) 제일 먼저 한 일은 **'이진섭 유작'**의 검색이었다. 그림의 전달 소식을 듣기 위해서였다. 그러나 '이진섭 유작'이 아닌 **'이진섭 위작'**의 기사들이 검색되었을 때, 그녀는 아연실색했다. 자신들의 그림이 위작으로 취급되었다는 말인가.

어찌된 영문인지 알아내려 애쓰던 김선주는, 마침내 당시 위작 시비를 자세히 다룬 어느 TV 기획 프로그램의 VOD를 찾아냈다. 숨죽이며 영상을 보고 있던 그녀는, 위작 시비에 몰린 그림들이 클로즈업되는 순간, 크게 안도의 숨을 내쉬었다. 당연하게도 그 위작들은 전혀 자기네의 작품이 아니었다.

데생 4점과 유화 4점으로 총 8점뿐인 그들의 진본과 달리, 압수된 그림은 수십 점이나 되었다. 물론 그림의 내용도 전혀 달랐다. 이진섭의 유작들은 화가인 그녀가 당장이라도 그려낼 수 있을 만큼 똑똑히 기억하고 있었다.

절체절명의 마라톤 거리를 달려온 전령이듯, 자칭 **'이진섭 유작 사건'**의 진실을 한달음에 쏟아낸 김선주가 다 식은 커피를 벌컥벌컥 마셔댔다. 그러고는 푹 어깨를 수그러뜨렸다.

길정우가 생수 한 병을 가져와 그녀에게 건넸다. 고개를 숙이며 인사하는 그녀의 얼굴에 비로소 안도하듯 엷은 미소가 감돌았다.

그러나 정작 길정우에게는 그녀의 이야기가 전혀 와닿지 않았다. 고작 오 년 전의 위작 사건의 기사가 데자뷔로 떠오를 뿐이었다.

'육 년 전 북한에서 있었던 그림 교역이라고? 북한 같은 절대 감시 체제하에서 그런 개별적인 눈속임 거래가 가능했다고?'

길정우가 핸드폰을 들어 시간을 확인했다. 모친의 주치의가 이미 집에 당도했을 시간이었다. 길정우가 서둘러 자리에서 일어서자 김선주도 따라 일어서며 길정우에게 물었다.

"신부님. 혹시 다음 주 목요일에 다시 찾아뵈어도 실례가 되지 않을는지요."

플래티넘 한복쇼 2010년 3월 19일 금요일

초대장에 표기된 주소에는 방진막으로 가려진 신축 건물이 서 있었다. 길정우의 차가 주차장 부지로 다가가자 젊은 발렛파킹 요원이 재빨리 달려왔다.

어둑한 부지의 담장 쪽으로 뿌리가 꽁꽁 묶인 이식용 나무들과 떼잔디로 보이는 물체들이 기대어 있었다. 아마도 이곳은 정원으로 조성될 부지인 듯했다. 강남 한복판에 이렇듯 드넓은 공간이라니.

방진막 안쪽의 건물 주변은 아직 어수선했다. 그러나 자동 현관문을 들어서자 뜻밖에도 바깥과는 전혀 다른 풍경이 전개되고 있었다.

한눈에 품격어린 로비였다. 차분하고 온화하면서도 뭔가 밝게 튀는 기운도 느껴지는 공간이었다. 갈색 계열의 마루 문양들이 다양하게 변주된 플로어에서 은은한 클래식의 향기가 뿜어져 나오고, 사이안블루와 퍼플의 십자 문양이 상감된 연두빛 카펫에서는 신선한 역동성이 솟구쳤다. 티룸이 들어오려는지, 로비 오른쪽으로 명품 티하우스의 로고가 박힌 유리 칸막이벽이 서 있었다.

안내판의 화살표를 따라 길정우는 이층 계단으로 향했다. 금속 테두리의 징이 박힌 두꺼운 카펫 계단을 올라가자, 로비층보다 더 활짝 트인 공간이 나타났다. 심플한 직선 마루목이 깔린 플로어는 광활했고, 발코니층을 지나 삼층 꼭대기까지 치솟은 천정은 오페라 하우스의 천정이듯 까마득했다.

이 넓고 높은 공간이 조명으로 찬란히 돋워지고 있었다. 발코니층의 상하로 매달린 핀조명들은 사면의 벽에 새하얗게 조사(照射)되고, 천정에서 길게 늘어진 조명들은 따스하고 부드럽게 실내를 감싸 안았다.

한 스탭이 길정우에게 다가와 이름을 확인하더니 우측의 엘리베이터로 안내했다. 누드 엘리베이터의 안에 서서 길정우는 바깥 풍경을 내다보았다. 볼룸 한가운데의 긴 테이블 주변으로 사람들이 분주히 움직이고 있었다. 쇼의 마지막 순서인 리셉션 준비인 듯했다.

아래층의 광활한 직선 마루가 멀어지며 발코니 층의 플로어가 눈앞으로 다가왔다. 갈색 주조의 모자이크 타일 위로 펼쳐지는 연두빛 카펫... 일 층에서 본 그 빛깔 그대로였다.

플로어 예술이다 싶을 만큼 세련된 바닥에, 사면으로 빙 둘러진 중간 발코니, 그리고 비어있는 흰 벽. 이 건축물은 아무래도 미술관 용도인 듯했다.

사층에서 문이 열리고 T자로 설치된 무대와 런웨이가 한눈에 들어왔다. 이곳 역시 벽면이 빙둘러 백색이었다. 양 측면의 벽에 붙여 가설된 스탠드에 빨간 띠 카펫이 깔리고, 그 위로 하얀 천 커버를 씌운 의자가 배열되어 있었다. 런웨이 주변으로 배치된 좌석들까지 합하면 상당히 규모가 큰 쇼장이었다.

길정우는 우측 스탠드의 상단 좌석으로 안내되었다. 길정우를 안내한 스탭이 말했다.

"선생님께서 쇼 끝난 후 리셉션에 꼭 참석해 주십사 하십니다."

오늘 쇼에서 길정우가 해야 할 역할에 대해서는 별다른 전언이 없었다. 어쩌면 일어나 인사 정도는 해야 할지도 모른다.

오늘 길정우의 패션은 하얀 로만 칼라에 김징 서츠와 검정 코트의 정복이었다. 하얀 로만 칼라만 아니라면, 자연스럽게 입으라는 주교의 말대로 그냥 일상복 수준이었다. 길정우가 신부라는 사실을 눈치챌 사람이 아무도 없을 차림이었다.

길정우는 무대가 왼쪽으로 바라 보이는 스탠드에 앉아서 하나 둘 채워지는 객석을 내려다 보았다. 뒤돌아보며 인사하는 사람들, 자리로 찾아가는 사람들, 삼삼오오 담소하는 사람들. 온 공간 가득히 대화의 물결이 점멸하듯 떠다녔다. 웅성거리는 틈 사이를 나른한 재즈의 선율이 느릿느릿 배회하고 있었다. 거슈원의 **'서머**

타임'이었다.

음악이 잦아들고 시나브로 실내등이 꺼져갔다. 술렁이던 객석이 일순 잠잠해졌다. 이제 시작이다.

팽팽한 긴장 가운데 한 줄기 음률이 희미하게 부유하기 시작했다. 그러더니 별안간 터질 듯한 선율로 팽창하며 달려들었다. 뜻밖에도, 길정우의 귀에 익숙한 선율이었다. 어릴 때부터 어머니의 피아노와 허밍으로 익히 들어온 노래, '**라 스트라다**'였다.

'이런 데서 저 노래를 듣게 되다니.'

무대 뒤의 트럼페터가 전면으로 등장하여 무대의 중앙에 섰을 때 데시벨이 최고조로 치솟았다. 벽과 천정을 뚫을 기세의 맹렬한 트럼펫 선율이 어두운 객석으로 파고들었다. 관객들은 숨을 죽이며 선율에 휘감겨 갔고, 차츰 아득히 먼 기억 속으로 빨려들어 갔다.

서서히 무대의 막이 올라가고 무대 한복판에 하얀 핀조명이 켜졌다. 둥근 조명 안에 한복 차림의 자태 하나가 서 있었다. 경제 개발기의 수수한 일상 한복이라는 사회자의 소개말대로, 면직물 소재의 한복을 입은 모델이었다. 뒤따라 당시의 신개발 화학 섬유 소재의 한복을 입은 모델들이 차례로 등장했다. 절기 순서대로 동절기의 갖저고리와 솜저고리까지도 등장했다.

모델들은 특유의 캣워크가 아닌 동중정(動中靜)의 조신한 걸음걸이로, 관객 앞에 오래 멈춰서는 스틸 포즈를 취했다. 한복을 깊숙이 각인시키려는 포즈였다.

검은 두루마기에 흰 고무신이 트레이드마크인 유명한 가객의 축하연이 소개되었다. 가슴을 후벼파는 절창의 소리마당이 끝나

고, 드디어, 화려한 이력 소개와 함께 디자이너 신경희가 등장했
다.

오늘 쇼의 주제에 맞게 구시대의 수수한 일상 한복을 입었다는
그녀는, 작고 아담한 체구였지만 한눈에 카리스마 넘치는 인물이
었다.

신경희는 초대장에 쓰인 쇼의 취지를 다시 한번 강조했다.

"오늘 쇼의 취지는 한복으로 우리의 근현대를 되돌아보는 것입
니다. 지금까지의 1부에서는 경제 개발기의 표상으로서의 수수한
일상 한복을 재현했습니다. 이제 2부에서는 눈부시게 발전한 오늘
의 표상으로서, 귀금속 소재의 한복이 등장합니다. 바로 플래티넘
한복입니다!"

신경희는 패션쇼가 열리고 있는 이 장소에 대한 소개와 함께,
이번 쇼를 예년처럼 호텔에서 하지 않은 이유도 밝혔다.

"제가 안내장에 소개하지 않았지만, 이 건축물의 용도에 대해
서 이미 눈치 채셨을 겁니다. 네 맞습니다. 이 건축물은 세계적인
건축가가 디자인한 레트로 아트빌딩으로, 한국 최초의 옥션인
미술관 & 옥션 채(Art Museum & Auction CHE)가 열릴 공간입
니다. 장차 대한민국의 대표적인 건축 명소가 될 이 멋진 공간을
AMAC의 대표님께서 선뜻 제게 협찬해 주셨습니다. 정말로 영광
이고 감사합니다."

신경희는 고개를 숙여 인사를 했다.

"또 오늘의 경비 일체는 곧 보시게 될 플래티넘 한복의 오너분
께서 협찬해 주셨습니다. 덕분에 저는 제 패션쇼에 들어갈 경비
일체를 기부금으로 전환할 수 있게 되었습니다. 여기 계신 관객분

들 또한 관람료의 형식으로 기부에 동참하셨습니다. 여러분. 그러
므로 지금 이 자리는 우리 모두의 노블레스 오블리주가 실천되는
아름다운 현장이 아닐 수 없습니다.”

노블레스 오블리주를 화두로 삼은 신경희의 인사말이 끝나고,
이윽고 VIP의 소개 차례가 되었다.
신경희는 제일 먼저 장소의 기부자라는 옥션의 대표를 소개했
다. 길정우의 반대편 스탠드석에 앉아 있던 젊은 남자가 기다렸다
는 듯 벌떡 자리에서 일어섰다. 길정우 또래쯤 되는 젊은 사람이었
다. 너무 젊어서일까. 객석에서 웅성거림이 일었다. 젊은 대표는
여유 넘치게 좌중을 돌아보며 인사를 하고 자리에 앉았다.
다음은 길정우의 차례였다. 길정우는 오늘 모금된 기부금이
전달될 성공회의 신부, 길정우 시몬 베드로로 소개되었다. 기부금
은 탈북자들의 정착을 돕는 성공회의 사업 기금으로 쓰이게 된다
는 설명도 덧붙었다.
하얀 로만 칼라에 검정 셔츠와 검정 코트를 입은 길정우가
자리에서 일어났다. 관객들의 시선이 일제히 길정우에게 쏠렸다.
바로 앞에서 소개된 같은 또래의 재벌과 너무나도 대조되는
신부라는 직업 때문일까. 아니면 조명 속에서 도드라지는 길정우
의 남다른 외모 때문일까. 객석의 술렁거림이 좀체로 잦아들지
않았다.
길정우가 정중하게 머리 숙여 인사하고 자리에 앉으려는 순간
이었다. 파뜩, 길정우의 시선이 아랫열에서 올려다보는 건장한
중년 사내의 시선과 마주쳤다. 길정우가 눈인사를 하자 그가 황급

히 시선을 돌렸다.

협찬자들을 차례로 소개하던 신경희가 마지막으로 플레티넘 한복의 오너라는 인물을 소개했다. 길정우 바로 옆에 앉아 있는 50대 초반쯤의 남자였다. 무슨 투자사의 대표로 소개된 그 남자가 자리에서 벌떡 일어나 인사를 했다.

아랫열에서 올려다 보는 중년 사내의 시선과 길정우의 시선이 또다시 마주쳤다. 그는 이번에도 황급히 고개를 돌렸다.

"드디어 오늘의 하이라이트인 플래티넘 한복이 등장할 차례입니다. 여러분 놀라지 마십시오. 이 한복은 무려 제작비 이십 억짜리 한복입니다."

이십 억이라는 신경희의 발음이 분명했다. 그러나 이십 억이라는 숫자에 놀라는 사람은 길정우뿐, 다른 관객들은 딱히 놀라는 기색이 없었다. 미리 알고 온 것일까.

바닥 조명도 꺼지고 완전히 깜깜해진 무대의 중앙에 핀조명이 환히 켜졌다. 조명 아래 눈을 뜰 수 없게 반짝이는 물체 하나가 서 있었다. 플래티넘 한복이었다. 객석에서 탄식과 환호성이 터져 나왔다. 플래티넘 한복의 주인공은, 해외에서 체재하다 특별히 이번 쇼를 위해 귀국했다는 왕년의 최고 모델이었다.

황후의 기품이 느껴지는 그녀가 학처럼 우아하게 발걸음을 떼기 시작했다. 무대의 양 사이드를 오가며 스틸 자세를 취하던 그녀가 중앙으로 나와 런웨이를 걷기 시작했다. 느릿느릿 도도한 그녀의 동선을 따라 객석의 시선이 일사분란하게 움직였다. 번쩍 번쩍 빛나는 물체 하나를 초점으로 장내는 온전히 혼연일체가 된 몰아의 경지였다.

길정우는 홀로, 조용히, 이 특별한 광경을 내려다 보고 있었다.

채 씨 일가 2010년 3월 20일 토요일 밤

크라운팰리스 팬트하우스의 테라스에 덩그러니 휠체어 하나가 놓여 있었다. 휠체어 안으로 두꺼운 담요에 둘둘 둘러싸인 한 남자가 보였다. 바로 이 집의 주인인 채정국이었다. 그의 휠체어가 놓인 곳은 이 집에 딸린 두 개의 테라스 중 안방과 연결된 동쪽 테라스였다.

반시간 전쯤, 오랜만에 집에 들른 그의 아들 채준석이 바람을 쐬게 한다며 그를 밖으로 데리고 나왔다. 두어 바퀴 테라스를 돌며 말을 붙여 보던 채준석은 여전히 깜깜 불통인 부친이 갑갑하다는 듯 고개를 크게 내저었다. 그러고는 이내 안으로 사라졌고, 어찌된 일인지 다시 돌아오지 않았다. 그를 돌보는 도우미는 마침 토요일 오후의 오프타임으로 출타중이었다.

채정국이 안방 밖 동쪽 테라스에서 홀로 차가운 봄밤을 맞고 있는 동안, 채정국의 가족들은 거실 밖 남쪽의 테라스에 나와 있었다. 눈앞으로는 대모산이, 발밑으로는 양재천이 훤히 내다보이는 전망이 탁 트인 곳이었다. 직각으로 배치된 소파벤치의 뒤로 하나씩 서 있는 벌겋게 단 스탠딩 난로가 싸늘한 밤기운을 막아내고 있었다.

이 가족이 이렇게 모인 건 실로 몇 년 만이었다. 달포 전 딸 채지선이 뉴욕에서 귀국했고, 따로 사는 아들 채준석도 모처럼 집에 들른 것이다. 이들은 어젯밤 자신들의 옥션 빌딩에서 열린 패션쇼 이야기를 하고 있었다.

"채 대표. 그 플래티넘, 반응이 어떻던가요. 어제 쇼에서나 리셉션에서나 호평 일색이긴 했는데."

"어머니가 보신 대로지요. 왜요, 뭐 걸리는 게 있으세요?"

"아니, 뭐 걸린다기보다는, 어제 쇼에서의 반응이 옥션 오프닝에도 그대로 이어질지 궁금해서 하는 말이에요."

"첫 흥행에 성공하겠냐, 이 말씀이시죠? 어머니, 제가 옥션을 구상하던 단계부터 기획한 아이템입니다. 우리나라 첫 옥션의 오프닝에서 미술 작품이 아닌 한복이 낙찰되었다, 그런데 그 가격이 무려 몇십 억이다, 처음부터 기선 제압하며 화제를 이끌어내는 데 이만한 아이템이 없습니다."

"네네, 그런 거야 우리 대표님이 오죽 잘 알아서 하셨겠습니까. 그것보다는... 실은 그 액수가 좀... 그림도 아니고 한복이 이십 억인데, 경매에 뛰어들 사람이 얼마나 될지. 뭐 유찰되는 불상사야 없겠지만, 경매가 흥미진진하려면 처음부터 차곡차곡 호가를 쌓아가며 비딩이 폭주해야 하잖아요."

"어머니. 설마 이만한 프로젝트가 아무런 물밑 작업 없이 진행되겠습니까. 어머니께는 말씀 안 드리고 있어도 착착 다 알아서 진행이 되고 있습니다. 어머니는 그저 저 플래티넘이 두고두고 우리 옥션의 상징이 될 거라는 사실만 알고 계시면 됩니다."

채준석의 거침없는 즉답에, 스탠딩 난로 아래서 벌겋게 달아오른 박정자는 만족스럽다는 듯 크게 고개를 끄덕였다.

어제 패션쇼에서 보았던 당당하고 자신만만한 채준석의 면모는 아무래도 어머니 박정자에게서 물려받은 듯했다. 팽팽하게 주름 하나 없는 박정자는 중년 특유의 여유와 자신감을 온몸으로 내뿜고 있었다. 아들을 바라보는 그녀의 표정은 그녀를 감싼 하이엔드 무릎 담요만큼이나 우아하고 포근했다.

다리를 옮겨 꼬던 박정자의 눈에 딸 채지선이 들어왔다. 멀리 대모산 쪽으로 눈길을 돌린 채지선은 팔짱을 낀 채였다. 어머니의 시선을 의식하고 몸을 돌리는 채지선의 표정이 잔뜩 흐려 있었다.

"오빠. 그 플래티넘 가격, 솔직히 나도 신경이 쓰여. 이십 억이라는 게 백금덩어리로 이십 억이 아니라, 제작 과정의 프리미엄이 붙을 대로 붙어서 이십 억이 된 거잖아. 아무리 계산을 해봐도 실제로 투입된 백금 가치에 비해 가격이 너무 센 것 아닌가 싶단 말이야. 계산을 해봤는데, 순수 백금이 이십 억어치면, 이건 무슨 갑옷도 아니고, 너무 무거워서 도저히 사람이 걸칠 수 없는 무게더라고."

채지선도 자신처럼 토를 달고 나서자, 박정자가 반사적으로 채준석을 쳐다봤다. 채준석의 얼굴에 성가셔하는 표정이 역력했다.

"그 플래티넘, 그 정도로 어마어마한 프리미엄이 붙으려면, 충분히 그럴 만한 문화적 가치나 스토리텔링 같은 게 있어야 하는 것 알지? 복식사적으로 크게 의미가 있다든가, 해외를 떠돌다가 어렵사리 환국한 문화재라든가, 그런 것 말이야. 그렇게 거대한 스토리까지는 아니더라도 하다못해, 어느 난봉꾼 재벌 영감이 조강지처 마나님에게 바치는 참회의 헌정품, 이런 식의 멜로드라마 같은 거라도 있어야 한단 말이지. 근데 그 플래티넘에 그런 스토리 있어?”

채지선의 채근에 채준석의 표정이 일그러져 가고 있었다.

“오빠도 알다시피, 이제 미술품은 스토리텔링이 다라고 해도 과언이 아닌 시대야. 창작자의 스토리와 소장자의 명성으로 명작 여부가 결정되는 시대라고. 그러니 그 플래티넘 한복에도 스토리 텔링이라는 흥행 요소가 반드시 있어야만 해.”

박정자가 끼어든 것은 이때였다. 그녀는 성마르게 마구 퍼부어 대기 시작했다.

“또 시작이구나. 그놈의 선생질. 이것저것 다 떠나 이미 낙찰자 까지 내정이 되어 있다고 하잖아. 문화적 가치니 스토리텔링이니, 우리가 무슨 국립중앙박물관 소장품 사들이는 것도 아니고, 갤러 리에서 그림을 파는 것도 아니고, 우리 옥션은 단지 중개소일 뿐이야. 막말로 설령 물건이 가짜라 해도 우리가 크게 책임질 일은 아니란 말이야. 역사성이든 스토리텔링이든, 가치는 사고파 는 지들끼리 가격으로 결정할 일이지, 오지랖 넓게 우리가 왈가왈 부 할 일이 전혀 아니라고. 그러니 넌 제발 좀 닥치고 있어.”

“어머니 설마 진심으로 하는 말씀 아니시죠? 옥션이야말로 신뢰가 생명인 것 다 아시잖아요. 출처나 진위 여부는 물론, 작품성 까지도 검증해야 하고, 만일 문제가 생기면 법적 책임도 져야 한다구요.”

일거에 판을 엎어버리는 박정자의 비아냥에 채지선이 바로 반격했다.

“어머니, 그 플래티넘의 문제점, 이뿐만이 아니에요. 오빠는 지금 그 플래티넘을 소위 국뽕 컨셉으로, 그러니까 한복이 기모노 가격을 능가했다는 식으로 홍보하려는 거잖아요. 그런데 그 백금 한복이 제작된 과정, 어제 어머니가 다 알려주셨어요. 신경희 한복에서는 바느질만 했을 뿐, 천을 만드는 모든 공정은 교토 어딘가의 직조 장인에게 맡겨서 해온 거라고, 그래서 가격이 그렇게 비싸진 거라고. 어머니, 이건 완전히 난센스예요.”

마지못한 듯 채준석이 나섰다.

“도대체 너는 왜 이제 와서 딴 소리를 하는 거니. 이러는 너, 당장 무슨 뾰족한 아이디어라도 있는 거니. 세상의 이목을 확 잡아챌 만한 무슨 센세이셔널한 아이템이라도 갖고 있느냐고. 아니잖아. 넌 아무 대안도 없이 그저 늘 반대만 하는 애야. 안 그래?”

채지선이 채준석에게 바짝 다가가며 말했다.

“정말 어이가 없네. 오빠가 언제 나에게 참여할 기회를 주기나 했어. 그렇잖아도 오프닝 기획이 신경쓰여서 미국에서 몇 번씩이나 전화를 했잖아. 그럴 때마다 늘 하는 말이, 다 알아서 한다, 참견하지 마라였어. 내가 내심 얼마나 기대를 했게. 어떤 대단한 작품인 걸까. 무슨 왕실 대례복 같은 것을 플래티넘으로 제작한 걸까.”

박정자가 안절부절 자리에서 들썩이고 있었다.

“관객들이야 당연히 탄성을 올렸지만 솔직히, 그 플래티넘 한복, 순전히 조명발일 뿐, 도대체 능라의 문양이라는 건 잘 드러나지도 않고, 회색으로 투미한 게, 색채상으로도 너무 별로였어.”

마침내 박정자의 노기가 폭발하고 말았다.

“그래 너, 그 삐딱한 평론가, 매사에 부정적인 그 책상머리 버르장머리, 유학을 다녀와서도 달라진 게 하나도 없구나. 제 오빠가 하는 일이라면 언제나 노!부터 하고 보는 버르장머리도 여전하고. 네 오빠는 너같은 책상머리하고는 달리, 세상 돌아가는 이치 환히 꿰고 있는 사람이야. 지 오빠 여기서 회사 살리느라 죽을 고생하는 동안, 저는 지 오빠 덕에 편히 책상머리 공부 나부랭이나 하고 온 주제에, 어디서 감히 참견하려고 들어. 박사면 다야?”

박정자의 조롱과 비아냥은 가히 인격모독 수준이었다. 그러나 채지선은 익숙한 듯 아무렇지도 않게 응수했다.

“어머니는 언제나 저만 보면 책상머리 운운하시는데, 어머니 혹시 잊으신 것 아니시죠. 제가 다닌 학교가 세계 최고의 학교라는 사실이요. 그 학교는 어머니가 말씀하시는 소위 세상 이치로 입증된 것을, 책상머리로 잘 가르쳐서 유명해진 학교예요. 저는 그 학교의 학위를 가진 사람이고요.”

박정자를 똑바로 응시하며 채지선이 말했다.

“아버지 저렇게 되신 후에 오빠가 나서서 투자에 성공하고, 사업을 확장시키고 있는 것, 정말 고마웠고 한편으로는 미안하기도 했어요. 어머니 말씀대로 오빠가 회사 살리는 동안 저는 돈이나 처들여가며 공부한 주제인 것도 다 맞아요. 그런데 어머니, 아버지 저렇게 되셔서 제가 공부 중단하고 돌아오겠다고 했을 때, 어머니 뭐라고 하셨어요. ‘오빠가 돌아왔으니 학위 딸 때까지는 아예 방학에도 들어올 생각마라. 이쪽 업계에서 그 대학 스팩 하나면 게임 끝이다. 내 포원을 풀어다오.’”

자기 말을 확인이라도 하듯 채지선이 박정자에게 다가갔다.

“제가 미국에서 얼마나 회사가 신경이 쓰였게요. 오빠의 성공 소식에 얼마나 뿌듯했게요. 제발 오빠가 하는 일은 무조건 옳고, 딸인 나는 그르다는 생각 좀 바꿀 수 없으세요?”

두 모녀 사이에서 늘 벌어지는 언쟁의 패턴, 냉정하고 이성적인 딸과 길길이 날뛰는 어머니의 모양새는 오늘도 여전했다. 어머니 박정자는 평소 주변 사람들에게 무소불위로 군림하는 존재였다. 그러나 이상하게도 딸 채지선 앞에서는 평정심을 잃고 체통이 무너지기 일쑤였다.

“어제 쇼에 컨템포러리 사람들 왔던 것 알고 계시죠. 어머니 어떠셨어요. 전 그 사람들 보는 순간 피가 거꾸로 솟구치는 것 같았어요.”

채지선의 입에서 컨템포러리라는 말이 나오자, 오불관언 구경꾼이던 채준석과 살벌하던 박정자가 일순 긴장하며 서로를 바라봤다.

“정말 뻔뻔한 것들이더라. 그런데 그들을 초대한 건 바로 신경희였다. 걔네와 우리 관계를 다 알고 있으면서도 모르는 척 그들을 초대한 거야.”

“어머니. 컨템포러리가 재벌들 돈세탁 창구라는 소문 다 사실이고, 걔네와 감정가들 평론가들과의 네트워크도 어마어마해요. 걔네가 이미 플래티넘 한복을 본 터라, 그게 오프닝 작품이라는 사실을 아는 순간, 아마 그 네트워크를 풀가동할 거예요. 틀림없이 제가 말한 논리를 들이대며 공격할 거예요.”

채지선 말이 그럴싸하게 들리는지 박정자는 한풀 수그러졌다.

채준석이 나서며 물었다.

“어떻게 방어해야 하는지, 뭐 생각나는 것 있니?”

“오빠가 최 대표에게 물어봐 줘. 그 플래티넘에 무슨 사연 같은 것이 있는지, 있다면 그걸 공개해도 되는지. 그리고 아무런 스토리도 없다면, 우리가 스토리를 만들어내도 되는지. 그 작품을 제작한 이유가 단순한 호기심이거나 돈자랑이었다 해도, 우리는 어떻게든 그럴싸한 스토리를 붙여야만 해. 서서히 신화로 변해갈 스토리 말이야.”

“최대표가 안 된다면 어쩔 건데?”

“그러면 다른 방도로 나가야지. 매출액이나 화제성에서 그에 못지않은 작품들이 우리 수장고에 많이 있어. 아버지 한창이실 때 뉴욕이야 유럽이야 전 세계 유명 옥션과 갤러리 다니시면서, 유망 작가의 작품들 발빠르게 엄청 구매하셨잖아. 지금 어마어마하게 몸값이 뛴 작가들 것도 많은데, 그 중에서 하나쯤 내놓으면 돼.”

소장품을 내놓자는 채지선의 대안 제시에 박정자의 표정이 금세 환해졌다. 그러나 채준석은 멀리 대모산을 향한 채 아무런 말이 없었다.

채지선이 말했다.

“오빠. 내가 이 플래티넘 한복에 대해서 제일 이해 안 되는 게 뭔 줄 알아? 최 대표라는 그 사람, 도대체 왜, 그렇게나 정성을 들인 작품을 경매에 내놓는가 하는 점이야. 또 이십 억이라는 가격, 이미 부가 가치가 붙을 대로 붙은 물건인데, 낙찰 예정자라는 사람은 왜 그런 비싼 물건을 사려는 건지, 도무지 이해가 안 가. 미술품 거래에서 서로 짜고 벌이는 호가야 비일비재 하지만, 이건 미술품도 아니고, 이후로는 수요자를 찾기도 힘든 특수 아이템이란 말이야. 무슨 영문인지 정말 궁금해.”

난로의 열기로도 어쩌지 못하는 봄밤의 추위를 피해, 채씨 일가족이 막 안으로 들어가려던 때였다. 외출에서 돌아온 도우미가 새파랗게 질린 얼굴로 달려오며 외쳤다.

“세상에나. 회장님이 테라스에 계셨네요. 도대체 누가 모셔다 놓은 거예요. 난로도 안 켠 채로.”

도우미의 말이 채 떨어지기 전에 채지선이 달려가고, 채준석과 박정자도 따라 달렸다.

피아노 소리 2010년 3월 21일 일요일 새벽

이른 새벽, 선릉로 대로변 어느 집 거실의 대형 스크린에 이틀 전의 패션쇼 영상이 비치고 있었다. 일정 구간이 반복 리플레이되는 가운데 어느 특정 신scene에서는 길게 화면이 멈추곤 했다. 놀랍게도 그 스틸 신의 주인공은 성공회의 젊은 신부 길정우였다.

디자이너 신경희의 소개를 받은 길정우가 자리에서 일어나는 모습, 좌중에게 인사하는 모습, 자리에 앉는 모습, 옆자리의 사람이 소개될 때 바라보는 모습들이 벌써 수차례 스크린에 고정되고 있었다.

안락의자에 앉아서 뚫어지게 스크린을 응시하던 사내가 리모콘으로 영상을 끄고 우뚝 자리에서 일어섰다. 사내는 곧장 방으로 들어가더니 침대에 가운을 벗어던지고 투명 유리벽으로 분리된 맞은편의 바스룸으로 걸어갔다.

작은 거실 크기의 바스룸에는 물이 가득찬 커다란 욕조가 있었다. 사내가 온수를 틀어 수온을 조절하더니 풍덩 욕조 속으로 입수했다.

잠시 후 물을 닦지도 않은 채 가운을 걸친 사내가 방에서 나와 주방으로 건너갔다. 건장한 체구를 감싼 가운 아래로 하얀 맨 다리가 드러났다. 선 채로 에스프레소를 마신 사내가 다시 에스프 레소 한잔을 뽑아 들고 창가로 걸어갔다. 큰 키와 두꺼운 어깨의 뒷모습에 피곤한 기색이 역력했다.

저 아래의 도로는 텅빈 채 연도의 가로등만이 드문드문 빛을 발하고 있었다. 건너편의 왕릉은 컴컴한 밤하늘에 덮혀 실루엣조 차 드러나지 않았다. 동이 트기까지 아직 먼, 아침 조깅을 하는 사람들이 깊은 잠에 빠진 시간이었다.

부엌으로 가 다시 에스프레소 한 잔을 뽑아 든 그가 안락의자로 향했다. 어제 밤부터 에스프레소를 너무 마신 탓인가. 의자에 앉으려던 그가 별안간 휘청했다. 머리가 핑 돌며 휙 바닥이 눈앞으 로 솟구쳤다. 주저앉으며 의자에 그의 등이 닿는 순간, 우주선을 탄 듯 아득히 저 멀리로 온 세상이 사라져 갔다.

어둠 속에서 빠른 속도로 한 광경이 달려들었다.

태양이 머리 꼭대기에서 이글거리는 정오의 기차역 광장에 한 사내가 서 있었다.

'누구지, 가만, 이 자가 누구였더라……'

궁금해 하며 그가 사내 곁으로 다가가는데, 그 젊은 사내는 어느덧 그 자신이 되어 있었다.

하얗게 바래 눈이 부신 역 광장은, 세상 모든 것이 정지된 듯 아무런 음향도 미동도 없이 죽음처럼 적막했다. 저 멀리 아득히 뻗어져나간 시가지의 소실점께에서 아지랑이가 어른거렸다.

숨을 크게 내쉬고, 그가 천천히 시가지를 향해 발걸음을 뗐다. 부글거리며 녹아내리는 아스팔트 도로변으로 함석 간판을 단 허름한 가게들이 늘어서 있었다. 플라타너스와 전봇대에 기대어 선 입간판도 눈에 띄었다.

짤짤 끓는 대기 속에서 선술집, 정육점, 중화반점, 다방, 방앗간, 만화책방, 백화점, 농약, 사진관, 문방구, 자전거포, 철물전, 의원… 이 유영하듯 느릿느릿 슬로우모션으로 스쳐갔다.

유령처럼 홀로, 아무 생명체도 없는 괴괴한 시가지를 떠가던 그가 어느 지점에서 턱 멈춰섰다. 검초록의 담쟁이와 진주홍의 능소화로 뒤덮힌 담벼락이 시작되는 지점이었다.

주저하며 나아가는 발걸음 앞에 우뚝, 커다란 나무대문이 나타났다. 숨이 턱 막히며 가슴이 고동치기 시작했다. 머무적거리며 한 발짝 두 발짝 그가 대문 앞으로 다가갔다. 검정 쇠고리를 단 대문이 굳게 닫혀 있었다.

어찌 할 바를 모르고 오두마니 서 있는데, 삐그덕, 희미하게 소리가 나더니 스르르 대문이 열리고 있었다.

대문 틈새의 좁다란 시야가 활짝 트이는 순간, 그는 망연자실 그대로 얼어붙고 말았다. 바싹 메말라 바스라진 미라이듯 누렇고 추한 광경이 펼쳐지고 있었다.

공포를 억누르고 발을 들인 그가 조심스레 몇 발짝을 나아갔다.

휙, 별안간 스산한 바람이 몰아치더니 바닥에 쌓인 낙엽들이 일제히 그를 향해 달려들었다. 잔뜩 몸을 움츠린 그가 회오리치는 낙엽을 헤쳐가며, 저만치에 보이는 일본식 가옥 쪽으로 발을 떼어 나갔다.

집 바로 앞에 낙엽으로 가득 찬 연못이 있고, 그 위로 나무다리가 놓여 있었다. 바랜 침목빛의 다리에 올라 선 그가 눈앞의 집을 찬찬히 올려다보았다.

'가만, 이 집... 낯이 익은 듯하다... 언제 봤더라......'

그가 조심조심 집의 현관문이 있는 왼쪽으로 향했다. 현관문에서 멀찍이 떨어진 곳에 넓은 측대문이 나 있었다. 골목길에서 차고로 이어지는 출입구였다.

측대문 쪽에 서서 집을 올려다보는데 휘익, 재차 거센 바람이 일었다. 강풍 속에서 무슨 소리가 들린 듯했다. 그가 온 신경을 곤두세웠다.

'피아노 소리... 피아노 소리다. 집안에서 나는 소리다. 이층에서 나는 소리다. 어서 저 문을 열고 이층으로 올라가야 한다.'

현관문으로 돌진하며 그가 황급히 손을 뻗었다. 덥석 놋쇠 손잡이를 움켜잡았다. 순간 쩌억, 손바닥이 손잡이에 달라붙었다. 모골이 송연해지며 온몸이 돌처럼 굳어갔다. 얼어붙은 살점을 뜯겨가며 그는 뒷걸음질을 치고 있었다.

움직이는 성 2010년 3월 21일 일요일

"덕수궁 동네라 한성 분위기일 줄 알았는데, 영국 대사관에, 성공회에, 적벽돌의 신문사 건물에, 흡사 셜록홈즈 분위기네."

입구에서 길정우를 발견한 순간 무언의 환호성을 지른 이은영은 등장부터 쾌활했다. 번쩍 손을 들며 자리에서 일어난 길정우도 덩달아 환해졌다.

"셜록홈즈? 삼 년째 이 동네 있어도 그런 생각 해본 적 없다."

"담쟁이넝쿨까지 있었더라면 금상첨환데, 마른 줄기 한 가닥도 안 보이더라."

"이은영 검사 여전하구나. 급하게 오면서도 이것저것 다 눈에 들어오고."

"나야 늘 호기심 천국이잖아. 어릴 때부터 여기저기 한눈 판다고 늘 야단도 맞았지만, 어쩌겠어. 처음부터 그렇게 생겨난 것을."

숨가빠하면서도 이은영은 말을 쉬지 않았다.

"이은영, 너는 천생 셜록홈즈나 아가사크리스티 쪽인 것 같다."

웨이터가 가볍게 머리를 숙이며 테이블에 물컵을 내려놓았다. 새하얀 린넨이 아른거리는 고블렛의 생수가 투명하고 정결했다.

물잔을 들며 이은영이 말했다.

"길 신부, 나 방금 길 신부네 교회에 들러서 왔다."

"왜, 아침 미사는 거절하더니."

어젯밤 길정우는 이은영에게 전화를 걸어 자신이 참례하는 오늘 아침의 감사성찬례에 와줄 수 있겠느냐고 물었다. 그러나 이은영은 늦잠을 핑계대며 지금의 이 만남으로 미루었던 것이다.

"아니 성당 안으로 들어간 게 아니라, 성당 건물의 외벽에 회색빛 아닌 붉은빛이 보이길래 궁금해서 들어가 본 거야."

"붉은빛? 수녀원만 붉은빛이고 우리 성당의 외벽은 화강암의 회색빛으로 알고 있는데."

“아니 중간에 붉은빛이 섞여 있어. 혹시 테라코타인가 싶어서 가서 확인해보니 그냥 적벽돌이더라고.”

“아.”

“붉은빛을 못 봤다니 길정우 신부도 나처럼 여전하네. 외곬으로 몰두하면 주변에 눈길 한번 안 주던 그 버릇.”

“아니. 요즘은 안 그래. 나도 이 검처럼 여기저기 한눈파는 파노라마형이 돼 보려고 노력하는 중이니까. 당장 내 책상에 어떤 책들이 쌓여가는지 보면 놀랄 거다.”

“어떤 책들인데.”

“음악 미술 건축 역사 환경, 뭐든 닥치는 대로 다 읽고 있다.”

“무섭네. 뭐든 파고드는 길 변 집중력이면 조만간 박사급 되겠구나. 나 같은 딜레땅트 말고.”

인근에 호텔이 있어서일까. 일요일 저녁인데도 레스토랑은 와인잔 부딪는 소리, 수런거리는 담소로 가득했다.

와인 한 잔을 단숨에 마셔버린 이은영이 문득 화제를 돌렸다.

“참, 길 변, 남양주 건은 어떻게 됐어. 잘 해결된 거야?”

“아, 내가 이 검한테 전화를 안 했구나. 실컷 법률 자문을 받아놓고서.”

남양주 건이란 길정우가 김선주를 만나던 날, 교구 주민들의 반대 집회 사건을 해결하기 위해 출장갔던 일이다.

“현장에 한전 직원과 시청 공무원이 나와서, 산 너머 저쪽에는 벌써 옛날부터 고압 철탑이 설치되어 있다는 사실, 전력의 최종 수요처인 신도시와의 거리가 이 쪽이 더 가깝다는 사실 등을 두루 확인시켰어. 일단은 주민들이 수긍하는 분위기로까지 진전은 됐는데, 앞으로 어떻게 될지는 더 두고 봐야겠지.”

“그거 아주 잘 됐네. 합리적인 절차가 통했다는 이야기잖아. 길정우 대단하다. 관계 당국의 협조까지 받아내며 당사자들을 납득시키다니. 그 추진력, 알아줘야겠어.”

이은영의 말대로, 길정우는 이번 남양주 사건을 해결하기 위해 규정 시간 외에도 따로 시간을 내가며, 법정 사건 못지않게 심혈을 기울였다.

“이은영, 실은 이 검과 좀 상의할 일이 생겼다.”

길정우에게 와인 잔을 내밀던 이은영이 쓴웃음을 지었다.

“그럼 그렇지. 길 신부가 아무런 용건 없이 나한테 전화를 했을 리가 없지.”

조용히 와인을 따를 뿐, 길정우는 아무런 변명도 하지 않았다.

“뭔데. 말해 봐.”

“지난 목요일에 탈북자 한 사람이 찾아왔다.”

“또? 하나원 강의 때 사람인 거야? ”

“아니, 내 소문을 듣고 찾아온 거래. 이 검, 이진섭 화가 위작사건 알지?”

“이진섭 위작사건? 알지. 그게 왜?”

김선주의 유작 이야기를 전해들은 이은영은 길정우가 그랬던 것보다 더 시큰둥했다.

“또 이진섭이야? 하기사 지난 번 위작 사건은 이진섭 아들까지 연루되는 바람에 특별했을 뿐, 이진섭 위작 시비야 다반사지 뭐. 그런데 그 여자, 북한에서 뭐하던 여자래?”

화가라는 길정우의 대답에 이은영은 어깨를 으쓱했다.

"이젠 브로커가 아니라 아예 화가들이 직접 나서는 건가. 도처에 의심거리 투성이네. 북한처럼 프라이버시가 전혀 없는 사회에서 이진섭 그림을 몰래 보관해 왔다는 것도 말이 안 되고, 삼엄한 북한의 감시망을 뚫고 남한의 인사에게 위탁 전달했다는 것도 어림없는 얘기야. 간단해. 또 하나의 리플리 등장."

"이진섭 유작 이야기 따위, 콩으로 메주를 쑨대도 믿지 않는 분위기인데, 그런 짓을 왜 하는 거지?"

"리플리들의 머릿속을 다 헤아릴 수가 있나. 금전적인 이득을 노리는 일반 사기꾼들과 달리, 리플리는 그냥 삶 자체가 잘 짜인 한편의 소설인 자들이야. 판타지화된 자신의 삶에 풍덩 빠져서 스스로도 팩트가 아니라는 사실에 혼란스러워하는 경우도 드물지 않아."

김선주를 가차없이 리플리로 단정해버린 이은영이 화제를 돌렸다.

"참 한복 패션쇼, 어땠어? 재미있었어?"

"재미? 쇼를 보러 간 게 아니라 일을 하러 간 거였다."

"왜, 그래도 현장에 있다 보면 절로 분위기에 빠져 드는 그런 것 있잖아."

"아니. 빠져드는 게 아니라, 오히려 거리를 두게 되더라. 나와 달리 쇼에 흠뻑 빠져든 사람들을 관찰하는가 하면, 또 그런 나를 의식하게 되고."

"뭐였는지 알 것 같아. 하지만 언제 어디서나 적응 잘하는 길정우가 어디로 갔을까.”

‘언제 어디서나 적응 잘하는 길정우!’

맞다. 길정우가 어릴 때부터 늘 듣고 배우고 실행해 온 모습이었다.

기분대로 처신하지 마라. 기분은 기분대로 갈무리하고 태도는 다르게 하라. 물론 그날도 기분과 다른 태도로 임하기는 했다. 끝난 후 리셉션에 꼭 참석해달라는 주최측의 부탁을 무시한 채 귀가하기는 했지만.

학생 때의 길정우는 경제적으로 변두리였어도 비슷한 처지의 친구들이 적지 않았다. 또 공부 하나는 타의 추종을 불허하는 원탑이라 그걸로 제법 대리 보상을 받기도 했다. 그리고 현재 자신이 변호사로서 상대하는 사람들도 거개가 상류층이지만, 그들을 의뢰인 이상으로 생각해본 적은 없었다.

그런데 그날은 이상하게도, 아니었다. 그곳의 사람들이 자신과 다른 집단이라는 타자의식이 강하게 밀려왔다. 지금까지 개개인은 몰라도 어떤 집단이 통째로 낯설게 느껴진 기억은 없다. 그런데 그날은 그랬다.

“그날 플래티넘 한복이라는 게 등장했다.”

“플래티넘급 한복? 한복에 그런 말도 쓰나?”

“아니. 그런 말이 아니라 진짜 플래티넘, 백금으로 만든 한복을 말하는 거다. 무려 이십 억짜리 백금 한복. 그런데 나 혼자만 놀랄 뿐, 그들은 놀라는 기색이 전혀 없더라. 아무튼 쇼 끝나고 리셉션에 꼭 참석해달라는 디자이너의 부탁이 있었는데 그냥 와버렸다."

"길정우가 그랬다고? 의외네."

이은영이 고개를 갸웃하며 팔짱을 꼈다.

"플래티넘 한복이라... 그러니까 그 사세였다는 얘기구나. 묘한 열패감과 수치심과 적대감... 넘을 수 없는 벽... 그런 게 느껴졌다는 말이겠지."

고개를 연신 끄덕이던 이은영의 얼굴에 야릇한 미소가 떠올랐다. 그러더니 길정우의 눈을 정면으로 응시했다.

"길정우. 실은 나야말로, 네가 그곳에 참석한다는 말 들었을 때 기분 별로였던 사람이야. 아니 그냥 기부금을 보내면 될 것이지, 왜 굳이 사제를 초빙하는 거야. 젊은 미남 신부님을 모셔다 놓고 자기들의 노블레스 오블리주를 확인이라도 받겠다는 건가. 암튼 길정우 신부가 그들의 귀족놀음에 미장센쯤으로 취급되는 게 아닌가 싶어서, 좀 빼딱해졌었다고."

평소와 달리 뭔가 디프레스된 길정우를 배려하는 이은영의 마음새였다. 그러나 길정우는 딴소리를 하고 있었다.

"아니. 문제는 그들이 아니라 나 자신이었다. 난 그 자리에 개인 길정우로 간 게 아니라, 신부라는 직책으로 기부금을 받기 위해 갔던 거다. 그런데 한심하게도 그 스탠스를 망각했던 거다. 변호사라는 버젓한 직업인으로서의 페르조나도 사라지고, 사회경제적 약자로 살던 시절의 길정우가 불쑥 튀어나왔던 거지."

'사회경제적 약자?'

냉소기가 어른거리는 길정우를 바라보는 이은영은 의아스러웠다. 가정형편을 말하는 것 같은데... 여태껏 자신이 알고 있던 것과는 좀 다른 이야기였다.

이은영이 팔짱을 풀고 자세를 바로 했다.

"길 신부의 그날 기분, 너무 자연스러운 것 아닌가 싶네. 성직자로서의 스탠스를 말하는데, 성직자도 사람이야. 본인이 줄곧 사회경제적 약자로 살아왔고, 신부로서 사회경제적 약자층을 자주 만나다 보면, 그런 자리가 불편한 것 너무나도 당연한 일 아닌가. 그런 특별한 초부자들의 모임에서 아무런 위화감이 없었다면 오히려 이상할 것 같은데?"

이은영의 두둔은 아낌없었다. 그러나 그런 이은영의 역성 같은 것 안 들리는지 길정우는 계속 자기 말을 했다.

"이은영. 혹시 너 거기 있었는지 모르겠다. 1학년 때 교양선택 <철학과 사회>였던가. 그 수업에서 내가 발표한 일이 있는데."

기억을 더듬던 이은영이 말했다.

"아 니체의 『짜라투스투라』 관련 발표, 기억나. 니체가 시니컬하게 비꼰 키워드들 중 하나를 선택해서 반박해보라는 과제였지."

"그때 내가 니체가 비꼬던 '자선'을 '기부'라는 말로 바꿔서 옹호했는데…"

길정우는 그때 자신이 했던 말을 찬찬히 또박또박 그대로 복기했다.

"니체는 모든 자선은 결국 자기만족을 위한 위선적 행위이고, 권력자가 되기 위한 방편일 뿐이라고 비난합니다. 그러나 나는 달리 생각합니다. 기부는 그 계기가 위선이든 사랑이든, 결과적으로는 불평등한 사회를 평평하게 개선하는 데 일조를 하는 일입니다. 남에게 피 같은 자기 돈 내주는 일은 결코 쉽지 않다고 합니다. 그렇게 어려운 일을 하는 마당에, 설령 우월감을 좀 느낀들 뭐 그리 대수입니까. 그러니 기부는 언제 어디서든 크게 환영할 만한 일이라는 게 제 결론입니다."

이은영은 그 발표 수업과 그때의 길정우가 또렷이 기억났다. 그 과목은 여러 학과와 학년이 통합된 대형 교양선택 과목이었고, 발표는 임의 과제로 주어진 것이었다. 과에서 아무도 신청을 하지 않아 과대표처럼 돼버린 길정우는, 정확한 딕션으로 자선에 대한 니체의 냉소를 간결하고 명쾌하게 반박했다.

그 발표 이후 길정우가 굉장한 부잣집 아들이라는 소문이 떠돌았고, 이은영은 지금까지도 대충 그렇게 알고 있었다.

"길 변 지금 자책하는 거구나. 피 같은 돈을 내놓았으니 우월감 좀 느끼면 어떠냐며 옹호했던 그 사람들을, 실제 현실에서는 경원시하며 피했다는 자기모순, 그런 거겠지. 그런데 길 변, 그럴 필요 있을까. 그때의 그 발표는 신념이라기보다는 발표에서 이기기 위한 논리에 불과했던 거야. 겨우 대학 1학년이었잖아. 그때의 발언과 상반되는 이번 패션쇼에서의 저항감, 너무나 자연스럽고 당연한 반응이라고 생각되는데?"

길정우가 어느덧 이은영의 말에 귀기울이고 있었다.

"그런데 길 변. 또 고백하자면 나는 길 변과 정반대야. 그들에 대해 빼딱하던 시선에서 우호적인 시선으로 바뀌었으니 말이야."

"시각이 바뀌었다고? 그렇게 쉽게? 단 며칠 만에 그럴 수도 있니?”

“그래. 며칠 만에 바뀌었어. 말했다시피 처음에는 막연히 패션 쇼의 그 노블레스들에게 뭔가 반감이 일었어. 그런데 문득, 제 가족에게는 돈을 물쓰듯 펑펑 쓰면서 세상을 향해서는 돈 한푼 안 내놓는, 내가 아는 어떤 자린고비 생각이 나더라고. 그런 사람에 비하면, 그들이 주머니를 여는 것 자체가 대단하다는 생각이 들었 어. 대학생인 길정우가 주장했던 대로, 기부의 동기가 허영심이든 명예심이든 긍휼감이든 상관없이, 모든 사회적 기부는 칭찬받아 마땅하다는 쪽으로 바뀐 거야.”

“그들이 수단 방법 가리지 않고 자신의 욕망만을 좇은 사람들 이어도 그러니? 오늘날의 이런 초격차 구조를 만들어낸 장본인들 이라도 그래?”

“그래. 당연히 그것도 생각해 봤어. 그런데 형태와 크기가 다를 뿐이지 인류 역사상 노블레스 계층이 없던 적은 단 한번도 없었더라고. 사회적 격차는 피할 수 없는 인간 세상의 이치 같기도 하고. 그래도 인류 사회가 계속 더 평등한 쪽으로 발전해 온 건 팩트야. 초격차 사회에서도 여전히 누군가 틈새를 비집고 들어가 서 뒤집을 수 있는 기회도 있으니까 말이야. 무엇보다도 잘못된 제도와 모순된 구조를 바로잡으려는 이성적인 노력이 끊임없이 행해지고 있잖아.”

“이은영, 넌 오락가락 흔들리는 성(城)이구나.”

“아니. 흔들리기보다는 움직이는 성.”

어이없어하는 길정우에, 분명하고 확고한 이은영이었다.

“나는 눈앞에 펼쳐질 다른 광경을 찾아 늘 움직이는 성이야.

성 안에서도 동서남북의 창으로 왔다리갔다리 하며, 끊임없이 다른 풍경을 바라보곤 하지. 솔직히 난 늘 서로 모순된 감정들이 들랑날랑 하고 있어. 그런 와중에서 중심을 잡아가고, 그러다 또 움직이고. 난 요지부동 외골수는 절대 못 되는 사람인 것 같아."

"가치보다 이해득실인 거니? 이해득실이나 움직이지, 가치는 부동이다."

"아니. 가치냐 이해득실이냐, 꼭 그렇게 이분법적인 사고 자체를 안 하겠다는 거야. 이득이 가치를 지탱하고 가치가 이득의 방향을 정한다면 가장 바람직한 것 아닌가. 당장 눈앞의 모순적인 현실을 직시하면 시니컬해질 수밖에 없지만, 거기에 너무 집착하는 건 바람직하지 않은 것 같아. 현실을 인정하면서 세상을 바꿔나가는, 세상에 제일 이득인 방법을 놓치게 되니 말이야. 아예 새로운 강줄기를 만들어낼 수 없는 한, 물길도 잡아주고 제방도 쌓고 준설도 해가며, 잘못 가는 물줄기를 바로 잡는 게 더 낫다는 생각이야."

살짝 음미한 와인만으로도 얼굴이 벌개진 길정우가 크게 몸을 뒤로 제쳤다. 술에서 깨어나려는 몸짓이었다. 그런 길정우를 염려스럽다는 듯 지켜보던 이은영이 그만 나가자고 제안했다.

의자에 걸린 이은영의 흰색 체크 코트와 노란 머플러를 보며 길정우가 말했다.

"이쁘다. 아까 들어올 때 무슨 목련 한송이가 확 피어난 것 같더라."

"오 감사. 실은 요즘 기분이 좀 우중충해서 기분전환 삼아 산 옷이야. 출근용으로는 좀 곤란한데 춘삼월 이른 봄날, 길정우 신부님이 절묘하게 불러내 줬지 뭐야.”

오던 길을 그대로 따라가면 세종로 버스 정류장이 바로 앞이었다. 그러나 두 사람은 그 지름길 대신, 수녀원과 성당 쪽 길로 되돌아 가기로 했다. 단 한 모금 마신 와인의 후유증에서 깨어나려면 길정우는 좀 걸어야 했다.

이른 봄밤, 인적이 끊긴 언덕길은 어둡고 적막했다. 적벽돌 건물의 성공회 수녀원 앞을 지나는데, 마치 조형물인 듯 정결한 목련 한 그루가 서 있었다. 이파리 하나 없이 매끄럽게 절제된 목련의 가지에 당장이라도 터져버릴 듯 봉오리들이 부풀어 있었다.

목련 빛깔의 코트에 노란 머플러를 두른 이은영이 말했다.

“길 변, 아까 못 느꼈어? 레스토랑에 있던 사람들이 우리 테이블을 흘낏흘낏 엿보는 것. 왜 그런지 알지?”

“알지. 이은영이 목련처럼 환하니까 그렇지. 이 검도 봤지? 테이블마다 소곤소곤 다정하고 웃음이 터지는 것. 그것도 다 이은영한테서 전염이 돼서 그런 거다. ”

두 사람의 청량한 웃음소리가 이른 봄밤의 하늘로 사푼 날아올랐다.

그들이 미 대사관저를 지나 덕수궁 돌담길 초입의 구세군 본부 앞에 이르렀을 때였다. 길 맞은편으로 무너질 듯 위태로운 긴 시멘트 담장이 눈에 띄었다. 담장의 길이로 보아 예사 장소가 아닌 듯했다.

“뭐지? 이 근처에 궁궐터가 있다고 들은 듯한데 여기인가.”

이은영이 벌써 그 쪽으로 건너가고 있었다. 허름한 시멘트 담벼락 중간에 쇠뭉치 자물쇠가 채워진 커다란 철창문이 달려 있었다.

이은영과 길정우는 철창문 앞에 서서 쇠창살 너머를 들여다보았다. 어두워서 보이지 않던 철창 안쪽의 풍경이 차츰 눈에 들어왔다. 암흑의 드넓은 대지에 군데군데 돌더미가 쌓여 있는 황량한 벌판이었다. 폐허의 공터 위로 다 쓰러져 가는 고목나무 한 그루가 덩그라니 서 있고, 그 뒤로 도심의 밤하늘에 실루엣을 드러낸 고층 건물들이 장막처럼 둘러쳐 있었다.

그러고 보니 이곳은 궁궐터라기보다는 무슨 학교터인 듯했다. 자물쇠가 채워진 두 짝의 문은 학교의 정문인 듯하고.

대체 무슨 사연이길래, 도심 한복판에서 이렇듯 폐허가 되도록 방치되고 있는 것일까.

이은영이 길정우의 팔을 잡아끌며 속삭였다.

"아. 말 그대로 황성옛터다. 뭔가 섬뜩하네. 저 하늘을 봐. 검은 구름에 덮힌 보름달이야."

사제가 된 사연 2010년 3월 24일 수요일

전화 소리에 김명세가 잠을 깼을 때는 벌써 해가 중천이었다. 최대표로부터의 전화였다.

"이사장님. 혹시 오늘 신경희 한복에 가실 수 있으십니까. 오늘 신경희 씨 사무실에서 성공회에 기부금을 전달하는데, 성공회에서 신부님도 오신다고 합니다. 혹시 이사장님께서 오실 수 있냐고 묻기에 여쭤보겠다고 했습니다."

성공회의 그 젊은 신부... 가 온다고. 김명세는 더 생각할 나위가 없었다.

"신경희 빌딩, 서류상으로만 봤는데, 내부를 한번쯤 들여다보는 것도 괜찮을 것 같다. 간다고 해."

신경희의 빌딩은 리뉴얼 열풍이 불고 있는 청담동 명품 거리의 한 복판에서 나홀로 구닥다리인 건물이었다. 구태여 남의 눈을 의식하지 않는 알부자의 외양과 흡사했다. 로비랄 것도 없이 알뜰히 공간을 활용하는 빌딩에는 엘리베이터도 달랑 한 대뿐으로, 엘리베이터를 기다리는 사람들이 로비의 구석지에 몰려 전광 숫자판을 주시하고 있었다.

김명세가 인내심 끝에 올라탄 엘리베이터는 낡고 협소했다. 전광판 숫자를 세고 있는 김명세의 눈에 층마다 새겨진 업소명이 들어왔다. 하나같이 결혼과 미용에 관련된 업종들이었다. 감정평가서에 써 있던 대로, 이 빌딩은 밀집 상권의 장점을 살리며 뷰티업계의 트랜드를 선도해 온 빌딩임이 분명했다.

김명세가 신경희의 방에 들어설 때, 한 남자가 목례를 하며 서둘러 방을 떠났다. 신경희측의 회계 대리인이라고 했다. 패션쇼에서 봤던 그 젊은 신부는 보이지 않았다. 대신 자리에 앉아 있던 김명세 또래의 한 남자가 조용히 자리에서 일어났다. 신경희가 그 남자에게 김명세를 소개했다.

"주교님. 제가 미국에 진출할 때부터 많은 도움을 받고 있는 김명세 이사장님이십니다."

신경희가 이번에는 주교라는 사람을 김명세에게 소개했다.

"이사장님. 성공회의 주교님이신 윤정수 베드로 신부님이십니다."

"처음 뵙겠습니다. 윤정수라고 합니다. "

주교가 호쾌하게 인사하며 손을 내밀었다. 그러나 김명세는 입을 꾹 다문 채 불쑥 손만 내밀었다.

순간 신경희는 당황했다. 불손한 태도였다. 그간 누구도 이렇게 하지 않았다. 지위 고하를 떠나 성직자에게 예를 갖추어 인사하는 것은 일종의 관행이었다.

"이사장님. 주교님은 저의 집 양반의 후배시고, 사모님 또한 제 고등학교 후배십니다. 저희 부부와의 인연으로 두 분이 만나셨지요."

신경희의 입에서 생뚱맞은 사담이 튀어나왔다. 허둥대다 엉겁결에 내뱉은 언사였다. 그러나 김명세의 여전한 함구에 분위기는 더 난처해지고 말았다.

사실 신경희는 김명세가 오늘의 초대에 응할 거라고는 전혀 기대하지 않았었다. 재작년 뉴욕에서 처음 같이 일을 시작한 이래, 김명세는 모든 업무를 최 대표에게 일임한 채 거의 모습을 드러내지 않던 사람이었다. 또 당장 지난 주의 한복쇼에서도 한마디 인사도 없이 사라져 버렸다. 그런 사람이기에 신경희는 뜻밖의 참석 통보에 한껏 부풀어 있던 참이었다. 그런데 이렇듯 찌뿌듯한 분위기라니. 참으로 측량하기도 대응하기도 어려운 사람이 김명세였다.

"주교님. 길정우 신부님은 역시 명불허전이더군요."
신경희가 재빨리 다른 화젯거리로 전환했다.
"왜 우리 길 신부님에게 뭔 일이 있었던가요."
"네에, 있었지요, 아주 특별한 일이. 고객들이 아직까지도 온통 길 신부님 이야기뿐이니까요."
"패션쇼 자리이니 조명을 좀 받았던가 봅니다."
"남자 모델이 몇 있었는데, 길 신부님이 오히려 더 모델 같았습니다. 로만칼라는 그렇지 않아도 여성들의 로망인데, 키도 크고 마스크까지 훤하니 꼭 무슨 영화배우 같더라니까요. 그분을 직접 보고 나니, 그분을 되도록 집전이나 강론에 세우지 않을 거라던 주교님의 말씀이 대번에 이해가 됐어요. 신도들이 염불보다 잿밥일 게 빤하니까요."
신경희의 동물적인 대화 감각이 주효한 걸까. 길정우라는 이름이 나오는 순간, 김명세의 표정이 살아나고 앉은 자세마저 달라지고 있었다. 한 소리라도 놓칠세라 귀기울이는 김명세를 보며 그녀는 회심의 미소를 지었다.
"그 신부의 이름이 길정우던가요."
김명세가 불쑥 끼어들었다. 지금 이 자리에서 길정우는 그에게 전혀 모르는 이름이었다.

“네 길정우, 시몬 베드로 신부님이십니다. 길 씨, 흔치 않은 성씨지요. 그런데 그 신부님의 이력도 흔치 않아요. 한국대 법대 출신의 변호사 신부님이시니까요. 윤 주교님. 길 신부님이 우리나라의 유일한 변호사 출신 신부님이시지요?”

“그 신부님이 변호사 출신입니까. 그분, 바로 제 뒤에 앉아 계셨습니다.”

김명세가 또 다급하게 끼어들었다.

“그런데, 그분 무슨 사연이라도 있는 겁니까. 변호사로서의 커리어를 지속하면서 소셜 웰페어를 실행하는 길도 있을 텐데 말입니다.”

공적인 말조차 극히 짧던 김명세의 말이 꽤나 길었다.

“윤 주교님. 제 고객들의 관심사도 하나같이 그겁니다. 왜 신부가 됐느냐. 무슨 사연이 있는 거냐. 주교님, 아직도 사람들은 신부가 될 때는 무슨 특별한 사연이 있을 거라고 생각한답니다. 제가 옛날에 주교님께 왜 신부님이 되셨냐고 물었던 것처럼요.”

윤 주교가 달가워하지 않을 것을 번연히 알면서도 신경희는 재차 캐물었다. 오늘 김명세가 흔쾌히 초대에 응한 이유를 비로소 캐치했기 때문이다. 그의 참석은 길정우 때문인 게 거의 확실했다. 돌이켜 보니 자신이 최 대표에게 주교님이라고 하지 않고, 그냥 신부님이라고 했던 것 같다.

마지못해 하며 윤 주교가 입을 열었다.

“다시 말씀드리지만, 길정우 신부의 사연에 관해서 정말 아는 게 없습니다.”

“질문 받기도 힘드실 텐데, 그냥 시원하게 답을 해주시면 좋으시련만...”

“정말로 제가 드릴 힌트가 없는 것이, 실은 길정우 신부는 원래는 천주교 신자였습니다. 제가 존경하는 어느 천주교 신부님께서 연락을 주셨어요. ‘신부가 되어야 하는 젊은이가 있는데, 자신의 직업을 포기할 수 없어서 큰 갈등을 겪고 있다. 그러니 이 친구는 아무래도 자급사역 제도가 있는 성공회에 가는 게 낫겠다.’ 제가 굳이 말을 안 했습니다만, 길정우 시몬 신부는 일반사제가 아니라 자급사역자입니다. 자기 직업을 수행하면서 사제의 길을 병행하는 신부이지요. 일반인들이 아는 천주교의 사제와는 전혀 다른 길의 사제입니다.”

‘자급사역자!?’

두 사람 다 처음 듣는 말이었다. 그러니까 길정우는 변호사 출신 신부님이 아니라, 변호사를 겸하는 신부님이라는 뜻인 듯했다.

“자급사역자라고요? 성공회에 그런 제도가 있었던가요? 그런 말씀 한번도 안 하셨잖아요. 길 신부님이 지금 변호사도 겸하고 계신다는 말씀이신 거지요?”

“네. 지금 로펌 소속의 변호사이기도 합니다.”

놀라움과 호기심이 교차하는 김명세의 표정을 신경희는 놓치지 않았다.

“주교님. 길정우 신부님이 자급사제라는 직책이라고 하니 문득, 성공회가 민주화의 성지라고 불리던 시절이 떠오르네요. 길 신부님이 사제 되신 것, 혹시 그런 뜻이 있는 건가요?”

무례함이라는 단어는 아예 사전에 없는 듯, 신경희는 저자거리의 세속적인 질문을 거침없이 내뱉었다. 그녀는 지금 아낌없이 충성스런 김명세의 아바타였다. 김명세의 궁금증을 낱낱이 헤아려, 한 톨의 남김도 없이 풀어주려는 아바타.

"절대, 그런 것, 절대 아닙니다. 성공회 신부라고 하니까 뭔가 정치적인 인물인가 한다는 말씀이신데, 전혀 그렇지 않습니다. 길 신부는 제 보좌 신부격인데, 여느 신부들처럼 주일미사에 성실하고, 시간이 되는 대로 성공회의 일을 돕고 있을 뿐입니다. 지금은 일주일에 한 나절, 목요일 오후에 따로 시간을 내서 자신에게 부과되는 일을 수행하고 있습니다."

길정우의 사적인 이야기는 한사코 피하던 주교가, 신부로서의 길정우의 공적인 모습에 대해서는 말을 아끼지 않았다.

"아까 말씀드렸듯이 성당의 신부님이 길 신부를 성공회로 보낸 이유는, 길 신부가 변호사 일을 계속할 수 있기 때문이었습니다. 그런데 길 신부가 교구의 집단 민원 현장 같은 데 나가서 일 처리하는 것을 보면, 하느님께서 시제에게 바라시는 사역 중에 이런 길도 있구나, 깨닫게 됩니다."

김명세가 넋이 나간 듯 주교의 말을 경청하고 있었다. 한번도 볼 수 없었던 그 모습을 신경희는 흥미롭게 지켜보았다.

"참, 이사장님. 그 날 패션쇼 오프닝 곡으로 연주했던 '**라 스트라다**', 어떠셨습니까. 최 대표님이 쇼장의 배경음악으로는 '**서머타임**'을, 연주곡으로는 '**라 스트라다**'를 콕 짚어 부탁하셔서 특별히 유명 트럼펫 연주자를 섭외했더랬습니다. 덕분에 음악 좋았다는 칭찬이 자자했지요,"

못 들은 척, 김명세는 무반응이었다. 신경희가 윤 주교를 향해 말했다.

"윤 주교님, 잠파노와 젤소미나가 나오는 '라 스트라다' 아시지요. 안소니 퀸과 줄리에타 마시나 연기가 어마어마했고, 주제곡도 기가 막혔잖아요. '라 스트라다'가 '**길**'이라는 뜻인데 마침 그 날 와 계신 신부님 성씨가 **길 씨**여서, 아 이게 무슨 우연인가 했답니다."

유작의 모사화 2010년 3월 25일 목요일 오후

다시 찾아와도 되겠느냐고 물었던 김선주가 정말로 다시 찾아왔다. 이번에는 깍듯이 사전에 방문 타진 전화를 했고 도착 시간도 정확했다. 시간에 맞춰서 성당으로 건너 온 길정우가 코트를 벗자마자 노크소리가 들렸다.

사실 이은영을 만났던 그날, 김선주를 가차없이 리플리로 취급해버리던 이은영에게 전적으로 동의했더라면, 길정우는 김선주의 재면담 요청을 일언지하에 거절했을 것이다. 그러나 이은영의 말에 일응 수긍을 하면서도, 길정우의 뇌리에서는 여전히 의구심이 맴돌고 있었다.

'과연 그런 식으로 창백하고 추레하게 자신을 연출하는 리플리도 있을까. 리플리가 그렇게 진실해 보일 수도 있을까. 그림을 가져 온다니 어디 한번 보기나 하자.'

겨울 옷차림이던 지난번과 달리, 김선주는 가벼운 봄 코트 차림이었고 얼굴도 환해 보였다. 그새 취직이라도 한 것일까.

김선주가 큰 가방에서 대형 파일철을 꺼내더니 그림을 빼내어 책상 가득 늘어놓았다. 그녀가 말했던 드로잉 4점과 유화 4점이었다.

"신부님. 저희 집안에서 보관하고 있다가 남한의 사업가에게 위탁 전달했던 이진섭 화가님의 작품들입니다. 물론 제가 그린 모사본입니다. 눈을 감고도 그릴 수 있을 만큼 익숙한 그림들이어서 모사하는 건 일도 아니었습니다."

김선주가 그림들을 가리키며 설명하기 시작했다.

"이 드로잉 2점이 저희 할아버지께서 직접 이진섭 화가님으로부터 선물 받으신 작품이고, 여기 드로잉 2점과 유화 4점은 이진섭 화가님의 모친으로부터 저희 할아버지께 전달된 작품입니다. 유화 4점은 시일이 촉박해서 아크릴로 그렸습니다. 어떤 그림인지만 알려드리자는 뜻이니 이해해 주시기 바랍니다. 화가님 모친께서 전해주신 이 드로잉들은 이진섭 화가님의 대표작인 소의 습작입니다. 그리고 유화의 모델은 이진섭 화가님의 모친과 부인이라고 들었습니다."

김선주의 브리핑은 단순하고 명쾌했다. 무슨 사(邪)가 끼어있는 듯한 낌새는 전혀 보이지 않았다. 오히려 자신들이 이진섭 유작의 보관자였다는 사실을 입증하고 있다는 자부심 같은 게 느껴졌다.

김선주가 길정우를 빤히 바라보았다. 길정우의 입에서 나올 대답을 기다리는 것이다. 그러나 그녀의 기대와 달리 길정우가 해줄 수 있는 말은 여전히 아무것도 없었다.

길정우는 문득 하나원에서 들었던 이야기가 떠올랐다. 북한의 예술가들은 모두 창작실에 소속되어 출퇴근하는 공무원 신분이라는 것이었다.

"김선주 씨. 혹시 김선주 씨 본인과 조부에 관한 객관적인 정보 없으십니까. 지금 김선주 씨에게 가장 필요한 것은 신빙성 있는 신상 정보를 제시하는 일입니다. 모사본은 그 다음의 일입니다."

"신부님. 저와 저의 가족의 이력은 이미 정보 당국에 세세하게 기록이 되어 있습니다. 그리고 하나원 출신들 중에 따로 저를 보증해 줄 사람도 있습니다. 증인이 필요하시다면 제가 바로 준비하겠습니다."

길정우는 김선주가 남기고 간 모사본들을 가만 내려다 보았다. 열심히 그려온 모사본이지만, 원본이 이진섭의 유작이라는 것을 입증해 줄 사람은 김선주 자신뿐인, 실로 무력하기 짝이 없는 그림들이었다.

골똘히 생각에 빠져 있던 길정우가 핸드폰에 뭔가를 기록한 후, 이은영에게 전화를 걸었다. 김선주를 리플리로 일축했지만, 그림을 보면 혹시 이은영의 생각이 달라질지도 모른다.

막 퇴근하려는 참이었다는 이은영은 굳이 자신이 길정우 쪽으로 오겠노라 고집을 부렸다.

"월요일부터 야근하다시피 했어. 마침 골치 썩이던 일이 마무리 되었으니 내가 그리로 갈게. 일이라면 신물이 나는데, 일 냄새나는 이 동네는 싫어. 늦으면 길 변이 데려다 주면 되잖아."

고궁박물관을 끼고 효자로를 걷다 보면 갤러리들이 눈에 띄고, 언젠가부터 갤러리 부근의 골목으로 작은 카페들이 생겨났다. 이은영이 알려준 선배 언니의 카페는, 설명만 듣고도 어딘지 바로 알 수 있는 곳이었다. 효자로는 삼십여 년을 부암동 주민으로 살아온 길정우에게는 너무나 익숙한 거리였다.

카페의 도어에는 뜻밖에도 클로징 싸인이 걸려 있었다. 의아해하며 카페의 문을 당기자 그냥 문이 열리고, 주방에 서 있는 이은영이 보였다. 커피 브루잉에 열중인 이은영은 그대로 선 채 길정우를 반겼다.

"어서 와."

"빨리 왔네. 차를 교회에 두고 일부러 천천히 걸어왔는데."

"희한하게도 길이 뻥 뚫려서 거의 총알택시였어."

"저 클로징 싸인은 뭐지?"

"선배가 우리에게 독재 전세를 주겠대. 어차피 손님노 없던 판이라 잘 됐다며."

겉옷을 벗어 의자에 거는데, 테이블에 음식이 놓여 있었다.

"언니가 저녁을 배달시키고 들어갔어. 이 동네에서 유명한 맛집이라는데 길 신부 대접하는 거래. 길정우는 그 선배를 몰라도 그 선배는 길정우를 잘 알아. 길정우가 대학 초년부터 워낙 유명했잖아."

이은영은 능숙한 바리스타였다. 신기해하는 길정우에게 직접 해보라고 자리를 내주며, 머신을 제로베이스로 하고, 그라인딩과 도징을 세팅해서 커피 추출하는 법을 가르쳐주었다. 그러나 입자의 크기와 양을 조절하고 탬핑으로 압력을 맞추어 내는 조합이 생각처럼 쉽지는 않았다.

"처음부터 잘 되진 않아. 난 압력 게이지 맞출 때까지 원두 한 봉지를 다 써버릴 정도였어. 삼박자가 절묘하게 맞아 떨어져야 하는데 그게 영 쉽지가 않더라고."

"너 혹시 바리스타 자격증 딴 거니?"

"응. 사시 합격 후 버킷리스트 하나 채웠어. 여기 언니가 카페를 열기에 알바를 해볼까 하고 배운 건데, 가게가 파리만 날리는 통에 도통 실력 발휘할 기회가 없었지 뭐야."

몇번씩 실패하는 길정우 덕에 좁은 실내는 이내 커피향으로 그득해졌다. 드디어 제대로 된 에스프레소를 뽑아낸 길정우가 크게 환호성을 올렸다.

"역시 길정우는 뭐든 빠르구나. 손 감각까지도 빠르잖아."

커피를 나르던 길정우가 벽 쪽의 업라이트 피아노를 가리켰다.

"피아노가 있네."

"응 여기 언니가 비전공 피아니스트야. 가끔 다른 악기 주자들이 와서 협주회도 하고 그래. 참 길 변도 피아노 잘 친다는 소문이 있었는데. "

"잘은 아니고 그냥 치는 정도."

"김선주 그림 보여줘."

식사를 마쳐갈 때 이은영이 말했다. 길정우가 가방에서 김선주의 모사본을 꺼내어 테이블에 펼쳐 놓았다.

"유화는 아크릴로 대체했고, 그림 사이즈는 진본과 같은 사이즈라고 하더라."

그림 문외한인 길정우와 달리 그림을 좀 아는지, 이은영은 그림 하나하나를 면밀히 살피고 있었다.

"뭔가 감이 잡히니."

"글쎄. 오랜 세월 갈고 닦은 솜씨와 재능은 보이는 것 같다만... 특히나 드로잉은 타고난 재능이 드러나는 쪽인데."

지난 번의 가차없던 태도와 달리 이은영은 일단 관심을 보였다.

"이은영. 너 그림에 조예가 있는 것 같다."

"뭔 조예씩이나... 사실... 어릴 때 잠깐 화가 재질이라는 소리를 듣기는 했어. 일반 그림도 잘 그렸지만 내가 디자인의 여왕이었거든. 형제들이나 친구들의 포스터 숙제, 디자인 숙제, 오지랖 넓게 다 해주던 사람이 나였어. 음악으로 치자면 싱어송라이터였던 거지... 중학교 때부터 공부에 매진하고, 법학과를 가게 되고, 어쩌다가 검사라는 직업까지 갖게 됐지만, 문득문득 그냥저냥 떠밀려 온 자리라는 느낌이 들 때가 있어. 뭔가 맞지 않는 옷을 입고 있는 것 같기도 하고."

푸념하듯 자기 이야기를 하는 이은영을 길정우는 흥미롭게 지켜봤다.

"그러고 보니, 지난 번 우리 성당의 건축재를 눈여겨 봤던 것도 그런 내력이었구나. 여차하면 화가 이은영이 될 수도 있었다는 건데, 어때, 그런 이은영 눈에 뭐 보이는 것 있니? 이 그림들 보고 혹시 생각이 달라지지 않니?"

"이런 모사화들로 그렇게 단번에? 길 변, 너무 순진한 것 아냐? 내가 제대로 각 잡고 팩트 폭격 한번 해볼까?"

이은영이 팔을 걷어붙이듯 정색을 하고 나섰다.

"길 변. 길 변이 바라는 대로, 김선주가 말한 신원이 다 사실로 판명되고, 남한 측 사업가에게 이진섭 그림을 위탁했다는 주장까지도 다 사실로 확인된다고 치자. 길 변. 그러면 문제의 그 그림들이 저절로 순정한 이진섭의 유작이 되는 거야? 전달된 그림들이 진짜 이진섭의 유작이라는 증거가 어디에 있는데? 요는, 이 모사본들의 원본 자체가 위작일 수도 있다는 이야기야. 지금까지 적발된 이진섭의 위작들의 주장은 하나같이 이구동성이었어. 이진섭이 전쟁 때 피난 오면서 고향에 두고 온 그림들이 우연히 발견되었다, 그런 식이었지. 물론 모두 다 거짓이었고."

결국 김선주에 대한 이은영의 시각은 달라진 게 하나도 없었다.

길정우는 즉각 항변했다.

"아니, 이은영. 이번 건은 다른 것 같다. 하나같이 돈이 목적이던 그들과 달리, 김선주의 목적은 적어도 돈이 아닌 것은 분명하다. 문제의 그 유작들은 이미 김선주네 손을 떠났고 이제 그들의 소유도 아니니까 말이다. 또 만일 위작이라면, 어차피 가짜인데 그러려니 해버리지, 이렇게까지 집요하게 나올 리도 없을 거다. 결국 아무 득 될 것도 없는 일에 저렇듯 애를 쓰고 있다는 건, 곧 김선주가 진심이라는 방증일 수도 있는 거다."

"김선주가 진심이라고? 길 변, 꽂혀도 아주 단단히 꽂혔구나. 한번 꽂히면 외곬인 것은 잘 알지만, 왜 이렇게까지 김선주를 믿고 싶어 하는 거지?"

"실은 나도 잘 모르겠다. 왠지 김선주의 이야기가 다 팩트고,

이진섭 그림이 어딘가에 결박된 채 아우성치는 듯한 환청까지도 들려온다."

이은영이 고개를 설레설레 흔들더니 일어나 주방으로 들어갔다. 스쿱을 손에 든 채, 이은영이 천천히 또박또박 말을 끊어가며 물었다.

"만일, 김선주 이야기가 팩트라면, 위작 사건으로 실추된, 이진섭 화가의 명예가 회복되고, 이진섭의 아들도, 위작 사건의 공범이라는, 불명예에서 벗어나고... 그렇다는 건가. 길 변이 목표하는 게 그거야. 집착하는 이유가 그거냐고?"

길정우가 벌떡 일어나 이은영에게 다가갔다.

"이은영. 나랑 같이 이 일 한번 해보자. 김선주의 이야기가 팩트라는 전제로 시작해보자. 밑져야 본전이라고, 설령 헛수고가 되어도 괜찮다는 생각으로 한번 들여다보자. 네 말대로 나는 이거다 싶으면 앞뒤 돌보지 않고 푹 빠져 버리는 기질이다. 반면에 이은영 너는 의심도 하고 믿기도 하면서 스탠스를 잘 조절하는 사람이다. 이은영을 끌어들인 건 나지만, 이 일에 더 적합한 건 이은영 너라는 생각도 든단 말이다. 이은영, 나를 좀 도와주지 않을래?"

길정우가 숫제 애원을 하고 있었다. 길정우의 이런 모습은 패션쇼에서의 속내를 털어놓던 때보다 더 낯설고 어색했다.

대학 시절, 이은영은 길정우와 자주 어울렸지만 결코 가깝지는 않았다. 길정우에게는 뭔가 어려운 구석이 있었다. 누구나 알아보는 외모, 누구도 압도하는 실력, 꼭 그것 때문만은 아니었다. 어쩌면 패션쇼를 통해서 알게 된 길정우의 내력이 벽으로 작용했을지도 모를 일이었다. 어쨌든 자신의 일도 아닌데 이렇듯 잔뜩 낮아져 간청하는 길정우의 모습은 신기할 지경이었다.

부리나케 나가서 이은영이 만든 커피를 날라온 길정우가, 이은영이 자리에 앉기를 기다리며 서 있었다.

"그래 어디부터 시작해야 하는데. 내가 할 일이 뭔데."

길정우가 재빨리 핸드폰의 메모를 열었다.

"먼저, 김선주 신원을 확인한다. 다음으로, 정식수사 단계가 아니라 어렵겠지만 김선주네 유작 즈음에 북한에 다녀온 사람들이 있는지도 알아본다. 마지막으로, 위작 사건 때의 수사 기록을 들추어 본다."

"수사 기록을? 그 기록을 들춰서 뭘 알아내게."

"너도 알다시피 이진섭 위작 사건은 김선주네 유작 스토리의 얼마 뒤였다. 혹시 피의자의 진술에 김선주네의 유작과 연관된 어떤 힌트가 있을지도 모른다는 거다. 북한의 유작 반입 소문이 미술계에 돌았다든지, 그래서 자기도 따라 했다든지."

"그런 게 나올 것 같지는 않다만... 일단 길정우의 지시, 접수 완료."

화끈한 이은영의 대답에, 길정우가 불끈 주먹을 쥐었다,

그러나 실은 이은영이 무작정 길정우의 제안을 수락한 것은 아니었다. 그럴 만한 그녀 스스로의 근거들이 있었다.

"길 변이 하도 외곬이라 일부러 제동을 걸었지만, 나도 나름의 생각은 있었어. 만일 김선주네의 신원이 거짓이 아니라면 그 자체로 유작 스토리의 신빙성이 높아질 거야. 솔직히 북한의 공훈화가

라는 그녀의 할아버지가 위작을 그렸을 것 같지는 않단 말이야.
그리고 사라진 유작들이 김선주네에게 무슨 금전적 이득이 되겠냐
고 길 변이 말했는데, 아니, 반대로 이득은커녕 오히려 재앙이
될지도 모를 일이야. 유작 스토리가 팩트로 드러나면, 북한에
남아 있는 김선주네 가족이 위험해질 테니 말이야. 아마 김선주도
그것 때문에 많이 망설였을 것 같아.”

이은영이 덧붙여 말했다.

“아. 또 있다. 실은 저 그림, 솜씨가 보통이 아니야. 막말로
저걸로 유작이라고 사기를 칠 수도 있을 정도야. 그런데도 김선주
는 이건 모사본입니다! 하며 만천하에 밝히고 있어. 길정우 말대로
김선주가 진심일 가능성이 큰 거야.”

길정우가 와인 잔으로 손을 옮겼다. 이은영의 손이 잠자코
길정우의 손목에 가닿았다. 길정우는 알콜 부적응자였다. 입학
오리엔테이션 때 선배가 강권하는 술을 마신 길정우가 일으킨
소동은, 이후 그에게 술 권하는 사람이 없을 정도로 엄청난 사건이
었다.

와인 잔에서 손을 떼며 길정우가 말했다.

“이은영. 실은 내가 며칠 동안 이진섭의 화집이며 평전이며를
다 찾아봤다. 이진섭의 삶을 가리켜, ‘일제와 육이오라는 두 불운한
역사의 톱니바퀴에 끼어버린 삶’이라는 표현이 어딘가에 있더라.
그런데 나는 그게 비유적 표현이 아니라 실제의 삶 자체라는 생각
이 들었다. 미치게 가족을 그리워한 본인, 어느 화가의 사기 행각에
걸려 평생 빚을 갚아야 했다는 아내, 아버지 그림의 위작 사건에
연루된 아들... 일가족의 삶이 통째로 톱니에 끼어 비명 지르는

삶이었던 거다."

독백이듯 길정우가 덧붙였다.

"어쩌면 그들 가족에게는 이진섭의 유명세가 오히려 자조였을지도 모른다."

플래티넘의 스토리는 구실 2010년 3월 27일 토요일

토요일 늦은 오후, 어느 특급 호텔 로비의 커피숍에 채지선이 앉아 있었다. 이 호텔 컨벤션에서 거행되는 결혼식에 참석한 신경희를 기다리는 중이었다. 신경희는 결혼 시즌의 주말이면 예복을 제작해준 vip 고객의 결혼식에 참석하느라 여념이 없었다. 붐비는 로비와 달리, 아직 실내악 연주가 시작되지 않은 커피숍은 한산했다.

한복 차림으로 나타난 신경희는 패션쇼장에서의 카리스마 넘치던 모습과 달리, 기품 있는 여염집 중년 여성의 모습이었다. 옥색 치마에 흰 저고리의 부드럽고 우아한 자태였지만 피로한 기색이 역력했다.

"죄송합니다. 빨리 귀가하셔서 쉬셔야 하는데."

"따로 시간을 못 내줬으니 나도 미안하지요. 한참 시즌이라 어쩔 수 없어요. 그래도 오늘은 빨리 끝난 거예요. 아예 야간 결혼식인 경우도 있답니다. 그래 무슨 일이세요."

채지선은 군더더기 없이 바로 본론으로 들어갔다.

"선생님. 저희 옥션의 오프닝 작품이 플래티넘 한복이라는 사실 알고 계시지요."

"네. 그렇다고 들었어요."

"실은 제가 반대하고 있는 중이에요."

신경희의 두 눈이 동그래졌다.

"오프닝 작품은 그대로 우리 미술관의 이미지가 되는 작품이라, 무슨 문화적 가치라든가 인구에 회자될 만한 스토리라든가, 그런 게 있어야 하는데 그런 게 도통 보이질 않아서요."

"플래티넘이 그저 비싸고 특이한 소재일 뿐 아무런 문화적인 가치가 없다. 그러니 최종적으로 왜 그렇게 비싼 물건을 만들었느냐 하는 스토리텔링이라도 있어야 하는데, 그것조차 없다. 그런 말이지요?"

역시 대한민국 최고의 한복 장인 신경희였다. 그녀는 채지선의 말을 단박에 알아들었다. 어쩌면 그녀도 채지선이 제기하는 문제점을 진즉에 간파했을지도 모른다.

"네 선생님. 스토리텔링이 관건이다 보니, 솔직히 지금 제일 궁금한 것은 최 대표라는 분이에요. 그분은 왜 그런 희귀한 물건을 제작했을까요. 또 그분이 자신의 플래티넘을 오프닝 작으로 적극 밀고 있는 것 같은데, 그분은 왜 그토록 귀한 물건을 제작해 놓고 바로 옥션에 내놓으려는 걸까요. 이미 충분히 부가 가치가 붙은 작품이라 크게 낙찰가를 기대할 수도 없을 텐데요."

신경희의 눈빛이 날카로워졌다. 그러더니 차츰 얼굴에 야릇한 미소가 번져갔다. 윗몸을 의자에 바짝 붙이고 팔짱을 낀 신경희가 말끄러미 채지선을 건너다보았다. 한참을 그 채로 있던 신경희가 입을 떼었다.

"채 박사님. 박사님이 궁금해하는 플래티넘의 스토리 같은 것, 나는 전혀 아는 게 없습니다. 최 대표와는 한복 제작의 공정에 관한 대화 말고는 일체의 다른 대화를 한 적이 없어요. 왜 이렇게 비싼 한복을 만드느냐, 본인 스스로 사연을 말하지 않는데 내가 그 사연을 묻는다? 어불성설입니다. 또 설사 고객 스스로 무슨 말을 했다손 쳐도 그걸 절대 외부에 발설해서는 안 됩니다. 잘 아시듯 고객의 기밀 보장은 브랜드 운용의 기본 원칙이니까요. 특별히 이번 쇼에서 플래티넘의 오너를 밝혔던 것은, 최 대표 스스로가 그것을 원했기 때문입니다. 그리고 옥션 오프닝 작 운운하는 것도 난 단지 소식만 들었습니다.”

알아들었느냐, 묻듯 신경희가 눈을 크게 치켜뜨고 채지선을 뚫어지게 응시했다.

“그리고 채 박사님. 이런 질문은 오빠에게 하면 될 텐데 왜 굳이 나를 찾아오셨을까. 혹시 나한테서 오빠와 최 대표의 관계를 알아내려는 거라면, 그런 것 기대하지 마세요. 전혀 아는 바 없습니다. 어떻게 가족인 본인보다 내가 더 잘 알 수 있겠습니까. 박사님이 모르면 나도 당연히 모르지요.”

신경희의 상황 파악 능력은 거의 본능적 수준이었다. 저간의 사정을 재빨리 간파하고 가차없이 그것을 투척하며 상대의 기를 꺾어 버리는 신경희. 채지선이 더 이상 입을 열어봤자 변명밖에 될 수 없는 형세였다. 어줍잖게 찾아와 이런 형세를 만든 건 채지선 자신이었다. 그녀의 자괴감이 벌겋게 뺨으로 솟구치고 있었다.

“참 지선 씨, 그날 패션쇼에 오셨던 신부님.”

언제 그랬냐는 듯, 신경희가 채지선 쪽으로 바짝 몸을 내밀며 은밀한 어조로 속삭였다. 한껏 목소리를 낮추고 생뚱맞은 화제를 꺼내는 그녀에게는, 방금 전의 신랄하고 무자비한 모습은 온데간데 없었다. 내밀한 호기심으로 번득이는 눈빛만이 가득했다.

"아, 그 성공회 신부님요."

예기치 않은 화제에 채지선은 어리둥절했다. 그러나 사실 패션쇼 이래 길정우는 그녀에게 커다란 수수께끼였다. 도서관에서 늘 같은 자리에 앉는 길정우를 훔쳐 보던 시절이 있던 채지선으로서는 당연한 궁금증이었다.

"같은 대학에 연배도 비슷한데 혹시 모르시나."

"알지요. 워낙 유명했던 사람이니까요. 그분의 사시 합격이나 연수원 소식까지는 들었는데, 갑자기 신부님으로 소개되기에 무슨 영문인가 궁금해하던 참이었어요."

"그렇구나. 그날 원래는 주교님이 오시기로 돼 있었는데, 주교님께 갑자기 일이 생겨서 대타로 오셨더랍니다. 그런데 그분이 오시기 정말 잘했지 뭡니까. 기부금이 엄청났으니까요. 최 대표 같은 분이 통 크게 쏜 것도 있지만, 관객들도 아예 자릿수를 달리한 것 같았어요."

"아, 그랬군요. 그런데 그분은 왜 신부님이 되신 건지..."

"지선 씨. 플래티넘은 구실이고, 길 신부 이야기 듣자고 나 만난 것 아니에요? 아, 농담이고, 나도 그분이 신부가 된 이유는 몰라요. 그런데, 지선 씨. 길 신부님이 자급사제라는 사실 알고 계세요? 성공회에 있는 겸직 제도라는데, 그 신부님, 지금 유명 로펌 소속 변호사이기도 하대요."

"자급사제요? 금시초문이에요."

어리둥절한 채지선 쪽으로 신경희가 다시 몸을 내밀며 비밀이야기라도 하듯 속살거렸다.

"지선양. 알고 있지요? 성공회 신부님은 일반 성당의 신부님과 달리 결혼이 가능하다는 사실?"

"당연히 알지요."

"그날 인사는 했지요?"

신경희의 눈빛이 호기심으로 가득했다.

"아니요. 저 혼자 아는 거지, 그분은 저를 알지도 못해요."

"아유 그랬구나. 그날 왔던 우리 고객들이 길 신부가 일찍 가버렸다고 어찌나 아쉬워들 하던지. 하기사 있었다 해도 제대로 말도 못 붙였을 거야. 너무 잘 생긴 데다, 어딘지 모르게 어려운 분위기도 좀 있는 사람이라서."

"네. 학교 때도 그랬어요. 뭔가 쉽게 다가갈 수 없는 그런 분위기가 있었어요."

"지선 씨. 왜 한번 찾아가 만나보지 그래요. 부잣집 딸이겠다, 남부럽잖은 커리어도 있겠다, 미인이겠다, 선남선녀가 따로 없겠는데. 내가 지선씨 나이라면 한달음에 달려가 만날 것 같아요. 지나 보면 알게 됩니다. 지금이 얼마나 귀하고 아름다운 때인지"

사진의 수수께끼 2010년 3월 29일, 월요일

김명세가 탄 차가 3호 터널을 빠져나와 소공로로 향하고 있었다. 낯선 숲에 들어서는 포수처럼 김명세는 바짝 긴장하며 예민해졌다. 근래 업무차 몇 차례 서울에 왔어도 강남 지역에서만 짧게 머무는 일정이었다. 이 일대는 실로 삼십여 년 만이었다. 경부고속도로 연변의 강남 일대가 1호 터널로 연결되던 시절에 서울을 떠났으니, 방금 지나온 3호 터널도 그로서는 처음이었다.

하필이면 기부처가 성공회이던 그날, 성공회의 사제로 소개된 길정우의 얼굴이 스크린에 비추이는 찰나, 그의 몸이 저절로 뒤로 돌고 있었다. 젊은 신부는 바로 뒷 자리에 서 있었다. 젊은 신부의 얼굴을 보기 위해 그가 고개를 뒤로 젖혔다. 그러다 젊은 신부와 눈이 마주쳤다. 젊은 신부가 눈인사를 했다. 움찔하며 그가 몸을 돌렸다. 웬일인지 그때 이후 길정우라는 젊은 신부가 그의 뇌리에서 떠나질 않았다.

망설임 끝에 성공회에 가보자는 결심을 한 어젯밤, 김명세는 핸드폰 속의 시내 지도를 펼치고 옛 기억을 더듬었다. 익숙한 명칭이 눈에 들어올 때마다 마치 유배지에서 돌아오듯 반가움이 밀려왔다.

지도에서 보았던 대로, 3호 터널이 뚫린 것 말고 이 일대가 크게 달라진 것은 없었다. 신세계도 한국은행도 명동 일대도 남대문 쪽도 다 그대로였고, 소공로의 좁은 길도 여전했다. 그러나 소공로를 빠져나오자마자 눈앞에 펼쳐지던 시청의 분수대는 보이지 않았다. 대신 그 자리에는 광장이 들어서 있었다.

시청 뒷길로 돌아나온 차가 세종로로 들어섰다. 세종로는 눈에 띄게 변해 있었다. 고층 빌딩들이 늘어선 대신, 국제극장 같은 건물이나, 광화문지하도의 하얀 아코디온 지붕 같은 것이 보이지 않았다. 중앙청도 소식대로 온데간데 없고, 복원 작업 중이라는 광화문은 하얀 가림막으로 덮혀 있었다.

변해버린 풍경에서 온 충격일까. 아니면 길정우와 가까워지고 있어서일까. 광화문의 하얀 가림막 앞에서 별안간 김명세의 눈앞이 아득해졌다. 걷잡을 수 없이 맥박이 빨리지고 호흡이 가빠지는데다, 손가락 마디까지 덜덜 떨려갔다. 황급히 주머니를 뒤지던 김명세가 마른 알약을 꿀꺽 삼켜 넘겼다.

차가 성당의 주차장에서 멈췄다. 성당 건축물과 경내의 경관 역시, 앞에서 본 풍경들처럼 달라져 있었다. 그는 차 안에서 한참을 그대로 앉아 있었다.

오늘은 월요일이니, 목요일 오후에만 성당에 들른다는 길정우와 마주칠 일은 없을 것이다. 그러나 성공회 경내와 성당 내부를 돌아보는 김명세는 시종 불안했다. 한옥의 사제관 앞을 지날 때는 식은 땀이 났다. 자급사제인 길정우에게 따로 방 같은 게 없을 줄 알면서도 그랬다.

주차장으로 돌아와 차에 오르려던 때였다. 성당 건물의 바닥층에 작은 출입구 하나가 보였다. 성당의 사무실 공간인 듯했다. 김명세의 발길이 무심코 그곳으로 향했다. 어두컴컴한 공간에 들어서자 바로 눈앞으로 복도가 벋어 있고, 우측으로 또 하나의 복도가 보였다. 김명세는 우측으로 발걸음을 떼었다.

무심히 양쪽 방문에 붙은 문패들을 일별하며 세 번째 모서리를 돌던 때였다. 획 곁눈으로 모서리 방의 문패가 스쳤고, 찰나적으로 그가 흠칫했다.

'길정우'

찬찬히 글자를 확인했다.

길 정 우

정확히 길정우였다.

한참 숨을 고르던 그가 덥석 문 손잡이를 잡았다. 당연히 잠겼을 것이다. 그러나 딸깍, 손잡이가 돌아가고 있었다. 안에서는, 아무런 기척이 없었다. 문을 밀었다. 수납 창고를 개조한 공간인 건지, 겨우 문이 열리고 바로 눈앞이 벽인 형편없이 작은 방이었다. 벽에 딱 붙은 의자 하나와 작은 간이 책상 하나, 우측 벽으로 의자 하나만이 눈에 띄었다.

말끔한 책상 귀퉁이에 사진 액자 하나가 놓여 있었다. 김명세의 손이 그 액자로 뻗쳤다. 모자지간인 듯한 두 사람이 마루 끝에 앉아서 활짝 웃고 있는 사진이었다. 어깨가 드러나는 런닝셔츠를 입고 있는 어린 소년은 한눈에 길정우였다. 패션쇼 영상 속의 길정우 그대로였지만 깡마르고 병약해 보였다. 김명세는 어린 길정우를 뚫어져라 쳐다보았다.

그러다가 아무렇지도 않은 차림새로 길정우의 어깨에 팔을 두르고 있는 여자 쪽으로 눈을 돌렸다. 바짝 액자를 눈앞으로 끌어당긴 김명세가 털썩 의자에 주저앉았다. 스르륵 액자가 그의 손에서 바닥으로 떨어지고 있었다.

집 주차장에 도착한 김명세가 어디론가 전화를 걸었다.

"그때 신경희 패션쇼에 왔던 그 젊은 신부에 대해서 알아봐. 알아낼 수 있는 것은 모조리 다 알아내."

그가 다시 마른 알약을 입에 털어 넣었다.

텅빈 수장고 2010년 3월 31일 수요일

이른 아침 채지선은 운도의 별장으로 향했다. 오후에는 내일의 강의를 점검해야 하니 서두를 수밖에 없었다.

처음 맡은 대학 강의는 생각보다 훨씬 신경이 쓰였다. 첫강부터 핸드폰으로 검색을 해가며 시시콜콜 질문을 던지는 학생이 있었다. 초임 강사에게 던지는 짓궂은 테스트였는데, 학생들은 침묵한 채 그녀의 대응을 예의 주시하고 있었다.

네비게이션은 새로 뚫린 고속도로를 가리켰다. 그러나 채지선은 낯선 도로 대신 네비 없이도 익숙한 경춘국도를 택했다.

차량 통행이 줄어 한산한 국도 연변으로 낯익은 마을들과 상가들이 줄줄이 스쳐갔다. 한창때는 이른 아침부터 주차장이 꽉 들어차는 밥집들이 즐비하던 도로였다. 그러나 이제 그런 풍경은 먼 이야기가 되어 버렸고, 저만치 산줄기만은 그대로여서 그녀와 나란히 국도를 달리고 있었다. 막 연두빛 물이 오르기 시작하는 산줄기와 달리는 아침 드라이브는 여전히 상쾌했다.

국도를 벗어난 차가 계곡을 따라 난 산중턱 길로 들어섰다. 조금 더 달리자 드디어 그녀네 산이 보이기 시작했다. 이제 모퉁이 길만 돌면 산마루턱에 있는 집도 보일 것이다.

이 집은 서울 시내와 인근 지역에서 여러 개의 운전 면허연습장을 운영하던 그녀의 부친이 주 거주지로 삼다시피 했던 곳이었다. 방학 때면 채준석과 그녀도 이곳으로 옮겨와, 모친 박정자가 꾸린 교사진의 방문 과외를 받으며 공부를 했던 곳이기도 했다.

채지선의 차가 계곡 위의 석교(石橋)를 건너 정문 앞의 너른 공터에서 멈췄다. 차에서 내린 채지선이 정문의 문설주 기둥으로 다가갔다. 화강석에 새겨진 '채정국 농장'의 금빛 글자를 어루만지는 채지선에게 새삼 감회가 밀려왔다. 실로 8년 만의 만남이었다.

채지선은 석교에 올라 서서 사방을 둘러보았다. 발 아래 계곡물은 여전히 맑고 풍성했다. 맞은 편의 인가와 농장들도 옛 모습 그대로였다.

움트는 활엽수들과 검초록 상록수들로 뒤덮힌 그녀네 산은 그새 더 깊은 숲을 이루고 있었다. 숲 위쪽으로 불쑥 돌출된 나무들이 보였다. 오래 전 산줄기를 따라 고압선 철탑이 설치되자, 집 안에서만이라도 철탑을 가려보자고 심은 메타세쿼이어 군락이었다.

채지선의 차가 한때 농장이었던 평지를 지나 산등성이 길로 들어섰다. 길 양편으로 도열한 벚나무들이 산마루까지 따라가는 완만한 비탈길이었다. 윤기가 자르르한 자주빛 벚나무의 가지 끝에서 한창 꽃봉오리가 맺히고 있었다. 간간이 활짝 터진 봉오리도 보이고, 군데군데 가지들이 맞닿아 터널을 이룬 곳도 있었다.

드디어 저만치로 산마루턱의 고원이 나타났다. 아침 햇살이 쏟아지는 고원 위에 선 집과 나무들... 꿈속이듯 감격스러웠다. 주차장 부근의 목련화는 비탈길의 벚나무들과 달리 활짝 만개해 있었다.

차에서 내린 채지선의 시선이 맨 먼저 메타세콰이어로 향했다. 눈앞에 병풍처럼 늘어선 메타세콰이어 군락은 계곡의 석교에서 올려다 볼 때보다 훨씬 드높았다. 그러나 산등성이에 우뚝 선 고압선 철탑의 위용만큼은 여전히 압도적이었다. 철탑에서 되반사된 햇살의 섬광이 날카롭게 채지선의 두 눈을 찔렀다.

집의 현관문을 열자 훅 냄새가 껴쳤다. 닫힌 공간 특유의 냄새였다. 이상했다. 수장고로 그림들을 옮긴 후로는 오빠가 상주하다시피 한다고 했는데……

채지선은 삼 면의 유리창에 드리워진 블라인드를 올리고 창문을 활짝 열어젖혔다. 쨍한 아침 대기에 밀려 실내의 묵은 공기가 금세 빠져 나갔다. 툭 트인 남쪽 시야의 저 멀리로 겹겹이 산맥들이 펼쳐지고 있었다. 오른 쪽 창가에 서자 메타세콰이이에 가려 더 이상 고압선 철탑은 보이지 않았다.

채지선이 집 왼쪽의 수장고 건물로 향했다. 수장고는 아트 컬렉터로 변신한 부친이 장차 이곳에 미술관을 건립한다는 계획하에 세워둔 철옹성의 구조물이었다. 그러나 부친이 쓰러지면서 미술관 기획은 자연스레 중단되었고 수장고도 그냥 빈 채로였다.

그러던 어느 날, 박사 논문으로 여념이 없던 채지선에게 채준석으로부터 조감도 하나가 날아들었다. "옥션과 미술관의 복합 빌딩이야. 중단됐던 운도의 미술관 계획이 드디어 강남에서 실현되는 거다. 경복궁 갤러리와 본가의 수장고 작품들은 일단 운도의 수장고로 통합할 예정."이라는 메시지와 함께.

채지선이 수장고 건물의 외문을 열었다. 공간에 온기가 전혀 없었다. 아까 현관문을 열 때처럼 흠칫하던 가슴이, 수장고의 문이 열리는 순간 털썩 내려앉았다. 수장고가 텅 비어 있었다. 조부 때부터 반세기 넘게 수집해 온 국내외 작가의 작품들, 이진섭 컬렉션, 현금왕이라 불리던 부친이 해외 미술 시장에 나가 수집해 온 수많은 클래식 명작들과 현대 거장들의 작품들... 다 어디로 갔지. 왜 안 보이는 거지. 오빠나 어머니로부터 아무런 말도 없었는데...

정신없이 차를 몰면서 채지선은 심호흡을 거듭했다. 완공이 다 되었으니 옥션의 수장고로 옮긴 것이다. 옥션으로 가서 확인해 보자.

채지선의 차가 옥션 빌딩 후면의 VIP용 주차장에서 멈췄다. 급히 정문 쪽으로 돌아나온 채지선이 엘리베이터를 타고 수장고로 향했다. 잠시 후, 혼비백산한 채지선이 건물 밖으로 뛰쳐 나왔다.

집으로 돌아온 채지선은 집안의 고문 변호사인 박 변호사에게 전화를 걸었다. 라운딩 중이라는 박 변호사는 일행의 소음을 이기려는 듯 한껏 톤을 높였다.

"아, 지선양, 귀국하셨나요? "

"네, 한 달쯤 됐어요. "

"학위 취득하셨다는 말?"

"네, 이번 학기부티 대힉에 깅의를 나가고 있습니다."

"아, 그래요, 축하합니다. 학위도 받으시고 강의도 나가시니 부친께서 바라던 대로 되셨군요."

뭔가 이상했다. 같은 아파트에 살면서 집안끼리 자주 소통도 하는 박 변호사가, 자신의 소식을 금시초문인 듯 말하고 있었다.

"변호사님, 제 소식, 아직 못 들으셨던가 봐요."

채지선의 질문에 박 변호사가 큰 소리로 화통하게 대답했다.

"아, 지선 양은 모를 수도 있겠군요. 어버님 편찮으신 후로, 그러니까, 준석 군이 귀국해서 회사를 맡으면서부터는 우리와는 거래가 끝났습니다."

채지선이 무안할 만큼 짧고 명쾌한 설명이었다.

"죄송합니다. 전혀 몰랐어요. 혹시 어느 변호사님이 우리 회사 고문을 하는지, 알 수 있을까요."

"왜 오빠나 어머니에게 물어보시지 않고. 우리가 그런 걸 알 수는 없어요. 소송 대리인이라면 몰라도 그런 건 굳이 신경 쓸 필요가 없는 일이라."

앞이 콱 막히는 느낌이었다. 회사의 법률 고문인 박 변호사라면 궁금증을 해결해줄 거라는 기대가 무참히 무너졌다.

채지선 앞에 놓인 노트에는 박 변호사에게 물어볼 질문거리가 빼곡이 적혀 있었다. 엄청난 성공을 거두었다는 채준석의 투자는 과연 무엇이었는지, 경복궁 쪽의 갤러리를 강남으로 옮기는 과정에서의 재정 문제는 어떻게 된 건지, 옥션의 경영권과 지분 문제는 어떻게 되어 있는지, 아버지의 재산은 어떻게 관리되고 있는지, 여기에 더해, 혹시 패션쇼에서 본 최 대표라는 사람의 정체를 알고 있는지.

박 변호사로부터도 얻어낼 수 없는 정보를 어디서 얻을 수 있을까. 채지선은 눈앞이 캄캄해졌다.

셜록홈즈 프로젝트 2010년 4월 4일 일요일

사월 초의 일요일 오후, 서울시립미술관과 정동교회가 한눈에 보이는 어느 카페의 이층 테라스에 이은영이 앉아 있었다. 고궁과 미술관, 성당과 교회가 모여 있고, 시청과 명동이 가까운 지역이라 평일에도 늘 붐비는 곳이었다. 그러나 봄볕으로 따뜻하게 달구어진 오늘, 테라스는 의외로 한산했다.

　어제 아침, 이은영은 출근하자마자 신충재의 방으로 찾아갔다. 신충재는 오 년 전의 이진섭 위작 사건의 담당 검사였다. 뜬금없이 김선주의 유작 스토리를 브리핑하는 이은영은 무척 조심스러웠다. 담당했던 사건이 재론되는 것을 반길 검사는 별로 없을 터였다.

　처음 뜨악해하던 신충재는, 이은영의 브리핑이 끝나자마자 혹시 그 모사본들을 지금 볼 수 있느냐고 물었다. 핸드폰에 저장된 사진이 있느냐는 뜻이다. 이은영에게 그런 사진은 없었다. 신충재는 빨리 길정우를 만나 보자고 제안했다. 이은영은 의외의 쉬운 해결에 안도의 숨을 내쉬었다. 수사기록의 열람이 쉬워지고, 수사 당시의 정황을 들을 가능성도 커졌다.

　정시에 도착했음에도 신충재는 레이디를 기다리게 해서 미안하다며 연신 사과했다. 그는 직장 상사가 아니라 사람 좋기로 소문난 본래의 신충재가 되어 있었다.

　일요일인 오늘 길정우의 일정은 숨가빴다. 성공회의 가장 이른 감사성찬례에 참석한 후, 곧바로 몸이 불편한 모친을 보시고 성당 미사에 참석하는 일정에 더해, 지금의 이 약속이 또 추가된 것이다.

　저만치 덕수궁 돌담을 끼고 성큼성큼 걸어오는 한 남자가 시야에 들어왔다. 하얀 피부와 짙은 눈썹이 멀리서도 한눈에 길정우였다. 이은영이 손짓을 하자 길정우가 번쩍 손을 들며 알은체를 했다.

　금세 이층 실내를 거쳐 테라스로 나온 길정우가, 신충재에게 허리를 굽혀 인사하며 다가왔다. 검정 로만 칼라 셔츠에 검정 코트를 입은 길정우는, 여느 때와 셔츠 깃만 다를 뿐인데도, 한눈에 사제였다.

　자리에서 일어나 있던 신충재가 다가온 길정우를 와락 껴안았다. 포옹한 채 길정우의 등을 두드리던 그는 상체를 뒤로 젖히고 길정우를 위아래로 훑어보며 말했다.

　"아, 길 변, 아니 길 신부님, 이게 얼마만이십니까. 소식은 늘 듣고 있었지만 드디어 만나게 되네요. 나 기억나시지요?"

　"아, 무슨 말씀을. 제가 어찌 신충재 선배님을 잊겠습니까. 뵙기만 해도 절로 기가 충전되는 에너자이저 아니십니까. 연수원 그 치열한 경쟁 속에서도 신충재 선배님은 늘 해탈한 듯 여유만만이셔서 선배님 주변에는 늘 사람이 넘쳐났지요."

　"하하, 에너자이저라면 길 변을 능가할 수 있겠습니까. 훤칠한 미남이 늘 환한 미소까지 띠고 있으니 존재 자체로 그냥 에너자이저였어요. 여자 연수원생들뿐만 아니라 나 같은 사람도 입이 절로 벌어졌으니까요. 그런데 여전하십니다. 멀리서도 한눈에 옥골선풍의 상남자시니 말입니다."

　사제 길정우를 의식해서인지, 신충재는 결코 후배를 대하는 말투가 아니었다.

　"선배님, 옛날처럼 편하게 반말로 하십시오. 아시겠지만, 전 일반 신부도 아닙니다. 회사의 동료들이나 선배님들도 절 그냥 변호사로 막 대합니다."

　"길 신부님은 법무관 마치면 판검사 어느 쪽이든 맘먹기 나름이었고, 유명 로펌에서도 오퍼가 쇄도한다는 소문이 자자했는데…"

　길정우의 철 지난 레퍼토리를 펼쳐내는 신충재는, 실수를 피하기 위해 가급적 말을 줄이는 법조인들의 모습과 사뭇 달랐다.

호방한 그의 토크는 길정우가 김선주의 모사본을 꺼내는 지점
에서 끝이 났다.

"선배님, 김선주가 그려 온 모사본입니다."

김선주의 모사본을 테이블에 펼쳐 놓는 길정우의 목소리와
눈빛이 달라졌다. 그림을 들여다 보는 신충재의 눈빛도 떠들썩함
이 언제였나 싶게 예리해졌다.

"김선주에 대해서…"

두 사람이 동시에 입을 열었다. 서로 얼굴을 바라보다 신충재가
말을 이었다.

"김선주에 대해서 사전 조사를 마쳤다는 얘기는 이은영 검사에
게 들었습니다."

"예. 김선주가 주장하는 집안 내력이나 본인의 경력이 그대로
다 확인이 되었습니다. 저는 따로 하나원 출신들 커뮤니티를 통해
서 공적인 채널로는 알 수 없는 정보도 얻었습니다. 할 수 있는
검증은 다 한 셈입니다."

고개를 끄덕이던 신충재가 선서하듯 나직하게 손바닥을 치켜
들었다. 그러더니 뜻밖의 제안을 했다.

"길 변. 우리, 이 자리가 어떤 자리인지 분명히 합시다. 이
자리는 이미 오 년 전에 종결된 사건에 관해서 우리끼리 편하게
의견을 나누는 사적인 자리입니다."

신충재의 말은, 그들의 모임이 오프 더 레코드의 트러스트라는
의미인 듯했다. 혹여 자신의 이야기가, 공무상의 기밀 유출이
될 소지를 차단하겠다는 뜻으로 들렸다.

사적인 자리임을 강조한 신충재는 바로 말투를 바꾸며 자신의

속내를 털어놓았다.

"실은 어제 아침에 이은영 검사 입에서 이진섭 위작 사건이라는 말이 나오는 순간, 가슴이 철렁했다. 무슨 자객 등장하듯 등줄기에 쌩 칼바람이 불더라니까."

길정우와 이은영의 눈빛이 마주쳤다.

신충재는 자신이 왜 그랬는지 그 연유를 말하기 시작했다.

"이진섭 위작 사건은 내가 검사 임명을 받고 맨 처음 수사팀으로 마주친 사건이었다. 사회적으로 크게 관심을 받는 사건이라 꽤 긴장을 하고 임했었지. 하지만 알다시피, 피의자가 바로 자살해 버렸고 사건은 황망하게 종결되고 말았다. 그런데 그 사건, 지금이라면 어떻게 풀어나갔을까, 가끔 반추해 본 적이 있을 만큼 줄곧 마음 한켠이 켕기는 사건이었다."

"수사가 미진했거나 방향이 틀렸었다, 그런 말씀이신가요."

"아니 꼭 그런 말은 아니야. 왜 검찰 수사 전에 언론에서 수사 다 해버린다는 말이 있잖아. 이진섭 위작 사건이 바로 그런 케이스였다. 방송사의 기획 보도로 사건 내용이 일반에게 널리 알려진 후에야, 미술협회의 고소장이 들어왔으니까. 그 사건이 어떻게 흘러갔는지는 잘 알 것이고, 내가 아쉽다고 하는 것은, 그때 피의자의 구속 영장이 법원에서 기각되었을 때, 그대로 물러설 것이 아니라 재청구를 했더라면 어땠을까, 한다는 거야. 구속 영장이 발부되었더라면 그 피의자는 자살하지 못했을 것이고, 그랬더라면 다른 가정 쪽으로 수사가 풀려나갔을지도 모를 일이고."

"다른 가정? 어떤?"

길정우의 질문이 다급했다.

"위작 사실이야 순순히 다 불은 마당이니, 위작을 하게 된 동기를 좀더 추궁했어야 했다는 말이야. 그 위작들은 누가 봐도 한눈에 "나 위작이란 말이요!" 실토하는 엉터리 하급이었거든. 왜 명품 짝퉁에도 다 급이 있다고 하잖아. 등급을 매기자면 그 위작들, 잘해봤자 B급도 안 되는 물건들이었어. 상식적이지 않았다는 말이지."

"파렴치한 인성도 아닌데, 말도 안 되는 태작을 가지고 기자들을 불러 회견까지 한 대담한 위작사건... 그 말씀은... "

토씨 하나라도 빠트릴세라 집중하는 길정우의 눈초리가 매서웠다.

"혹시 다른 목적이 있었다고 해석할 수 있을까요. 자살한 그 피의자는 도구일 뿐 이면에 어떤 음모가 있었다. 가령... 일부러 들켜서 사건을 만들고자 했다든가......"

쾅, 신충재가 탁자를 내리쳤다.

"빙고. 역시 길정우, 바로 그거였다."

연신 고개를 끄덕이며 신충재가 말했다.

"지금껏 뭔가 막연히 석연치 않았는데, 지금 길 변의 추리를 듣고 보니, 나도 같은 생각을 하고 있었던 것 같다. 그런 엉터리 위작을 가지고 북한에서 보관되던 이진섭의 작품이라며 기자회견까지 한다는 것 자체가, 너무 상식적이지 않았어. 게다가 그 피의자는 그럴 만한 대담성도 전혀 없는 사람이었거든."

"음모에 의한 위작 사건이라는 가정대로라면, 그 위작 사건 제법 큰 사건일 수도 있었겠습니다."

"그래. 그럴지도 몰라. 길 변은 어째 꼭 내 머릿속에 들어갔다

나온 사람이다."

"참, 그때 이진섭의 아들, 소환이 되었던가요?"

"아니. 아직 일본으로 소환장을 보내기도 전에 사건이 종결되어 버렸어. 소환장을 보냈더라도 국제법 절차에 따른 강제 구인이 아닌 한 소환에 응하지 않았겠지. 그 사람, 피의자의 자살로 범죄자는 면했지만 도덕적으로는 이미 크게 망가져 버렸어."

이진섭 위작 사건의 수사 과정에 관한 신충재의 증언은 딱히 수사 기밀이랄 것도 없었다. 그러나 담당자 아니면 절대 알 수 없는 비하인드는, 두 사람에게 큰 힌트를 제시했다. '이진섭 위작사건이 고의적으로 일으킨 사건일 가능성'이었다.

"선배님. 혹시 그 사건, 다시 파헤쳐볼 생각 없으십니까."

신충재는 한참 동안 대답이 없었다.

"솔직히 어제 이 검의 브리핑을 듣고 그 생각을 안 해 본 것도 아니야. 그러나 현재로선 감히 손들지 못하겠다. 인지 수사로 공권력을 가동하려면, 깔고 들어갈 증거가 어느 정도는 확보돼야 하는데, 지금은 어떤 윤곽조차도 없는 상태다. 게다가 인지 수사라는 게 검사 명운을 걸다시피 하는 일이라 애시당초 부담이 너무 크기도 하고."

그는 자신의 심경을 솔직하게 토로했다.

신충재는 길정우에게 사적인 질문을 던지는 것으로 미팅을 매듭지었다.

"그래, 길 신부는 일주일 스케줄이 어떻게 되나. 성공회의 법률 자문 사제격에, 일류 로펌의 변호사 일까지 겸업하려면 정신없이 바쁠 텐데,"

"워낙에 자급사제 제도는 주일에만 사역을 하는 제도입니다. 지금은 한나절을 따로 떼어 교회 일을 하기로 협의가 되어 있지만, 앞으로 형편대로 조율해 나갈 예정입니다."

세종로의 버스 정류장에서 신충재를 배웅한 두 사람은 건너편의 신문사의 카페로 향했다. 길정우가 매주 어머니와 점심 식사하는 곳인데, 오늘은 그러지 못했으니 음식을 포장해 가려는 것이었다.

신문사는 일제 강점기 건축물의 외양을 그대로 유지하고 있었다. 1층에 위치한 카페에도 당대의 문사들이 일하던 신문사의 분위기가 얼마간 남아 있었다. 레스토랑의 메뉴가 함박스테이크 단품인 것까지도.

"신 선배님 처음 나설 때와 다르시네. 좀 소극적이신 것 같지 않아?"

"이니, 난 신 선배가 일을 우리에게 맡긴다는 느낌이 든다. 신 선배 말대로 인지 수사라는 게 공권력의 힘으로 유리한 것도 있는 반면, 그만큼 운신의 폭이 좁다는 단점도 있잖아. 동네방네 소문나고 실패하면 온갖 비난의 화살이 꽂히게 돼. 그에 비해 우리처럼 제약 없는 탐정식 수사는 부담이 적고, 잘만 하면 공식 수사 못지않은 결과를 얻을 수도 있어. 아무래도 신 선배는 이번 사건은 우리가 자유롭게 해보는 게 낫다고 생각하시는 것 같다."

"탐정식 수사? 길 변, 그러면 우리가 지금 탐정인 거니?"

"그래. 얼마 전 네가 말했던 셜록홈즈 같은 탐정."

"그럼 누가 홈즈고 누가 왓슨인 거야?"

포장 음식을 받아들고 레스토랑을 나오며 이은영이 물었다.

"길 변, 음모든 아니든, 그때 이진섭이나 유족측 말고, 위작 사건으로 피해를 본 사람이 누구였을까."

"그야 이진섭의 그림을 소장한 사람들이었겠지. 기존 작품들에 대한 의구심이 높아지고, 그에 휩쓸려 가격도 크게 다운됐다고 하니."

"그림을 많이 소장한 경우라면 피해가 더 컸다는 얘기네. 만일 음모라면 혹시 그쪽과 관련이 있을 수도 있을까..."

투자의 공식은 성공과 실패 2010년 4월 7일 수요일 오후

가림막을 벗은 옥션 빌딩이 제 모습을 드러내고 있었다. 후면의 주차장에 차를 세운 채지선은 도로변으로 나가 말끔해진 건축물을 올려다보았다.

한마디로 기품 넘치는 아름다운 건축물이었다. 대리석판의 클래딩이지만, 전면에 어떤 장식물이나 창문도 없이 마치 대리석 덩어리가 통째로 조상(彫像)된 듯한 연갈색의 심플한 외관이 아주 인상적이었다. 그런가 하면 건축물의 측면 벽에 크로스 형태로 새겨진 창호도 확 눈길을 끌었다. 길고 좁은 사이안블루의 가로축과 퍼플의 세로 축이 교차된, 산뜻하고 도발적인 시그니처였다. 전체적으로 견실하고 매끈한 대리석의 기품에, 현대적인 감각이 파고들어 균형을 이뤄낸 빼어난 건축물이었다.

그런데 미술관이 이렇듯 돋보이는 것은 넓은 부지 덕이기도 했다. 수목과 조형물을 가장자리로 밀어내고 가운데를 비워둔 회유형의 정원 구도가 건축물을 맘껏 돋우고 있는 것이다.

이 풍요롭고 아름다운 건축물을 바라보는 채지선의 가슴에 새삼, 분노와 절망이 밀려들었다.

운도의 수장고가 텅빈 사실을 안 채지선은 집안의 자산에 대해서도 의구심이 일기 시작했다. 부친 채정국이 IMF 때 현금 쪽에서 크게 실패했지만, 부동산 자산만큼은 아직도 대단하다고 믿고 있던 채지선이었다.

그녀는 불안한 마음으로 가족들 소유의 부동산 등기부를 들춰보기 시작했다. 아니나다를까, 그녀의 불안은 적중했다. 이미 부친과 채준석 명의의 부동산은 온전한 것이 거의 없는 지경이었다. 대부분이 담보 설정 상태거나 명의가 넘어갔거나였다.

'빚은 망하는 지름길이다. 미운 놈 있으면 빚 준다.' 귀에 못이 박히게 들어온 아버지 채정국의 평소 지론이었다. 그런데 지금 자기 집안이 빚으로 망해가고 있었다.

퍼팅 연습을 하고 있던 채준석이 채지선을 힐끗 보더니 그대로 연습을 계속했다.

"길이 안 막혔나 보다. 한창 막힐 시간인데."

연습을 끝내고도 손을 씻는 둥 전화를 하는 둥 시간을 끌던 채준석이 드디어 자리에 앉았다.

"오빠. 운도 수장고 무슨 일이야. 일단 거기로 다 옮겼다고 했잖아."

채지선이 낮게 물었다. 못 들은 척 채준석은 반응이 없었다.

"여기도 거기도 다 비어 있는데 무슨 일이냐고. 그 많은 컬렉션 다 어디로 갔어?"

채준석이 벌떡 일어나더니 창가로 걸어갔다.

채지선이 가방에서 서류를 꺼냈다. 부동산 등기부 등본들이었다.

"그리고, 이 등기부 등본들 어떻게 된 거지. 멀쩡한 게 하나도 없잖아. 경복궁 갤러리도 임대한 게 아니라 매각되어 버린 거고, 운도의 임야니 대지니 오빠 아버지 지분 다 저당잡혀 있고, 아버지 명의의 하남 광주 땅들도 다 매각됐고, 오빠 부동산도 가회동 집 말고는 전부 매각되거나 담보 잡힌 상태고, 대체 무슨 일이야. 어머니도 알고 계신 거야? 투자에 성공한 자금을 바탕으로 옥션 올린 줄 알았는데, 설마 그 건물 땅 다 꾸겨서 이 곳에 투입한 건 아니겠지? 그건 성공이 아니라 망해도 엄청 망한 거잖아. 어떻게 된 영문인지 설명을 좀 해보라고."

채준석은 수사관 앞에서 묵비권을 행사하는 피의자처럼 꿈쩍도 하지 않았다.

"설마 어머니 하고 같이 한 일은 아니겠지."

"너, 어머니한테 절대 말하지 마. 말하기만 해봐. 가만 두지 않을 거야. 다 알아서 할 테니까 제발 그냥 좀 기다려."

채준석이 사납게 으르렁거렸다. 그에게 어머니 박정자는 급소였다.

채지선의 언성도 높아졌다.

"다 알아서 한다고? 지난 몇 년 동안 계속 해온 말이잖아. 무슨 사기라도 당한 거야? 그렇지 않고서야 어떻게 이 짧은 기간 동안에 이럴 수가 있냐고."

"투자라는 게 늘 잘 되는 건 아니잖아. 성공도 하고 실패도

하며 가는 거지. 처음에는 정말 잘 됐는데 중간에 일이 좀 안 풀린 것뿐이야. 그러나 이제 옥션 오픈하고, 다른 투자 건이 잘 풀리면 다시 자금이 돌 거고, 그러면 담보 문제도 차근차근 해결이 될 거야."

성공적인 투자자로 소문난 사람의 말치고는 너무 유치하고 허무맹랑했다.

"옥션이 무슨 도깨비 금방망이라도 되는 줄 착각하는 것 아니야? 그래봤자 찹찹하게 쌓아가는 중개상의 마진일 뿐이야. 아버지가 미술 사업으로 선회하신 목적은 크게 컬렉션에 투자하며 자산을 늘리자는 뜻이었지, 자잘하게 상업적으로 나가자는 건 아니었어."

"그래도 갤러리 사업도 잘만 하셨잖아. 어머니가 다 하셨지만."

"저 채권자들, 대체 누구야. 설마 옥션까지 관여된 건 아니겠지? 정 오빠가 말을 안 하면 난 다른 방법을 쓸 수밖에 없어."

채지선이 다른 방법을 쓴다는 말에 채준석이 발끈했다.

"너, 건방떨지 마. 막말로 난 내 재산을 내 맘대로 운용했을 뿐이야. 내가 너나 어머니 명의의 재산에 손을 댄 것도 아니잖아."

"아버지 명의의 부동산에 손댔잖아. 그건 공동의 몫이야. 그리고 무엇보다도 컬렉션, 그중에는 확실한 내 것이 있어. 할아버지 때부터 내려오는 이진섭 컬렉션은 다 내 몫이라고 아버지께서 늘 말씀하셨잖아. 그건 오빠도 인정할 거고."

"어쨌든 이 문제는 네가 나설 일이 전혀 아니야. 네가 몰랐던 것을 알았을 뿐, 네가 알았다고 해서 달라질 것도 없어. 그러니 넌 잠자코 옥션이 처음 기획된 대로 오픈되는 것만 기다리면 돼."

채준석의 말대로였다. 지금 채지선이 할 수 있는 일은 아무것도 없었다. 대체작으로 세우려던 컬렉션의 행방이 묘연한 마당에, 플래티넘 한복의 자격 운운 했던 일은 언감생심 그야말로 주제넘는 일이었다. 그러니 채준석 말대로 잠자코 옥션이 오픈되는 것을 기다리는 수밖에 없었다.

'너는 책상머리에 지나지 않는다.'

결국 어머니 박정자의 말이 맞았던 셈이다. 큰 성공을 거두었다는 채준석의 말을 무작정 믿은 결과, 옥션의 소유권이나 경영권조차를 걱정하고 있는 자신은 얼마나 무능한 책상물림인가. 그녀는 물밀듯 자괴감이 밀려왔다.

위작사건의 실마리 군산 2010년 4월 7일 수요일

콘서트홀의 로비로 나온 이은영 쪽으로 성큼 길정우가 다가왔다. 뜻밖이었다.

퇴근 무렵 이은영은 연락이 닿지 않는 길정우에게 메시지를 남겼다. 위작 사건의 정보가 입수된 사실을 알리며, 콘서트가 끝나면 다시 전화하겠노라는 내용이었다. 그런데 길정우가 그새를 못 참고 직접 찾아온 것이다.

이은영의 어머니는 길정우를 보며 놀라움과 반가움을 감추지 못했다.

"어머, 웬일이에요. 사전 약속이 돼 있었던 건가요."

블랙으로 성장을 한 이은영의 어머니에게서는 어딘지 모르게 이은영의 모습이 비쳤다.

세 사람이 대화중일 때 중년 여성들이 다가와 이은영의 어머니에게 알은체를 했다. 이은영의 어머니는 두 사람에게 손을 흔들며 그들과 함께 가뿐히 사라져 갔다.

"대학 졸업식 때 뵈었는데, 하나도 안 변하셨네."

"응, 언제나 소녀과."

광장으로 나간 길정우가 오른쪽으로 향했다. 큰 공연 날이면 주차장으로 오픈되는 광장이 완전히 만차 상태였다.

길정우가 조수석의 문을 열고 이은영을 기다렸다. 돌아와 운전석에 착석한 길정우는 시동을 걸지 않았다.

"너무 늦어서 마땅히 갈 곳이 없으니 그냥 여기서 이야기하자. 피의자 정보를 알아냈다고?"

이은영이 가방에서 육필 메모지를 꺼내 길정우에게 건넸다.

장길수, 1952년 생, 53세(58세)

전과: 없음

가족: 없음

본적지 · 출생지: 전북 군산

주소지: 경기도 평택

학력: 대학 중퇴

직업: 화가

핸드폰의 전등을 켜고 메모지를 살피던 길정우가 말했다.

"전과가 없구나. 일 벌일 만한 대담성도 없어 보였다고 하더니."

"조서 내용을 보면 더 그래. 도대체 신문하는 내용에 뭐든 부인하는 법이 없어. 자신이 그린 위작이라는 것도 순순히 인정하고, 도무지 자신을 방어하려는 의지가 전혀 없어."

“신 선배가 그랬지. 왜 그런 위작을 그렸는지 좀더 신문했어야 했다고.”

“그래, 그 동기를 신문하는 부분이 있긴 한데, 몇 번 물어도 장길수가 줄곧 묵비권이더라고.”

“전혀 그럴 만하지 않은 사람이 대담한 사건을 일으켰고, 그 이유는 함구하고, 그러다 맥없이 자살해 버렸다. 지금 우리야 김선주 때문에 어떤 상상력이 발동되지만, 신 선배처럼 아무것도 없던 당시 상황에서는 아무것도 할 게 없었을 것 같긴 하다.”

“참, 김선주가 말한 북한과의 그림 교역, 다 사실이더라. 우리 외삼촌이 그림에 조예가 있는 분인데, 아침에 전화를 하셨길래 생각이 나서 여쭤 봤어. 북한과의 그림 교역이라는 게 가능한 거냐고. 그랬더니 한번 집에 들러보라고 하시는 거야. 집에 북한에서 온 선죽교 그림이 있다고. 외삼촌네 교회 목사님이 북한에서 그림을 대량 반입해서 교회 신도들에게 판매하신 거래.”

“교회에서 북한 그림을 판매했다고? 그것도 대량으로?”

“그래. 한때 북한이 남한 종교인들의 북한 방문을 허가했다는 뉴스가 있었잖아. 그 목사님도 그런 계제에 북한에 가셨던 거고, 그 때 그림을 사오셨다는 거야. 그 목사님 자체가 워낙 미술품 수집에 일가견이 있는 분이라, 중국 개혁 개방 때도 중국의 미술품 공예품을 상당수 선점해서 교회의 자산으로 확보하신 분이래. 그러니 북한 방문 때야말로 더없이 좋은 찬스였겠지.”

“그래? 그런 이야기는 하나원에서도 들은 적이 없다. 우리는 정말 아무것도 몰랐던 거구나. 한쪽에서는 그렇게 활발히 북한과 교류가 이루어지고 있었는데.”

“또 하나, 음모론 관련한 정보야. 이진섭 위작 사건의 가장 큰 피해자는 이진섭 그림을 많이 소장한 쪽일 거라고 했잖아. 그런 갤러리가 실제로 있대. 갤러리 채라고.”

“갤러리 채?”

길정우의 목소리가 높아졌다.

“응. 이진섭 그림을 독보적으로 많이 소장한 갤러리래. 미술 사업에 진출할 때부터 그 사실로 유명세를 날렸고, 미술품 거래 규모나 기획 전시에서 우리나라에서 최고 수준이었던 곳이래. 왜, 아는 곳이야?”

“패션쇼 열렸던 신축 건물의 소유주가 갤러리 채 소유자였다. 곧 옥션과 미술관이 들어선다는데, 갤러리 채가 그 옥션의 모태라고 하더라. 그날 옥션의 대표도 소개됐는데 우리 또래밖에 되지 않는 아주 젊은 친구였다.”

“어머, 젊은 대표니, 옥션이니, 내가 외삼촌에게 들은 말 그대로네. 그런데 더 놀라운 사실이 있어.”

“김선주 유작과 관련된 거니? ”

“그 얘기는 이따가 하고. 그보다 더 놀라운 거야.”

“뭔데?”

“갤러리 채의 설립자인 채정국이라는 사람이 군산 출신이라는 사실. 놀랍지?”

“군산이라고? 장길수도 군산 출신이잖아?”

길정우가 손전등을 다시 켜 메모지를 확인했다.

“놀라운 것 또 하나. 그 설립자가 이진섭 사건 때 쓰러졌다는 사실.”

"설립자가 위작 사건 때 쓰러졌다고?"

길정우는 그날 패션쇼에서 본 채씨네를 떠올렸다. 자신의 맞은편 스탠드에 앉아 있던 채 대표의 양 옆으로, 그의 모친인 듯한 중년 여성과 아내나 여동생쯤으로 보이는 젊은 여성이 앉아 있었다. 그러나 설립자일 만한 사람은 보이지 않았다.

"뭐 더 들은 것 있으면 말해 봐."

"채정국이라는 사람의 모든 것은, 군산의 엄청난 갑부였던 그 부친으로부터 비롯된 거래. 그 아버지가 당대 전국 수위의 미술품 컬렉터였는데, 아버지로부터 물려받은 그 컬렉션을 바탕으로 미술 사업을 시작했다는 거야. 처음부터 미술 사업을 한 건 아니고, 어마어마하던 군산의 땅과 사업체를 팔아 발빠르게 덤벼든 게, 서울과 경기도 일대의 운전면허 연습장 사업이었대. 칠팔십 년대에 운전면허 연습장은 현금과 땅을 한꺼번에 거머쥐는 황금알 사업이었다니, 그야말로 시대의 흐름을 제대로 탔던 사람인 거지."

이은영이 전하는 갤러리 채의 축재담은 흥미진진했다.

"그 사람이 금싸라기가 된 운전면허 시험장 일부를 정리하고, 미술 사업에 뛰어들었을 때는, 재벌들이 줄을 서서 돈을 빌리는 엄청난 현금왕이 되어 있었대. 그런데 운이 다했던 건지, IMF 때 무너져버린 몇몇 재벌에게 투자한 회사채가 휴지조각이 돼버리고, 사채로도 크게 실패를 하면서 푹썩 주저앉았다는 거야. 그런 와중에 이진섭 위작 사건까지 터져서 그랬는지 그 설립자가 쓰러지고, 갤러리 사업도 휘청거렸대. 이후 그 집 아들이 어딘가에 투자를 해서 엄청난 성공을 거뒀다는 소문이 돌았다는데, 길 변이 패션쇼에서 봤다는 그 젊은 대표가 바로 소문의 장본인인 것 같다.”

콘서트 종료 후 임시 주차장으로 분주하던 광장은 어느새 텅 비어 있었다. 멀리 분수대 쪽으로 한 무리의 사람들이 눈에 띌 뿐 광장은 적막했다.

“은영아. 아까 하다 만 얘기, 마저 해봐.”

“컨템포러리라고, 갤러리 채와 쌍벽을 이루는 갤러리가 있는데, 그 두 갤러리의 여성 대표들이 어느 대학의 최고 여성경영자 과정에서 대판 싸웠다는 소문이야.”

“그런 장소에서 그런 직함의 여성들이 싸움을 해?”

“응. 내로라하는 재벌 부인 등 국내 최고의 노블레스들이 다 모였다고 떠들썩했던 과정이었다니, 갤러리 쪽에서는 최고의 마케팅 장소였겠지”

“싸움의 원인이 무엇인데? ”

“뭐 정확한 원인이야 본인들이 알겠지만, 미술계의 권력다툼이었을 거래. 가뜩이나 IMF로 휘청이던 갤러리 채를 컨템포러리라는 신흥 강자가 위협했다는 거야. 컨템포러리가 굵직한 재벌들의 해외 미술품 구매를 대행하며, 재벌들의 돈세탁 창구 노릇을 한다는 소문이 파다했던 때래.”

호기심으로 번뜩이는 길정우를 보며 이은영이 말했다.

“그 일 얼마 후 이진섭 위작 사건이 발생했다는데, 혹시 음모론 상에 컨템포러리가 등장할 수도 있는 걸까.”

모사화 그리기 취미의 피의자 2010년 4월 10일 토요일

길정우와 이은영이 탄 차가 동서천 IC로 접어들었다. 어제 오후 길정우와 통화하던 군산 지청의 박 검사가 당부했다.

"어느 고속도로를 타든, 군산 들어올 때 동서천 IC로 들어오도록 해. 수령(樹齡)이 짧아 벚꽃 터널까지는 아니지만, 그래도 나름 벚꽃 길이니까. 금강호 넘어 철새 조망대 쪽의 벚꽃도 볼 만할 거고, 두루두루 기분 좋은 길이야. 날씨가 좋았으면 좋겠는데 내일은 어떨지 모르겠다. 오늘은 황사가 장난 아니거든."

톨게이트를 지나 잠깐 달리자 바로 눈앞에서 길이 끝나며 좌우로 분기되는, T자 형 갈림길이 나타났다. 갈림길의 한복판에 화살표의 이정표가 붙은 말뚝이 서 있었다. 오른쪽 화살표는 군산·장항, 왼쪽의 화살표는 한산을 가리키고 있었다. 한산 쪽의 화살표 아래로 신성리 갈대밭, 한산 모시관의 화살표도 함께 붙어 있었다.

"아 신성리 갈대밭이 바로 여기였구나. 눈에 선하다. 영화 JSA 공동경비구역의 그 하얀 갈대밭. 지금이 늦가을이었더라면 좋았겠다. 모시관에 갈대밭에, 눈앞으로 금강까지 흐르고..."

이은영은 마주치는 지명이나 풍경마다 소감이 넘쳤다. 조수석에 편승하는 대가로 커피를 내려왔다는 그녀는, 어젯밤 늦게 퇴근해서 피곤하다면서도, 군산에 다 오도록 입을 다물지 않았다.

두 사람의 차가 삼거리에서 군산·장항 쪽으로 우회전하여 달리기 시작했다. 좌측으로 낡은 슬라브 집들과 풀더미가 얼마간 지나가더니, 거짓말처럼, 슬그머니 바다가 나타났다. 얼핏 국도보다도 수면이 높아 보이는 바다였다. 그러나 그 바다는 실은, 대망의 서해를 목전에 두고 하구둑에 막혀 호수가 되어버린 금강이었다.

호수로 변신한 금강은 황금빛의 아침 햇살 아래서 유유자적 풍요롭고 한가로웠다. 호수의 수면 깊숙이 건너편의 산그림자가 검게 어리고, 산그림자가 끝난 지점의 수면에는 쏟아지듯 무수히 금빛 물비늘이 반짝였다.

호수 건너편, 벚꽃으로 뒤덮힌 산자락에 '금강 철새조망대'라는 표지판이 높이 솟아 있었다. 철새 도래지의 최적의 조건은 갈대밭이라고 했던가. 호수의 제방 안쪽으로는 여전히 드넓은 갈대 둔치가 형성돼 있고, 호수 한가운데로 연두빛의 갈대무지도 떠 있었다. 늦가을이 되어 호수의 물이 방류되면, 다시 거대한 갈대 군락이 되고 뭇 철새들의 낙원이 될지도 모를 일이다.

두 사람의 차는 금강의 물길을 따라 서해 바다쪽으로 계속 달렸다. 나름 벚꽃 길이라던 박 검사의 말대로, 수령(樹齡) 낮은 벚꽃나무들이 다음다음 다가오고 물러가기를 반복했다. 차창을 내리자 벚꽃 향 그득 실린 싱그러운 아침 대기가 아우성을 치며 몰려들었다. 차 안을 마구 휘젓고 두 사람의 머리카락을 날려대던 바람은 또 다른 바람에 밀려 차창 밖으로 사라져 갔다.

두 사람의 차가 금강을 호수와 바다로 가르는 금강하구둑길 쪽으로 좌회전을 했다. 하구둑의 갑문이 시작되는 지점에 서해 바다를 조망할 수 있는 넓은 공터가 있었다. 주차를 하고 차 밖으로 나온 두 사람에게 바다 비린내가 훅 끼쳤다. 해풍을 맞으며 두 사람은 장항선 철길 옆의 철책으로 다가갔다.

하구인지 바다인지 모를 드넓은 담해수 수역이 아득히 펼쳐지고 있었다. 군산과 장항이 연락선으로 이어지던 시절, 담배 한 개비 피울 시간이면 당도했다고 읽었던 것과 달리, 하구의 양안은 까마득했다.

저 멀리 먼 바다로 열리는 육지의 끝자락에 나직한 산부리가 보였다. 간조가 진행되는지 꽤 낮아진 해수면 위로, 여기저기 작은 어선들이 떠 있었다. 간조가 완성되기 전에 서둘러 잔교로 옮겨가야 할 텐데, 도대체 선주들은 다 어디로 간 것일까.

두 사람은 오늘의 첫 목적지인 장길수의 모교로 향했다.

하구둑길의 끝에서 우회전하자 드넓은 외곽 도로가 나타났다. 이번에는 바다가 오른쪽이었다. 도로 초입의 바닷가 쪽으로 '채만식 문학관'이라는 표지판이 자나가고 있었다.

"아, 맞다. 채만식 하면 탁류고, 탁류 하면 군산이었지"

"일제 강점기 군산 사람들의 세태를 여실히 그린 소설... 거칠고, 거침이 없는 특이한 문체... 수능 보느라 외웠던 내용이다. 읽지는 않고 공부로만 배운 소설."

"나도 그래. 이따가 혹시 시간 되면 한번 들러볼까?"

두 사람의 군산행은 어제 오후 결정됐다. 장길수와 갤러리채가 동향이라는 사실을 안 길정우는 군산행을 결심했고, 장길수의 모교에 가려면 놀토가 아닌 이번 주라야 한다며 서둘렀다. 이은영이 시간을 못 내면 자기 혼자라도 가겠다고 했는데, 어제 오후 이은영은 의외로 쉽게 휴가를 받아냈다.

"이은영이 같이 온다고? 이거 어머어마하네. 둘이 무슨 사이인 거야?"

박 검사가 깜짝 놀라며 말했다.

"그런 것 아니고, 우연히 일을 같이 하게 됐어."

길정우가 방문 목적을 말하자, 박 검사는 흔쾌히 도움까지 자청했다.

"오래 된 사람에 대한 정보는 토박이만한 사람이 없지. 내가 내일 한번 알아볼게. 군산 갑부였다는 채 씨네도, 화가 장길수도, 누군가 기억하는 사람이 분명 있을 거야. 학교에는 지금 전화를 해서 장길수의 학적부 열람 신청을 해 놓을 테니, 내일 아침에 바로 학교로 찾아가 봐."

어제까지 기승을 부렸다던 황사가 오늘 아침 감쪽같이 사라진 것이 행운의 예고였을까. 박 검사가 따로 수소문을 할 것도 없이, 토박이는 뜻밖에도 장길수의 모교에 있었다. 장길수의 동기 동창에 같은 반이기까지 했다는 이 학교의 교장이었다. 교장 직함을 단 지 겨우 한 달째라는 그는, 어제부터 기다렸다며 편하고 선선하게 그들을 맞이했다.

안내된 자리에 앉자 교장은 미리 준비해둔 학적부를 그들 앞에 펼쳤다.

성명: 장길수

생년월일: 1952년생

본적지· 주소: 군산, 군산 해망동

학업성적: 보통

성격: 매우 온순하고 책임감 강함

가족관계: 보호자인 할머니, 남매관계의 1남 4녀

상벌: 수차례의 도내 미전 수상 · 전학년 전액 장학생

"장길수 씨가 매우 온순하고 책임감 강한 사람이라고 되어 있군요."

"예. 맞습니다. 여동생만 넷이나 둔 가장이었는데, 안쓰러울 정도로 책임감이 강한 친구였습니다. 새벽에 신문도 돌리고, 해망동 밑 어시장에서 허드렛일도 하고, 참 별의별 일을 다 하던 친구였습니다. 그 시절, 없는 집 딸들은 국민학교만 졸업하면 식모살이를 가거나, 공장에 여직공으로 가는 일이 허다했습니다. 그런데 장길수는 어떻게 해서든 여동생들을 상급 학교에 진학시키려고 발버둥을 쳤습니다. 그래서 결국 자신은 대학도 중퇴했고 큰 화가도 되지 못했지요"

이렇듯 맘껏 장길수를 변호하기 위해 길정우를 기다렸던 것일까. 담담히 장길수의 사연을 전하는 교장의 눈시울이 붉어졌다.

길정우는 상벌란의 특별한 기록에 주목했다. 도내 미전에서의 수차례의 수상 경력과 전학년 전액 장학생이라는 기록이었다.

"장길수 씨가 전액 장학생이었군요. 집안 환경 때문이었겠지요?"

"아니, 그런 것은 아닙니다. 장길수가 장학생이 된 것은 집안 환경 때문이 아니었습니다. 당시에는 너나할 것 없이 다 가난해서 집안 환경은 전혀 고려 대상이 아니었습니다. 장학생 선발 기준은 오로지 학업 성적이었지요."

"그럼 장길수 씨에게 무슨 다른 기준이 적용되었던 걸까요?"

"장길수는 특기 장학생이었습니다. 당시에 각급 학교에 장학

금을 많이 내던, 도내 최고 갑부라는 분이 계셨습니다. 그분이 그 시대로서는 드물게도 그림 애호가였는데, 그림 잘 그리는 장길수에게 특별 장학금을 주었던 겁니다."

"그 갑부라는 분이 혹시...?"

길정우와 이은영이 긴장하며 마주 보았다.

"채용만이라는 분이었습니다. 저도 그 분 장학금 수혜자로 아직도 장학금 수여 증서들을 가지고 있습니다. 당시 그분이 얼마나 부자였냐면, 그때까지만 해도 군산에 전국적인 명성을 가진 기업체가 몇 있었는데, 그런 기업들이 다 채용만 씨의 사채를 쓴다는 소문이 있을 정도였습니다."

"혹시 그 분의 아들이 채정국 씨던가요?"

"채정국 씨요? 글쎄요. 실은 제가 삼 년 동안 매일 연락선을 타고 통학한 서천 사람입니다. 서울서 학교를 다닌다는 그 집 자식들의 이름까지는 들어본 적이 없습니다. 뭐 하시는 분입니까. 혹시 장길수 일에 관련된 분인가요? "

"미술 사업을 하시는 분입니다."

"그렇다면 그분의 아들일 가능성이 높겠습니다. 채 씨 집성촌이 이 일대인데, 흔한 성도 아니고, 더구나 그림 관련된 일을 한다면."

"교장 선생님. 혹시 장길수 씨와 채용만 씨가 관련된 기억이라든가, 이진섭 위작 사건으로 떠오르는 기억 같은 것 없으십니까."

"위작 사건과 관련된 기억... 있습니다. 뚜렷한 기억이 있습니다."

"있으시다고요?"

깜짝 놀라며 길정우가 되물었다.

"실은 장길수가 이진섭 위작 사건으로 언론에 오르내릴 때, 참 기가 막히면서도 결국 이렇게 되는 건가, 하는 생각이 들었습니다. 장길수는 학교 다닐 때 모사화 그리기가 취미이던 친구였습니다. 우리가 운동장에 나가서 놀 때도, 그 친구는 교실에 혼자 남아 오로지 모사화 그리기에 열중이었습니다. 미술 교과서의 그림에서부터 미군 부대에서 흘러나오는 잡지의 사진, 뭐든 눈에 띄는 것은 전부 따라 그리는 버릇이 있었습니다. 그러는 중에도 특별히, 교과서에 실린 이진섭 그림을 위시해서 세상의 모든 이진섭 그림을 끝도 없이 모사했습니다. 그래서 위작 사건 때 그런 생각이 들었던 겁니다."

모사화 그리기가 취미였던 장길수가 결국은 위작 화가가 됐구나, 했다는 교장의 말에 길정우가 바짝 긴장했다.

"교장 선생님. 채용만 씨가 미술 애호가라서 장길수 씨에게 장학금을 줬다고 하셨는데, 혹시 그 두 분, 서로 잘 아는 사이였을까요."

장길수와 채용만이 서로 아는 사이였다면, 장길수와 채정국도 당연히 아는 사이일 것이다.

"아마 잘 알았을 겁니다. 장길수의 장학금도 실은 장길수의 여동생과 채용만 씨의 따님이 친한 친구이기 때문이라는 소문이 있었으니까요. 장길수의 여동생이 여고 졸업 후, 채용만 씨 빽으로 은행에 취직했다는 소문도 있었을 정도니까요."

장길수의 여동생 말이 나오자, 길정우가 장길수의 학적부를 가리키며 교장에게 물었다.

"여동생이 4명인데, 어느 분입니까."

"바로 아래 동생입니다."

'장영숙. 55년생.'

"채용만 씨의 딸은 서울서 학교를 다녔고 가정형편도 크게 차이가 났는데, 친한 친구였군요."

"그랬던가 봅니다."

"교장 선생님, 혹시 장길수 씨의 여동생 소식을 아십니까."

"아니요. 전혀 모릅니다. 말씀드렸다시피 저는 서천 사람인데다, 부산에서 대학을 다녔기 때문에 자연스레 군산 소식이 끊겼습니다. 집안 전체가 부산으로 이주해서 통 올 기회가 없다가, 이번에 교장 지원을 이쪽으로 해서 수십 년 만에 오게 됐습니다. 검사님은 그런 정보쯤 얼마든지 알아낼 수 있는 것 아닙니까."

교장은 잘 모르는 소리를 하고 있었다. 학교의 기록부를 교장의 허가 아래 열람하는 것과 달리, 국가 기관을 통해 타인의 정보를 수집하는 행위는, 공식 절차가 아닌 한 절대 불가능한 일이었다.

"혹시 채용만 씨 딸의 소식은 모르십니까."

"그 자식들에 관한 소식은 전혀 모릅니다. 아 언젠가 고등학교 동창들이 부산으로 놀러왔을 때, 채용만 씨 딸이 한국대 법대에 들어갔다는 얘기를 들었던 것 같습니다. 장길수 여동생이 채용만 씨의 빽으로 은행에 취직했다는 소문도 그때 들었습니다."

'한국대 법대로 진학한 채 씨 집안의 딸!'

길정우와 이은영의 놀란 눈빛이 다시 마주쳤다.

"교장 선생님, 자꾸 죄송합니다만, 장길수 씨가 언제 군산을 떠났는지 혹시 아십니까?”

“글쎄요. 다들 서울로 부산으로 일자리를 찾아 군산을 떠나던 무렵이 아니었을까요.”

“혹시, 채 씨 일가를 따라 간 걸까요?”

“글쎄요. 그럴 수도 있었겠지요.”

잘 모르겠다는 대답도 많았지만, 교장의 증언은 그들에게 큰 소득이었다. 장길수가 모사화 그리기가 취미였다는 사실, 장길수와 채 씨네가 가까웠다는 사실을 알게 된 것이다.

“교장 선생님. 혹시 채 씨 일가의 집이 그대로 남아 있을까요.”

“그 일대는 벌써 옛날에 아파트로 개발된 걸로 알고 있습니다.

정중히 인사를 하고 물러나는 두 사람을 교장은 교정까지 따라 나오며 배웅했다. 아득히 먼 옛날의 동창생 장길수를 떠나보내는 마음인지도 몰랐다.

군산에서의 옥신각신 4월 10일 토요일

몇 년 만에 두 사람과 만난 박 검사는 길정우를 와락 껴안으며 반가워했다. 이은영의 연수원 한 해 선배였지만 법무관을 거치느라 이은영보다 임관이 늦은 그는, 군산이 첫 발령지였다.

서해안의 아름다운 풍광을 보여 주겠다며 그는 먼바다 새만금 방조제 쪽으로 그들을 안내했다. 인근의 횟집에서 식사를 마치고 돌아오는 길에 그가 물었다.

“이 검, 군산에서 어디 특별히 가고 싶은 곳 있으면 말해 봐.”

“동국사와 히로쓰가옥 초원사진관에 가보자. 군산에서 가장

핫한 곳이잖아."

　동국사는 한눈에 전형적인 에도시대 양식의 사찰이었다. 검회색의 얇은 기와, 급경사로 떨어지던 지붕이 귀퉁이의 처마끝에서 날렵하게 솟구친 모양, 새하얀 회벽과 진먹빛 가름목의 선명한 흑백 대조, 가로세로 직방형으로 크게 구획되는 상단 벽과 촘촘한 격자무늬의 문틀로 둘러쳐진 하단 벽 등, 여실한 에도식이었다.

　대웅전과 낭하로 이어지는 요사도, 최근에 신축된 듯한 찻집도, 대웅전과 동일한 일본식 건축 양식이었다.

　그런데 요사 옆으로 다른 양식의 건축물 하나가 서 있었다. 찻집과 비슷한 시기에 신축된 듯한 이 건물은 지붕만으로도 한눈에 전통적인 우리나라 사찰 양식이었다.

　두껍고 무거운 진먹빛의 기와. 완만한 지붕 선과 곡선의 처마선, 흰 벽과 연갈홍색의 가름목, 원형의 원목 통기둥과 하단의 툇마루들이 전형적인 조선시대의 건축 양식이었다.

　그러니까 동국사는 이제, 국내에 유일하게 잔존한 일제 강점기의 일본식 사찰이 아니라, 한일 양국의 사찰이 함께 들어서 있는 국제적인 사찰인 셈이었다.

　히로쓰 가옥으로 가기 위해 동국사 담장을 따라 내려가는데, 담장을 덮다시피 한 긴 횡단 플래카드가 눈에 띄었다.

　'동국사 우리나라의 사찰이 되었다!'

　시멘트 블록의 건물들과 집들이 이어지는 골목길에도 바람벽에 덕지덕지 무슨 표어가 붙어 있었다. 가까이 다가가 들여다보았다.

‘미군부대 철수하라!’

세 사람은 동국사 앞 대로에서 신호등을 건너, 왼편의 히로쓰 가옥 쪽으로 향했다.

앞서서 걸어가는 길정우에게 뒤따라 오는 두 사람의 대화가 들렸다.

“이 검, 어때, 동국사 본 감상이? 일본에 미국에 좀 요란하지?”

한참 있다 이은영의 대답이 들렸다.

“문득 그라나다의 알함브라 궁전 생각이 난다.”

박 검사가 빠른 걸음으로 길정우 옆으로 다가오더니, 눈을 동그랗게 뜨며 어깨를 으쓱했다. 무슨 말이냐고 묻는 것이다. 길정우는 고개를 저으며 말없이 웃었다.

“알함브라? 스페인에 남겨진 아랍 궁전?”

“그래. 찬란한 이슬람 예술의 상징인 알함브라. 그라나다의 언덕에서 멀리 시에라네바다 산맥을 바라며 천년의 세월을 건너온 그 알함브라 말이야. 카를 5세던가? 알함브라에 기독교 양식의 사각궁전을 지어넣고 통탄했다는 야사도 있잖아. ‘세상 어디서나 볼 수 있는 것을 지으려고 세상 어디서도 볼 수 없는 것을 훼손했구나’ 하면서. 외할머니 이사벨 여왕은, 알함브라의 화려한 장식 문양들이 알라신과 술탄을 찬양하는 아랍 문자의 칼리그라피라는 사실을 알면서도, 그 아름다움에 놀라서 그대로 두라고 명했다고 하지. 그런데 손주인 카를 5세는 아랍 세력에게 지배당한 스페인의 역사를 지우고 싶은 일념에 사로잡혀 그만 일을 저질렀고, 뒤늦게서야 자신의 실수를 깨달았던 거야.”

이은영은 아득한 시공 너머의 이사벨 여왕의 마음이 되어 있는 듯했다.

"그래도 원형을 되찾으려는 보수 공사가 지속되면서, 알함브라는 당당한 스페인의 유적이 되었고, 이제는 스페인을 넘어 온 인류의 문화 유산이 되었어. 이베리아에서의 광영이 사라지리라는 슬픈 예감을 미학으로 승화시켰다는 술탄의 역작 앞에서, 누구는 이국적인 건축과 정원에 매료되고, 누구는 건축 내부의 화려함에 경탄하고, 또 누구는 술탄의 외로움에 이입되기도 하는, 위대한 알함브라가 된 거야. 저마다 보이는 대로 보고, 느껴지는 대로 느끼게 하는, 세상에서 가장 아름다운 건축물이 된 거라고."

"미학적인 경외심과 정치적인 콤플렉스가 충돌한 현장이라…… 그런데 리버럴리스트 미학 감성의 이은영, 여전하구나. 일본식 사찰 옆에 한국 전통 사찰을 덧붙인다고 해서, '동국사 이제 우리나라의 사찰이 되었다'는 프레이즈를 내건다고 해서, 일제 강점기라는 과거사가 절대 지워지지 않는다. 그러니 손대지 말고 원형 그대로 두자. 이런 말인 거지?"

"박 검은 생각이 다른가 보네. 저 작은 국내 유일의 일본식 사찰이, 시대를 증언하는 문화적인 의미는 온데간데없이, 온통 정치적인 공간으로 변질되어 가는 현장 앞에서 아무런 생각이 없단 말이야?"

"이 검사는 알함브라 생각난다고 했지. 난 해체된 중앙청 생각이 난다. 우리 고등학교 논술 시간에 중앙청 폭파에 대한 찬반 글도 쓰고 그랬잖아. 그 때 보존이냐, 이동이냐, 폭파냐 세 가지 질문 중에서 난 무조건 폭파 쪽이었어. 어쨌든 중앙청은 그 때 해체되었고, 이제 그 누구도 중앙청 이야기를 하지 않게 되었어.

우리의 기억에서 완전히 사라져버린 거지. 내가 군산에 와서 알게 되었는데, 실은 저 동국사도 중앙청이 해체될 때 헐릴 뻔했다고 하더라. 조계종 사유 재산인 관계로 국가에서 3억을 배상해야 해서 지체되고 있었는데, 그러는 사이 등록문화재 제도가 생기면서 간신히 보존이 됐다는 거야. 난 차라리 그때 동국사도 중앙청처럼 아예 헐어버리고 우리나라 사찰을 지었더라면 훨씬 깔끔했다고 생각된다. 어차피 '금강사'라는 본래의 일본 명칭도 진즉에 사라진 마당이잖아. 동국사라는 우리 명명의 이름처럼, 실체인 건축물도 우리식 사찰로 다시 지었더라면 좋았다는 말이야."

"박 검사 좀 과격하네. 동국사는 궁전이자 신전이었던 알함브라와도 달리, 지방도시에 남은 한낱 작은 종교 유적일 뿐이야. 거느리던 식민지에서 종내에는 패퇴하고 물러난 제국주의의 역사적 유물이기도 한 사찰이라고. 그리고 중앙청과도 비교하면 안 돼. 중앙청은 명백히 정치적인 공간이었고 서울 한복판이라는 특수성도 있었으니까 말이야. "

"아니, 이 검사 말대로 동국사는 이미 정치적 공간이 되어 있고, 앞으로도 더했으면 더했지 덜 하지는 않을 거야. 나도 저렇게 정체성 모호하고 이도저도 아닌 모습이 돼 가는 게 이상해서 하는 말이야."

'히로쓰 가옥'에서도 이은영과 박 검사는 옥신각신했다. 일제 강점기 배경의 영화에서 단골로 등장하는 이 건축물의 명칭에 대한 논쟁이었다.

'금강사'가 해방 후 얼마 되지않아 바로 '동국사'로 바뀐 것과 달리, 이 가옥은 최근에 이르러 '히로쓰 가옥'이라는 고유 명사에서

‘신흥동 일본인 가옥’이라는 일반 명사로 바뀌었다.

“알함브라가 아랍 궁전으로 바뀌고, 아야소피아가 동방정교 교회로 바뀐 격이야.”

“이은영. 넌 중요한 걸 놓치고 있어. 일본과 우리나라 관계는 그런 나라들과는 다르다는 사실 말이야.”

“아니. 긴 세월이 지나면 그런 것 다 의미 없다고 생각해. 당나라나 몽골 청나라에게 당한 흔적들이 한낱 역사적인 유적에 지나지 않는 것처럼 말이야.”

“아니. 장담컨대 일본과의 관계는 두 나라가 존속하는 한 절대 바뀌지 않을 거야.”

“우리나라가 일본을 능가해도 그럴 거라 생각해? 긴 세월이 지나가면 이기고 지는 게 다 무슨 상관이야. 그냥 세월의 흔적으로 인류의 흔적으로 남을 뿐이라고. 그때가 되면 유물 발굴해가며 인류사 탐구하는 고고학자들처럼, 원형을 복원하려고 애쓸지도 몰라. 그라나다의 알함브라처럼 말이야.”

군산에서의 마지막 탐방지는 아침에 지나온 채만식 문학관이었다. 군산에 살아도 문학관은 처음이라는 박 검사는, 이곳에서 두 사람을 배웅하기로 했다.

그들이 후면 주차장에 차를 세우고 돌아 나오자, 금방이라도 문학관을 덮칠 듯 만조의 바다가 바로 눈앞에서 출렁이고, 먼 바다 쪽 하늘에는 벌써 석양운이 짙게 드리워 있었다. 그들은 서둘러야만 했다.

동굴처럼 어둡고 협소한 문학관 로비의 전시 공간은, 관람객도 안내인도 없이 적막하고 쓸쓸했다. 그리 오래 된 건물은 아닌 듯한데, 소설가의 빛바랜 유품들과 누런 원고지 때문인지 마치 고고 박물관 같은 긴 광음이 느껴졌다.

이층으로 올라가는데, 계단 옆 벽면에 개항기부터 일제 강점기와 해방기에 이르기까지의 군산시의 풍물 사진들이 걸려 있었다.

시가지와 항구의 사진들마다 밑에 해설문이 붙어 있었다. 그중의 한 해설문에 붙은 반쯤 들뜬 덧종이가 눈에 띄었다. '수탈'이라고 쓰인 그 덧종이를 들추자 그 아래로 가려진 글자가 드러났다. '수출'이라는 글자였다.

그들이 이층 테라스로 나가 바다를 조망하고 있을 때, 아래층에서 알림 소리가 들려왔다.

"이제 문 닫을 시간입니다. 그만 내려 오십시오."

문학관을 나오며 이은영이 혼잣말로 중얼거렸다.

"채만식이 왜 친일 인명사전에 오른 거지."

"채만식이 친일파라고? 무슨 말이야. 채만식은 국어 교과서마다 실리고 수능에도 자주 나오던 소설가였어. 전시실에서 보니 집은 거의 빈민촌 수준이었고, 폐결핵이었다고는 하지만 굶어서 돌아가셨을 것 같던데, 친일파라니 말이 돼?"

왜 채만식이 친일파인지 궁금해 하는 이은영의 혼잣말에, 박검사는 정말로 놀라며 반응했다. 박검사에게 친일파는 무조건 호의호식, 잘 먹고 잘 산 사람인 듯했다.

주차장에서 작별 인사를 하던 중, 여태껏 이은영과 옥신각신한 박검사가 새삼스레 물었다.

"그래서 이은영의 군산에 대한 최종적인 소감은 뭐다?"

뭐든 단답을 좋아하는 박 검사가 원하는 대답은, 좋다 나쁘다, 둘 중 하나일지도 모른다.

"최종적인 소감? 글쎄 문화적 포스트 몇 곳을 봤을 뿐이지만, 나는 군산이라는 도시 전체가 너무 정치 쪽으로 치우쳐 있다는 느낌이 든다. 도시가 통째로 친일 단죄의 프레임에 빠져 있는 듯한 느낌이야. 채만식의 경우도 그렇고, 아까 본 일본식 건물들도 그렇고, 사람도 유적도 도시도, 다 친일 죄인을 만들지 못해 안달한다는 인상이랄까."

듣고 있던 박 검사가 길정우를 바라보며 어깨를 으쓱했다.

"그런데 생각해 보면, 군산의 정체성은 누가 뭐래도 식민지형 근대 도시 아니었나. 한낱 작은 포구였던 진포가 일본 제국주의에 의해 간척되며, 근대적인 항구도시로 탈바꿈한 경우잖아. 물론 그렇게 된 건 전혀 군산의 잘못도 죄도 아니었어. 난 차라리 군산이, "그래, 군산은 식민지형 근대도시였다. 어쩔래." 하면서 일제 강점기 때의 모습을 그대로 내보였으면 좋겠어. 그게 군산이라는 도시의 역사적인 정체성이니까. 자꾸 이상한 것을 덧붙여서 강요하지 말고.

"그라나다의 알함브라처럼 해석은 각자 하게 하라는 거지?"

이은영의 최종 소감에 대한 박 검사의 추임새는 충실했다.

차가 금강하구둑으로 들어서는 순간, 두 사람의 입에서 탄성이 절로 터져 나왔다. 석양운을 이고 있던 바다가 온통 불바다로 변해 있었다. 두 사람은 서둘러 공터에 차를 세우고 눈부신 일몰의 장관 속으로 뛰어 들었다.

붉게 타들어가는 먼 바다에 까치놀이 현란하게 아른거리고,

시뻘건 태양은 금방이라도 풍덩 바다 속으로 빠질 듯 수평선에 닿아 있었다. 만조의 해수면은 투창처럼 뻗쳐난 수억개의 황금빛 캔들로 뒤덮여, 그대로 까마득한 원시의 시공이었다. 끝모를 심연으로 빨려들 듯한 이 아뜩한 광경 앞에서 두 사람은 전율했다.

태양이 어느덧 바다 속 깊이 흔적도 없이 사라지고, 사위에 어둠이 밀려들고 있었다. 깜깜한 밤바다에서 으스스한 찬바람이 슴새여 들며 스멀스멀 온몸으로 냉기가 퍼져갔다.

셜록 프로젝트의 궤도 수정 4월 10일 토요일

행락철의 귀경길답게 고속도로는 극심한 체증 상태였다. 도무지 풀릴 기미 없이 차선마다 빨간 미등이 그려내는 선들로 정신이 혼미해질 지경이었다.

"너무 막히네. 이럴 줄 알았으면 박 검사 말대로 내일 새벽에 올라가는 건데."

"이은영, 그러지 말고 올 때처럼 아무 말이나 해봐. 졸립지 않게."

"나야 늦잠 실컷 자면 되지만, 길 신부는 또 아침 미사가 기다리고 있네. 끝나면 어머님 모시고 성당에도 가야 하고. 도대체 길정우는 언제나 한번 맘놓고 쉴 수 있는 거지."

길정우의 말대로 무심코 아무 말이나를 내뱉은 순간, 이은영은 아차 했다. 아까 박 검사도 일 박을 권유하면서 똑같은 말을 했던 것이다.

지겹도록 듣는 말일 테지만 길정우의 반응은 심플했다.

"쉬는 것이 뭐 별게 있나. 오늘처럼 이런 게 쉬는 거지. 드라이

브에, 좋은 친구들에, 좋은 경치에, 맛있는 음식에, 실컷 쉬었잖아."

머리 뒤로 손깍지를 끼고 힘껏 기지개를 켜던 길정우가, 별안간 크게 소리를 내질렀다. 밀려오는 졸음을 쫓으려는 것이다. 졸음 쫓는 데는 말하기가 최고다.

이은영이 말했다.

"길 변, 장길수 그 사람 말이야. 혹시 그 유별난 우애가 문제이지 않았을까. 넷이나 되는 여동생들에게 부모 노릇 하려다 보니 돈이 필요했을 거고, 그래서 채정국과 지속적으로 이진섭 위작 거래를 했을 거고, 그러다가 채정국을 협박할 일이 생겼을 거고, 그런데 뜻대로 되지 않았을 거고, 그래서 제 3자와..."

"아니, 그런 거래, 절대 없었다고 본다."

언제 졸렸냐 싶게 길정우가 단호했다.

"우선 장길수라는 위인 자체가 절대 그럴 법하지가 않다. 또 채정국이라는 사람도 그렇게 위험하고 졸렬한 거래를 했을 것 같지는 않다. 재벌들이 줄 설 만큼의 거부였고 이진섭 그림도 충분히 소장한 사람이었다는데 뭐가 아쉬워서 그랬겠니."

"어. 하루 새 생각이 달라졌네. 그러면 그 시나리오는 어떻게 되는 거야. 컨템포러리가 김선주가 말한 남한의 사업가이고, 채정국에게 원한이 있는 장길수와 공모해서 벌인 일이라는 시나리오."

"이은영. 그 컨템포러리, 좀 알아봤는데 거기 굉장한 데더라. 재벌들과 거래한다는 소문이 다 사실이고, 이진섭 위작 사건이 일어났던 무렵에는 이미 갤러리 채를 능가했다고 하더라. 그렇게 번창 일로에 있는 사업가가 해묵은 원한 풀겠다고 그런 위험한 일을 벌인다? 가져온 진본이 있다면 그걸로 유명세를 날리며 갤러리 채에 한방 먹이는 쪽이었겠지. 내 보기에 채정국이나 컨템포러리, 둘 다 장길수와 직접적인 연관이 없다."

조금씩 풀려가던 길이 갑자기 뚫리며 차량의 흐름이 빨라지기 시작했다. 질주하는 차량의 흐름에 진입하느라 길정우는 잠시 말을 멈췄다.

"은영아. 우선 장길수의 여동생 장영숙을 찾아 보자. 채용만 씨의 딸이 친구였다니 어렵지 않을 것 같다."

"갤러리 채로 문의하면 간단하겠네. 그 집에서 열린 패션쇼에도 참석했겠다, 말 꺼내기 쉽잖아."

"아니, 그쪽 아니라도 월요일에 출근해서 수소문하면 쉽게 찾을 수 있을 거다. 흔치 않은 성씨인 데다 그 당시 법대에 여학생은 가뭄에 콩 나는 수준이었으니까."

"그런데, 그분 법조인이 된 건 아닌가 봐. 그 연배의 여성 법조인들 몇 안 되는데 채 씨 성은 들어본 적이 없거든."

채 씨가 딸의 정체 4월 12일 월요일

"은영아. 찾았다. 채용만 씨 딸. 채은전이라는 사람이더라. 아침에 회의가 끝나고, '채 씨에, 55년생에, 군산의 유명한 부호의 딸에…'하니까 대표님이 대번에 채은전! 하시더라."

귀가 번쩍 뜨이는 소식과 달리 길정우의 목소리는 가라앉아 있었다.

"그래서 연락처는 알아냈어? 지금 뭐 하는 분이래?"

"그게 말이야. 대표님은 그분에 대해서 도통 아는 게 없다며, 그분의 고등학교 동창들에게 알아보라고 하신다. 같이 어울려 다니던 타과의 고교 동창들이 있었는데, 미대 다니던 친구가 제일 기억에 남는다며."

"채은전 씨가 법조인이 아닌 것은 확실한 것 같고, 어디 해외에 나가서 살고 계신 건가."

"아니, 그게 아니고."

뭔가 길정우가 머뭇거렸다.

"그분, 돌아가신 분이다. 사법고시에 합격을 했는데 발표가 나기 전에 사망했다는 거야. 거기까지만 알지, 더 이상은 모르니까 자세한 내용이 알고 싶으면 고등학교 동창들에게 물어보라고 하신다. 대학 동창은 다 남학생들뿐이라 그분에 대해서는 그 누구도 자세히 아는 사람이 없다고."

에두르며 무심한 듯 전해지는 소식 앞에서 이은영은 한참을 침묵했다.

"그러면 이제 뭘 어떻게 해야 하는 거지?"

"대표님이 말한 대로 채은전 씨 친구를 한번 만나볼까 한다. 채은전 씨 가족이나 고향에 관한 정보가 있을지 모르고... 실은 채은전 그분 자체가 궁금하기도 하다."

2 부

아벨의 두 족속

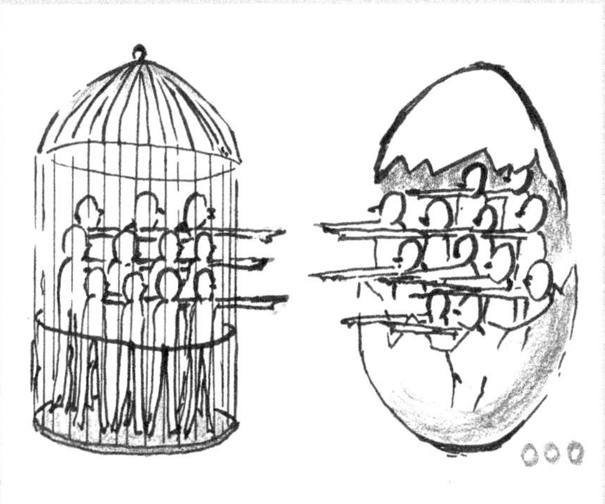

삼십여 년 만의 기억 소환

"인주야. 조금 전에 서울의 동창회장한테서 전화가 왔지 뭐니. 어느 젊은 변호사가 채은전 씨의 친구를 찾는다며 동창회로 찾아왔는데, 들어보니 그게 바로 나더라는 거야."

채은전...? 내가 들은 게 맞나 싶어서 정아에게 물었다.

"채은전?"

"신분이 확실해서 바로 전화번호를 알려줄까 하다가, 아무래도 나한테 물어봐야 할 것 같아서 전화했다는 거야. 그래서 그냥 알려주라고 했어."

내 말이 안 들리는지 정아는 자기 말을 계속 했다.

"기다렸다는 듯 그 젊은 친구로부터 바로 전화가 오더라. 그 친구가 혹시 채은전 씨 가족과 고향 군산 이야기를 해 줄 수 있냐고 묻는 거야. 은전이도 뜬금 없는데 가족 고향까지 운운하니 한참 멍했지 뭐니. 인주야. 근데 미안해. 내가 긴말 않고 그냥 네 연락처를 그 친구에게 줘버렸어. 은전이 고향 쪽 이야기는 네가 나보다 훨씬 잘 알잖아. 그러니 네가 알아서 그 젊은 애를 상대해 봐. 무슨 일인지 모르지만 네가 알아서 대답해 주라고."

정아의 입에서 채은전이라는 이름이 아무렇지 않게 계속 흘러나왔다. 삼십여 년의 그 세월이 없었던 듯 정아는 감쪽같이 평온했다. 정아가 변명처럼 덧붙였다.

"서울도 세월도 하도 멀고 아득해서 모든 기억이 깡그리 휘발되었어. 게다가 옛날 이야기를 하려 해도 요새는 통 단어가 떠오르질 않아. 그러니 인주 네가 그 젊은이를 상대하는 수밖에 없겠어. 괜찮지?"

'채은전'

삼십 년도 넘게 우리는 그 이름을 입에 올린 적이 없다. 방금 쥐리히의 정아에게서 채은전이라는 이름이 들려올 때까지 그랬다. 이심전심, 정아와 나는 서로 그 이름 석 자를 잘도 피했고, 나 혼자서도 그 이름의 언저리에 이르면 고개를 세게 흔들거나 뜻없는 소리를 내지르곤 했다.

그런 시간들을 수없이 건너면서 은전이는 서서히 아득히 먼 시공 속으로 사라져갔다.

그런 삼십여 년 세월을 뚫고 뜬금없이 은전이를 불러내는 젊은 이라니. 누구지? 왜지? 대체 무슨 일로 은전이를 찾는 걸까. 단 한 통의 전화로 회억(回憶) 버튼을 누른 그 젊은이, 누굴까.

궁금증이 떠나지 않고 있는데, 변호사라는 그 젊은이로부터 바로 전화가 걸려왔다. 급하게 여기저기 전화를 해대는 사람치고 는 매우 침착하고 정중한 목소리였다.

"제가 어떤 사건을 맡았는데, 그 사건과 관련해서 채은전 선생 님에 대해서 좀 알고 싶은 것이 있습니다. 솔직히 말씀드리겠습니 다. 실은 친구분이 고인이 되신 줄 모르고 나선 일이었습니다. 사건은 그림 사건입니다."

"그림 사건이요? "

"예. 그림 사건입니다. 그 사건을 풀기 위해서 그분의 가족이나 고향 군산 쪽의 이야기를 듣고 싶습니다. 제가 맡은 사건의 내용이 좀 복잡해서 직접 만나뵙고 말씀드리고 싶은데, 혹시 제가 박 선생님을 찾아뵐 수 있을까요?"

그림 사건... 가족... 군산... 퍼뜩 뭔가가 떠올랐다. 은전이와 그림이라면 특별한 기억이 있기는 하다. 설마 그것과 관련된 이야기일까.

저쪽의 젊은이가 참을성 있게 대답을 기다리고 있었다. 나는 일단 그 젊은이에게 주말에 만나자는 약속을 했다. 그러나 전화를 끊고 나자 이내 후회가 밀려왔다. 흥분 상태에서 너무 쉽게 약속을 해버렸다는 후회였다.

삼십여년 만에 햇빛에 드러낼 채은전의 이야기를 그렇게 쉽게 할 수 있다고? 누군지도 모르는 그 젊은이가 묻는 대로 그냥 대답해 준다고? 생각할수록 어리석은 약속이었다.

그 젊은이가 무슨 질문을 할지 알 수가 없다. 그러나 그 사람의 질문과 별개로, 은전이 이야기를 꺼내야 하는 이 계제에 은전이 이야기를 제대로 한번 해보는 게 어떨까. 심연으로 깊숙이 묻어버린 은전이의 기억을 끌어올려 내자.

과연 은전이가 누구였는지, 은전이와 보낸 시간이 무엇이었는지, 스스로 정리를 해보자. 그것만이 오랜만에 대면하는 친구 은전이에 대한 예를 다하는 길이다.

결연한 마음으로 나는 내 기록물들이 보관된 서랍장의 맨 아랫칸을 열었다. 상장 졸업장 학위증 앨범 들의 공식적인 기록물을 넣어둔 채, 열어본 적이 거의 없는 공간이었다. 서랍의 한켠에, 유독 고등학교 때 열심이었던 일기장과 독서 노트가 빼곡히 쌓여 있었다.

나는 먼저 고교 졸업 앨범을 펼쳐 은전이의 얼굴을 확인했다. 그러고 나서, 표지마다 기간이 표기되어 있는 빛바랜 일기장을 꺼내 읽기 시작했다. 은전이가 등장하는 날들의 일기에서, 그 젊은이가 듣기 원한다는 은전이의 가족과 고향에 연관된 부분에는 따로 포스트잇을 붙여 나갔다.

일기 중에 독서 토론한 사실이 기록된 날들이 있었는데, 놀랍게도 독서 노트에는 그 때마다의 토론 내용이 세세히 기록되어 있었다.

일기장과 독서 노트를 다 읽은 후, 대학 시절의 이야기까지 정리하여 기록을 하면, 그 젊은이가 듣기 원한다는 채은전 이야기가 대충 완성될 것이다.

본교생과 타교생

'채은전' 하고 되뇌어 봐도 도무지 얼굴이 떠오르지 않았다. 이름을 부르면 재빨리 다가오는 여느 친구들과 달리, 정작 은전이 얼굴만은 무정형의 실루엣으로 흐릿하게 떠오르다 사라지기를 반복했다. 대신 뇌리에 몇 개의 단어들이 둥둥 떠다녔다.

에바부인... 데미안... 아브락사스...

삼십여 년이라는 세월 속에서 은전이는 아스라이 추상의 이데아로 화한 것일까.

나는 은전이 얼굴을 확인하기 위해 고등학교 졸업 앨범을 펼쳤다. 모교의 이름과 졸업 연도가 박힌 흰색의 두꺼운 표지를 넘기자, 두 면 가득 70년대 초의 광화문 일대를 배경으로 조감한 학교 교정이 펼쳐졌다. 교기와 교훈의 페이지가 지나가고, 은사들의 존영(尊影) 페이지가 지나갔다. 그리고 드디어 우리 졸업생들의 차례가 되었다. 은전이는 맨 앞 반이었다.

교목인 회화나무 아래서 찍은 단체 사진을 일별하던 내 눈길이 어느 지점에서 딱 멈췄다. '아아, 은전이다. 채은전이다.' 근엄한 옛날식 단체 사진 속에서, 홀로 핀조명을 받은 듯 은전이의 미소가 밝고 환했다.

페이지를 더 넘겨 은전이의 독사진을 찾아냈다. 살짝 입꼬리가 올라가고 아랫 눈시울이 호(弧)를 그리는 은전이의 미소. 내가 알던 은전이의 바로 그 미소였다. 여유와 지혜와 너그러움의 채은전. 그리고 사랑의 채은전. 긴 실핀으로 옆머리를 치켜올린 헤어스타일 덕에, 은전이의 갸름한 얼굴 윤곽은 더욱 또렷했고 두 귀도 시원했다. 사실 이런 핀꽂기는 교칙 위반이어서 은전이는 몇 차례 교무 지도에 걸리기도 했다. 그래도 은전이는 삼 년 내내 이 헤어스타일을 고수했다.

은전이 얼굴을 자세히 보기 위해 앨범을 바짝 끌어당겼다. 줌인된 은전이의 얼굴을 뚫어지게 응시하는데 불현듯, 또 하나의 은전이가 눈앞에서 오버랩되고 있었다. 첫 만남 때의 얼굴이었다. 기품있는 이마와 미소 때문이었을까. 레전드를 만났다는 신기함 때문이었을까. 보는 순간 모나리자가 떠올랐던 얼굴이었다.

내가 은전이와 처음 마주친 것은 고등학교에 갓 입학했을 때였다. 점심 시간에 다른 반에서 내 짝꿍인 유정아를 찾아온 친구가 있었다. 정아와 담소하는 그 아이를 무심코 바라보던 나는 깜짝 놀랐다. 가슴에 '채은전'이라는 명찰이 붙어 있었던 것이다. 아. 바로 문제의 그 아이였다.

채은전은 전주의 내 모교에서 일종의 전설이던 친구였다. 서울의 학생이던 채은전이 전주의 내 모교에서 전설이 된 데는 그럴 만한 내력이 있었다.

전국의 명문 중학교가 폐교되기 전, 소위 도내 최고 명문이던 우리 중학교에는 군산에서 유학 온 친구들이 많았다. 군산이 도내 두 번째의 도시이다 보니 수도 많을 뿐더러, '짠물 먹은 수다쟁이들'이라고 불릴 만큼 말발도 센 친구들이었다. 그래서 그네들이 모인 자리는 늘 왁자지껄 한바탕이었다.

그 떠들썩하던 자리에서 빈번히 들려오던 이름 하나가 있었다. 바로 채은전이었다. 가령 우리 학년에서 자주 바뀌는 전교 1등은, 대한민국 최고의 명문 여중에서도 늘 1등을 놓치지 않는다는 그 아이와 비교되었다. 또 부잣집 딸이라고 소문이 도는 친구들은, 도내 최고 갑부의 외동딸이라는 그 아이와 비교되며 시쳇말로 껌값 취급되기 일쑤였다. 게다가 그들이 하는 말을 들으면 채은전이라는 그 아이는 심성까지도 그렇게 착할 수가 없는 아이였다. 한마디로, 채은전은 모든 걸 다 갖춘 수퍼 엄친아였다.

내가 고등학교 합격 통지서를 받는 순간 제일 먼저 떠오른 생각이, 이제 채은전을 만날 수 있겠구나였다. 하지만 그렇듯 빨리 그 아이와 대면하게 될 줄은 꿈에도 생각지 못했다.

"네가 박인주구나. 반갑다. 정아가 얘기하더라. 너 전주 출신이라고. 나는 집이 군산이고 군산에서 국민학교를 나왔어. 너네 중학교로 간 내 친구들이 많은데, 더러 네가 아는 친구들도 있을 거야."

은전이가 말을 붙여 왔다. 밝고 다정한 어투였다. 상냥하고 흔연스런 채은전의 인사말을 듣던 그때, 실은 너를 진즉부터 알고 있었다는 말을 했어야 했다. 그러나 그러지 못했다. 짝사랑하던 속마음을 들킬 것 같고, 스스로 한수 아래임을 인정하는 것 같은 못난 성정 때문이었다. 동향 출신이라는 사실 하나로 일부러 나를 찾아와 알은체하는 넉넉한 은전이와 달리, 나는 잔뜩 움츠려져 자기 방어에만 몰두한 아이였다.

"은전아. 인주 얘, 오늘 아침에 강당에 불리어 갔다 온 뒤로 엄청 저기압 상태야."

무심한 체했어도 정아는 오전 내내 의기소침한 나를 눈여겨 봤던 것 같다.

"타교생들 강당으로 오라는 그 방송, 나도 들었어. 우리 반에도 갔다온 친구들이 있는데, 뭐래? 왜 불렀대? "

"며칠 동안의 지각생 통계를 내보니 지각하는 게 주로 타교생 이더라는 거야. 그러니 앞으로는 절대 지각하는 일이 없도록 하라 는 일장의 훈계였어."

'타교생'이라는 말이 그때 다른 학교에서도 있었는지 모르겠 다. 그러나 당시 우리 학교에서는 이 '타교생'이라는 말이 '본교생' 에 대칭되는 개념으로 널리 통용되고 있었다. 같은 캠퍼스 내에 있는 동일 명칭의 중학교 출신이 아닌, 다른 중학교 출신의 학생들 을 일컫는 말이었다.

요즘의 시각에서 보자면, 타교생이라는 이 호칭은 단순한 구분 을 넘어 이분법적 차별 의식이 내포된 호칭이고도 남는 어휘였다. 일찌감치 대한민국 최고의 명문 여자 중학교에 입학한 본교생들은 성골이고, 뒤늦게 고등학교 때서야 진입한 학생들은 진골이라는 뜻이 은연중 느껴졌으니 말이다.

사실 엄밀히 말하자면, 실 내용은 오히려 반대였다. 소위 본교생들은 중학교 입시제도가 추첨제로 바뀌는 과정에서, 무시험으로 프리패스 한 반면 (같은 캠퍼스 내에 있던 중학교 교실을 활용하기 위해 고등학교 배정 인원을 1.5배로 증원), 타교생들은 엄연히 전국에서 몰려든 경쟁자들과 치열한 입시 전쟁을 치르고 진학했으니 말이다.

그런 팩트가 아니더라도, '본교생 대 타교생'이라는 이분법 자체가, 요즘이라면 큰 사회적 이슈가 되고도 남을 만한 아주 위험한 발상이었다.

"아니 무슨 짓이야. 본교생 타교생 가르는 것부터 어이없는데, 지각 대장이라는 오명까지 씌웠단 말이야? 설사 지각생 비율이 좀 높다 해도 그렇지. 입학 초기인데 당연한 것 아니야? 통학길도 익숙지 않을 거고, 특히 지방에서 온 친구들은 서울 자체가 낯설 거잖아."

내 말을 듣자마자, 정말 어쩌다 우연히 내 짝이 된 본교생 정아가, 마치 자신의 일인 양 불같이 화를 냈다.

당시에는 신학기 첫날이면 으레 담임이 교실에 들어와서 제일 먼저 하는 일이, 학생들을 복도로 내보내 키 순서대로 줄을 서게 하는 일이었다. 그렇게 키 순서대로 번호를 정하고 출석을 부르면, 그것으로 그 한 해의 번호와 짝꿍이 고정되었다.

더러 친한 친구끼리 짝을 맞추어 줄을 서기도 했지만, 정아는 그런 것 없이 정말 어쩌다 우연히 내 짝이 된 친구였다.

이북 출신의 실향민 어머니와 담양 출신의 아버지를 둔 정아는 서울 출생으로, 좀 덤벙대지만 나와 다르게 아주 솔직 화끈하고

정이 철철 넘치는 친구였다. 늦잠 자느라 미처 벗을 틈이 없었다며 교복 밑의 잠옷을 들추어 보이는가 하면, 전근 가는 선생님을 멀뚱멀뚱 바라보기만 하는 우리와 다르게, 부리나케 달려가 전근 보따리를 받아들고 교문 밖까지 배웅도 하는 아이였다. 그런가 하면, 등굣길에서 치마 길이가 짧다고 적발당하자, 서있을 때 다시 재라며 대드는 저항 정신도 있었다.

정아의 역성을 듣고 나니, 비로소 내 저기압의 정체가 무엇이었는지 뚜렷해졌다. 내 저기압은 타교생이라고 편가름 당한 데서 온, 무안함과 열등감과 분노가 뒤섞인 복잡한 감정이었다.

그렇지 않아도 이미, 대통령을 비롯한 당대 정관재(政官財)계 최고 실력자들의 이름이 빼곡한 육성회 명단에 놀란 터였고, 아침 등교 때마다 교문 앞에서 차례차례 정차하는 자가용의 크기에도 주눅든 처지였다. 전주에서 관용차만 보아 온 눈에, 요즘에는 볼 수 없는 길다란 클래식 명차들이 주는 위용은 가히 압도적이었다. 게다가 지방 출신은 아직 서울살이에 익숙지 않을 거라는 정아의 말대로, 나는 그때 임시로 맡겨진 아버지 친구 집에서의 더부살이로 한참 고전 중이었다.

나를 꿰뚫어 보고 하는 듯한 정아의 말에, 나는 창피해서 차마 말하지 못했던 이틀 전의 사연을 비로소 털어 놓았다.

"실은 내가 바로 그 지각생들 중 하나야. 버스에서 내리지 못해서 한 정거장을 더 가버렸거든."

학교까지 40분쯤 걸리는 그 버스는 자꾸 밀려서 안쪽으로 들어가다 보면 언제나 내릴 때가 문제였다. 두어 정거장 전부터 잔뜩 긴장하며 준비를 해도, 콩나물 시루 상태의 승객들 틈에서 책가방을 잡아 빼는 일은 결코 쉽지 않았다. 그런데 가뜩이나 입학 초기였으니 오죽했으랴.

내가 바로 그 지각생이었다는 고백을 들은 은전이가 빙긋 웃더니, 내 얼굴을 가만히 들여다 보며 말했다.

"그랬구나. 인주야. 실은 나도 처음 서울에 올라와서 너처럼 서툴렀어. 난 중학생이었으니 더했을 거야. 중학교 때니까 타교생 그런 말은 없었지만, 반에서 나 혼자만 지방 출신이고, 나 혼자만 전라도 사투리를 썼어. 그런데 그런 낯설음이 언젠지 모르게 다 사라져 버리더라. 인주 너도 지금 당장은 좀 힘들겠지만 곧 좋아지게 될 거야. 단상에 올라가서 '본교생' '타교생' 호칭하며 편가름한 그 선생님께는 이따가 한번 찾아가 볼 거야. 학기초에 학생 지도한다는 명분으로 별생각 없이 그러신 것 같은데, 그러면 안 되는 거잖아."

이렇게 첫 만남을 가진 이후 은전이는 틈만 나면 우리 반으로 찾아왔다. 찾아오는 친구가 많아 늘 북적거리는 짝꿍 정아는 그 친구들에게 나를 소개하기에 바빴다.

뒤돌아보면, 낯설고 두려운 타관에서의 입학 초기에 이 두 친구를 만난 일이, 내게 얼마나 큰 행운이었던지 모른다. 자칫 무표정의 가면을 쓴 채, 열패감을 곱씹으며 뒤틀려 갔을 시간들이, 활짝 열린 표정으로 거리낌없이 소통하는 시간으로 바뀌었으니 말이다. 새삼 그때 그곳에서 내 인생에 찾아든 두 친구가 너무나 고맙고 감사할 따름이다.

일 학년이 끝나 갈 무렵 우리집이 서울로 이사를 했다. 내가 입학마자마자 서울 전출을 모색하던 아버지의 새 직장이 정해졌던 것이다. 이제 서울은 더 이상 낯선 도시가 아니었다.

『데미안』 토론과 에바부인 채은전

돌이켜보면, 애써 묻어버렸던 우리의 고교 3년 세월은 참으로 농밀한 시간이었다. 쏜살같이 가버린 세월 속에서도 그 기간만큼은 다른 어느 시기보다 훨씬 길게 느껴지니 말이다. 매일 새로운 에피소드가 발생하고, 산다는 것이 꿈이고 희망이던 나날이었다.

그 시절의 수많은 이야기들 중, 은전이와 은전이네 가족 이야기를 하는 이 다큐멘타리에서 꼭 기록해야 할 것이 있다. 바로 헤세의 『데미안』에 관해 토론했던 일이다. 토론 과정 중에 특별히 은전이가 **에바부인**으로 칭해지기도 했고, 나중에 군산 월명산에서 은전이네 가족사를 들을 때도 **아벨·카인** 등 『데미안』의 중요 개념들이 등장했기 때문이다.

시대정신이 아예 카인이 되어버린 요즘은 『데미안』을 잘 읽지 않는 것 같다. 그러나 우리의 고교시절은 가히 헤세 시대라 할 만큼, 헤세가 선풍적인 인기였다. 완독 여부를 떠나 한번쯤 『데미안』을 펼쳐보지 않은 학생은 없을 정도였다. 특히 **새는 알을 깨고 아브락사스를 향해 날아오른다**'는 멋진 구절은 무슨 시대정신이나 되듯 일세를 풍미했던 명구(名句)였다.

은전이의 제안으로 이루어진 『데미안』의 토론 이후, 『데미안』의 핵심 개념인 **카인·데미안·에바부인·아브락사스**는 고교 시절 내내 우리의 화두가 되었다. 다소 유치했지만, 지식 정보를 취득하는 데 그치지 않고, 길들여진 새장과 알의 시각에서 벗어나 어떻게 눈앞의 현실을 볼 것인가로 이어진 실용적인 토론이었다. 삶의 나침반을 찾는 토론이었던 것이다.

김지하의 「오적(五賊)」

사실 우리가 『데미안』 토론을 하게 된 발단은 **김지하**의 시 <**오적(五賊)**>이었다. <오적>에 대한 소감을 가볍게 주고받다가, 내친김이라는 듯 은전이가 본격적인 독서 토론을 제안했고, 첫 토론 작품이 『데미안』이었던 것이다.

"박인주. 이것 한번 읽어 볼래. 김지하라는 시인이 쓴 건데, 글쎄 우리 동네를 도적놈 중에서도 아주 상 도적놈 동네라고 해놨지 뭐니."

학교 생활이 제법 익숙해진 유월 어느 날, 정아가 불쑥 잡지 하나를 내밀었다. 《**사상계**》라는, 고1의 우리 수준을 훌쩍 뛰어넘는 한자 투성이의 잡지였다. 책갈피가 꽂힌 페이지를 열자 그곳에 <오적>이 있었다.

<오적(五賊)>이라는 시는, 서구 낭만파 시나 교과서의 짧은 시에 익숙한 우리에게 너무나도 거칠고 긴, 담시(譚詩)라는 형식의 시였다. 판소리 사설과 비슷한 데다, 분량도 시라기보다는 산문에 가까웠다. 중요한 한자도 우리가 상용하는 일반 한자가 결코 아니었다. 오적, 그러니까 부정부패를 일삼는 다섯 도적 집단인, '**재벌·국회의원·고급공무원·장성·장차관**'의 한자는, 독

음이 표기되지 않았더라면 절대 읽지 못할 희한한 한자들이었다. 오적을 짐승으로 조롱하기 위해 김지하가 만들어낸 한자라고 했던 듯하다.

김지하는 다섯 도적 집단이 사는 동네들(**동빙고동·성북동·수유동·장충동·약수동**)과 오적들의 모양새를 맘껏 조롱하고 희화화했다. 그 다섯 동네 중에서도 특히 정아네의 **동빙고동**은, 다섯 도적이 모여서 도둑시합을 연다는 수퍼울트라 도적 동네였다.

"무슨 시가 이렇다니. 말이 너무 많고 읽기도 어렵고 무슨 말인지 도통 모르겠다. 그런데 하필 너네 동네를 상도적놈 동네라고 해놨으니 엄청 기분 나쁘겠다."

"나도 읽기 힘들었어."

"너네 부모님은 뭐라고 하셔?"

"응, 김지하라는 저 시인 대단하대. 아는 것도 많고 배짱도 좋고. 근데 어쩌면 감옥 갈지도 모르겠다는데?"

정아의 대답이 실로 의외였다. 자기 동네가 세상에 더할 수 없이 추악하고 흉칙한 도적 소굴로 지목되고 희화화되는데, 아는 것도 많고 배짱 좋다는 평가를 하다니.

사실 나는 이때, '그럼 너희 아버지도 저 오적 중의 하나니?'라고 묻고 싶었다. 그러나 차마 그러지 못했다. 김지하가 말하는 오적에 해당하지 않더라도, 왠지 그 직업이 비밀일 것 같아서였다.

정아는 가끔 점심 시간이면, 실내화인 채로 조선호텔에 있다는 자기 아버지 사무실까지 달려갔다가, 헐레벌떡 되돌아오는 일이 있었다. 그럴 때마다 나는 교실 창가에 붙어서서, 뒷벽에 붙은 둥근 벽시계와 교문을 번갈아 바라보곤 했다.

어느 날, 수업 시간에 늦어서 선생님에게 꾸중을 들은 정아에게
내가 물었다.

"학교 파하면 집에 가서 바로 만날 아버지를 왜 그렇게 찾아가
는 거야? 실내화를 갈아 신을 틈도 없이 그렇게 바쁘게?"

"응 어머니 몰래 용돈 받으러 가는 거야. 방문객들이 있는
자리에서 딸 자랑 하는 값을 톡톡히 받아내는 거지."

조선호텔에 사무실이 있고, 방문객들에게 딸 자랑을 한 대가로
용돈을 톡톡히 준다는 정아 아버지의 직업은 대체 무엇일까. 김지
하가 말한 오적이 아니라면, 공무원 교사 회사원 상인 등 당시의
빤한 직업군으로는 도무지 짐작이 되지 않았다.

"정아야. 김지하가 최상급 도적 동네라고 조롱한 너네 동빙고
동, 얼마나 으리아리한지 궁금하다. 물론 저 시의 내용이 엄청난
과장이긴 하겠지만."

"아이고 어쩌냐. 언제 우리 집에 한번 가보자. 근데 가봤자
억수로 실망할 거다. 진짜 별것도 없는 동네야."

"그래도 저 시에 나오는 도적들의 집이랑 대충은 비슷할 것
아니야. 집이야 자가용이야 엄청 삐까뻔쩍하겠지?"

"아이구. 겉보기로는 집이나 사람이나 다 거기서 거기야. 특별
할 것도 없고. 아니, 또 모르겠다. 김지하가 부정부패를 일삼는
고위층을 고발한답시고 저렇게 말도 안 되게 뻥을 쳤다고 생각되
긴 하지만, 실제로 정말로 그런지도. 겉으로 안 그런 척할 뿐,
속세로는 금은보화를 잔뜩 쌓아놓고 열려라 참깨! 하는 도적놈들
이 더글더글할지도 모를 일이야. 당장 우리 아버지부터 그런 도적
놈일지 모르는 거고."

세상에나. 다시 한번 정아다운 대답이었다.

그날 하교길에서 정아가 은전이에게 <오적五賊>을 읽어보라며 《사상계》를 빌려줬다. 그리고 다음날 <오적五賊>의 감상평을 하던 은전이가 우리에게 **독서토론**을 제안했다. 여름방학 동안 읽을 몇 권의 책을 정하고, 개학하면 토론을 해보자는 것이었다.

어쩌면 감옥에 갈지 모르겠다는 정아 부모님의 말대로, 얼마 후 이 시로 인해 김지하 시인이 구속되고 《사상계》도 등록 취소되었다는 뉴스가 들려 왔다. 이후 세월이 흐르는 동안, <오적>의 그 필화사건은 대한민국의 정치사회적인 변혁 운동의 단초가 된, 역사적 사건으로 기려지게 되었다.

<오적> 이라는 낯설고 불편한 시에 대한 우리의 우연한 논의가, 마치 커다란 역사적 현장을 직접 목격한 듯, 평생 잊히지 않는 기억으로 남게 된 것이다.

헤세의 『데미안』

독서 토론을 처음 시작한 그날은, 여름방학이 끝나고 막 2학기가 시작된 첫 주의 토요일이었다. 더위가 한풀 꺾인 데다 중간고사도 아직 멀어서, 한가로이 독서 토론 하기에 딱 좋은 날이었다.

우리는 반공일(半空日)의 여유를 만끽하며, 텅빈 교정이 내려다 보이는 운동장 가의 스탠드에 자리를 잡았다. 학교의 교목인 아름드리 **회화나무**가 보이고, 그 뒤로 잔디 정원과 교사(校舍)가 한눈에 보이는 곳이었다. 우리의 등 뒤로는 학교의 수영장이 있고, 그 너머로는 우리 학교와 담장을 맞댄 미 대사관저가 있었다.

덕수궁과 돌담길을 사이에 둔 미 대사관저는, 드높은 돌담장에 경비도 삼엄해서, 바깥에서는 난공불락의 완강한 철옹성으로 비쳤다. 그러나 우리 학교의 도서관 2층에서 내려다 보이는 미 대사관저는 의외로 밝고 소탈했다. 어마어마한 저택이 아니라, 잔디 정원이 잘 가꿔진 정결하고 평화로운 그냥 일반 부잣집 정도의 느낌이었다.

도서관 청소 당번이 되는 날이면 활짝 창문을 열고 햇살 가득한 그 정원을 내려다 보곤 했다. 가지런히 잘 깎인 잔디밭 가장자리로 귀여운 잔꽃들과 장명등이 보이고, 봄이면 보랏빛 라일락의 낭창한 가지에서 이국적인 자정향(紫丁香)이 달콤하게 날아오던 기억이 난다.

몇 번인가 도서관 출입문에 창문과 커튼을 절대 열어서는 안 된다는 안내문이 붙은 일도 있었다. 스피로 애그뉴라는 당시의 미국 부통령이 내한했을 때였던가. 무더웠던 여름 밤 도서관 책상 앞에 앉아 있는데 닫힌 창문 너머로 희미하게 음악소리가 들려오던 기억이 난다.

도서관 너머 서쪽으로 정동의 깊숙한 곳에 구한말의 러시아 공사관도 있었다. 소위 아관파천이라는 역사적인 사건이 이루어진 현장이었다. 그때 우리가 앉아 있던 스탠드 뒤의 수영장과 미 대사관저의 담장쯤에 좁은 길이 있었다고 한다. 덕수궁에서 나온 고종과 세자가 러시아 공사관으로 걸어서 들어갔다는 길, 소위 아관파천 길이었다.

그러나 그때 우리는 이런 사실을 전혀 알지 못했다. 러시아 공사관도 그저 운동장에서 무심히 바라다 보이는, 오래된 탑에 지나지 않았다. 운동장 바로 옆으로 붙어 있던 일제강점기 때의 무슨 사택 한 채도, 그때는 그냥 오래된 집일 뿐이었다.

그때의 주변 풍광담(談)은 여기서 그만 맺고 이제 『데미안』 토론 이야기로 들어가 보자.

실은, 볼펜으로 빼곡이 적힌 『데미안』의 독서토론 노트를 펼쳐 읽는 감회는, 일기장을 펼칠 때와는 또 다른 것이었다. 첫발 떼는 어린아이를 보는 듯한 아슬함과 대견함이라고 할까. 좀 유치하지만, 헤세의 철학적인 사유를 자신들의 수준에 맞는 구체적인 언어로 포착해내려는 노력이 가상하다고 할까. 그런 감상이었다.

그때의 우리는 아직, 사십여 세이던 헤세가 보내는 영혼의 파장을 수신할 안테나가 채 돋지 않은, 새파란 십오 세의 애송이들이었다. 중학교 고등학교 입시를 벌써 두 차례나 치르며 단답형 암기에는 이골이 났지만, 싱클레어처럼 초등학교 때부터 철학을 배우지도 못했고, 싱클레어만한 고뇌도 없었다. 그러니 헤세의 영혼과 공명하기는커녕 그것을 담고 있는 언어의 껍데기조차 쉽게 와닿지 않았다.

그래도 남들 다 하듯 『데미안』을 신비주의로 얼버무리며 찬양만 하는 것은 뭔가 비겁한 것 같았고, 그래서 어떻게든 이해해보려고 발버둥을 쳤던 생각이 난다.

우리의 독서 토론의 첫 가이드는, 이미 중학교 때 독서 클럽의 가이드를 맡아본 경험이 있는 경력자 정아였다.

"너희들 『데미안』, 어땠니. 솔직히 난 무슨 신비하고 난해한 철학의 숲에서 헤매다 온 느낌이 든다. 겨우 빠져 나왔는데, 거기가 어디였고 어떤 곳이었는지 하나도 기억이 안 나는 검은 숲속 같은 느낌. 『데미안』 안 읽으면 간첩이라고들 하는데, 나만 석두인 건지, 읽는 내내 내게는 너무 무리라는 생각이 떠나질 않더라."

정아의 리딩은 자연스럽고 매끄러웠다.

"그래서 어떻게 하면 『데미안』이라는 이 버거운 철학 소설에 다가갈 수 있을까... 한참 궁리했어. 신 도덕 종교 등에 관한 철학적 사유가 줄줄이 이어지는 이 책을 다 건드린다는 것은 어불성설이고... 아름답고 풍성한 철학적 장광설을 한 문장으로 요약한다는 마음으로 해보는 건 어떨까, 하는 생각이 났어. 우리 이렇게 해보자. 각자 『데미안』에서 가장 인상 깊었던 것, 가장 궁금했던 것, 한가지씩 꺼내보는 거야. 그런 다음 그것에 대해 같이 논의하면서 그것을 제대로 이해해 보는 거야. 가령 지금 우리 주변의 현실적인 이야기로 바꿔본다든지 하면서. 어때, 괜찮지 않아? 잘 알지도 못하는 철학적인 언설을 두고 헤매느니, 어휘 하나라도 제대로 꿰뚫는 게 훨씬 낫잖아.”

정아는 들쭉날쭉 감성 충만한 평소의 정아가 아닌, 또 다른 모습의 정아였다.

정아는 첫 발표자로 나를 지목했다.

『데미안』에서 내가 가장 궁금한 어휘 내지 개념은 '**카인**'이었다. 나는 중학교 때 이미 문학에서 카인과 마주친 적이 있었다. 『**카인의 후예**』라는 황순원의 소설에서였다. 도서의 관내 대출조차 허용되지 않던 중 2 시절, 방과후는 물론 점심시간에도 행여 다른 친구에게 빼앗길세라, 조바심내며 달려가 읽었던 책이 『카인의 후예』였다. 책을 덮을 때까지 감질나게 읽어야 했지만, 그만큼 재미있던 소설이었다. 그러나 이번의 『데미안』은 전혀 달랐다. 솔직히 재미와는 거리가 멀었고, 친구들과의 토론을 앞두고 숙제하듯 읽었다.

『데미안』에서 내가 밑줄까지 그어 가며 알고자 했던 것은, 소설의 초반부터 나를 사로잡은 카인의 정체였다. 성경의 카인 개념 그대로인 황순원의 카인과 달리, 헤세의 카인은 성경의 개념과 완전히 달랐다. 형제 살해범으로서의 카인이 아니라, 새로운 세상을 여는 선구자로서의 카인으로 뒤집혀 있었던 것이다.

“내게 소설 『데미안』은 오로지 카인이었어. 소설의 초반부터 책을 덮을 때까지 카인이라는 캐릭터가 뇌리에서 떠나지 않을 정도로.”

　사실 그 시절 내게 그렇듯 낯설고 새로웠던 카인은, 요즈음에는 일상 용어가 되다시피한, ‘열린 시각’, ‘새롭게 보기’, ‘다시 보기’쯤에 해당하는 개념으로, 오늘날의 다원주의 평등주의 포용주의의 토대가 된 개념일 것이다.

　그러나 매주 월요일이면 전교생이 운동장에 모여서 교장 선생님의 훈화를 듣고, 머리카락은 칼같이 귀 밑 이 센티 규정을 지켜야 했던 그 시절에, 타교생이라는 이름으로 불려 갔어도 기분이 상하지 않는 친구들이 대부분이던 세상에, 세상을 새롭게 보는 시각, 세상을 다르게 보는 시각, 그런 게 있을 턱이 없었다. 세상의 모든 것을 둘로 갈라 놓고, 오직 하나만이 진리이고 다른 쪽은 틀렸다고 주입받던 시절이었으니 말이다.

　“책에 보면 데미안도, 에바부인도, 다 카인의 표적을 지닌 사람들이야. 그리고 아벨이던 싱클레어가 데미안으로 성장할 수 있었던 것도, 데미안이라는 인도자로부터 카인을 주입받았던 덕이었어. 결국 카인이 관건인 거지. 그런데 나는 악의 대명사로서의 카인이 골수에 박힌 탓에, 카인을 예찬하는 헤세의 구절들이 너무나 낯설었어. 책을 읽을 때는 그런가보다 하며 끄덕이다가도, 책을 덮으면 말짱 도루묵이 돼버리는 거야. 그래서 노트에 옮겨 두기까지 했는데……”

　이렇게 말하며 나는 독서노트의 페이지를 펼쳤다. 책 곳곳에 흩뿌려진 카인 예찬의 구절들을 모아서 정리해 놓은 페이지였다.

　“카인의 표적을 지닌 자들은 집단 속으로 도망가지 않고, 고립

되어 있는 강자들이다./ 그들은 창세기에서 아담이 그랬듯 감히 하나님에게 저항을 하면서, 인류를 평화로운 정원에서 위험한 세계로 내모는 존재들이다./ 그래서 세상 사람들로부터 이상하다, 미쳤다, 위험하다고 여겨지기도 한다./ 카인의 후예들은 담력과 지혜와 용기와 개성이 있는 자들이다./ 그들은 매우 이성적이고 통찰력이 있는 존재로, 인류가 궁극적으로 지향해야 할 존재들이다./ 최종적으로 카인의 후예들은 새로운 세상을 여는 존재들이다."

내 입에서 카인을 예찬하는 구절이 하나씩 열거될 때마다, 은전이와 정아가 크게 고개를 끄덕이며 응수했다. 내 낭독이 끝나자 정아는 박수로도 모자라, 휘익 손가락 휘파람까지 불어대며 열렬히 환호했다.

"역시 내 짝꿍 박인주다. 책에 밑줄 치는 것도 모자라 따로 노트 정리까지 하다니, 대단해 대단해. 대충대충 주마간산인 나같은 사람으로서는 생각도 못할 일이야. 그런데, 역시 치밀한 정리야말로 모든 문제 해결의 답인 것 같다. 인주가 읽은 구절들만으로도 헤세의 카인 개념이 무엇인지, 비로소 확연해지니 말이야."

내가 좀체로 수긍하기 어려워서 적어둔 카인의 특성들이 정아와 은전이에게는 완전히 긍정적으로 받아들여지고 있었다.

다음은 정아의 차례였다.
자신은 대충이라며 엄살을 떨었지만, 정아의 발표는 나와는 차원이 달랐다. 정아는 아련한 표정으로 마치 연기하는 배우가 대사하듯 발표를 시작했다.

　"말했듯이, 내게 『데미안』은 숲이었어. 아름답고 신비한 풍경에 홀리기도 하고, 쑥구렁처럼 얽히고설킨 나뭇가지들에 갇혀 옴짝달싹 못하기도 했던 숲. 독서 내내 어느 부분은 멋지고 황홀했고, 어느 부분은 지루하고 어려웠어."

　어쩌면. 지금 스위스에서 화가로 활동중인 정아는 문학가가 되어도 좋을 만큼 언어 표현력도 남달랐다.

　"내가 지루했던 이유는, 『데미안』이 일반 소설들과 달리 스토리는 거의 없고 관념적인 서술로만 일관해서였을 거야. 마치 콩투성이 콩밥을 먹는 듯한 느낌이었다고나 할까. 콩이 적당해야 구수하고 맛있는 건데, 이건 쌀이 접착제 역할이나 겨우 하는 정도이니, 입안에서 콩이 데굴데굴 굴러다니는 거야."

　퍼뜩 감(感)만으로도 여러 요소들을 한번에 꿰뚫어 추론하는 능력, 무언가를 단번에 통찰해내는 능력이 정아에게 있었다. 시시콜콜 파고들어 하나씩 꿰맞춰야 겨우 이해되는 나와는 다른 아이였다.

　"『데미안』이 추상적이고 관념적이어서 골때리긴 하지만, 그래도 대화나 직접적인 말로 설명해주는 건 그나마 다행이었던 것 같아. 작년에 우리가 읽었던, 영화처럼 보여주기만 하면서 해석하라고 하던 까뮈나 사르트르, 그 난해성에 비하면 훨씬 쉬웠다는 얘기야."

　정아의 이런 말은, 정아나 은전이처럼 중학교 때 까뮈 사르트르를 읽은 적이 없는 나로서는, 도통 알아들을 수 없는 말이었다.

　카인이 궁금한 나와 달리, 정아는 데미안에 완전히 빠져 있었

다. 나처럼 그 개념에 대한 궁금증이 아니라 데미안이라는 캐릭터
에 완전히 홀릭된 상태였다.

"난 데미안의 정체가 제일 궁금해. 솔직히 나로 하여금 『데미
안』이라는 이 쉽잖은 소설을 읽게 한 동인은, 오로지 데미안이었
어. 혜성처럼 등장한 데미안의 악마성에 빠져서 책을 읽었고,
사라져버린 데미안을 다시 만나기 위해 책을 읽었으니까. 그런데
웬걸, 몇 년 만에 다시 나타난 데미안에게서 뭔가, 예전과는 다른
느낌이 오는 거야. 고개를 갸웃거리며 읽어나가는데, 어렵쇼, 이번
에는 점차 사람이 아닌 신비한 생명체로 변해 가는 느낌마저 오더
라고. 소설 초반부터 새의 문장이니 자연물이니 새의 날개짓이니
데미안을 빗댄 말들이 나왔지만 그때까지만 해도 내게 데미안은
엄연한 사람이었거든. 그런데 급기야 결말에 이르러서는 데미안
이 아예 싱클레어의 내부 어디론가 사라져버리고 마는 거야. 아.
얼마나 허망하던지."

정아는 마치 연기하듯 정말로 감정에 벅차 있었다.

"아 나의 데미안. 나 솔직히 싱클레어를 향한 데미안의 작별의
말이 너무 무섭고 슬퍼서 눈물까지 흘렸어. 그리고는 외쳤어.
"데미안 대체 너는 누구냐." "에바부인 당신은 대체 누구십니까."
"현실의 인물입니까. 아니면 상상속의 인물입니까."

정아의 절규는 '오 로미오 당신은 누구십니까' 하던 올리비아
핫세의 낭만적인 절규보다 더 절절했다.

"허망한 가운데 나는 결론을 내렸어. 현실의 인물인 줄 알고
잔뜩 매료되었던 내 섹시한 데미안은 결국 관념의 의인체였구나.
성경에서 거꾸로 뒤집혀 끌려나온 관념의 카인처럼, 등장인물인

데미안도 관념에 불과했던 거구나...”

정아의 발표는 채 마무리되지 못한 채 긴 여운으로 이어졌다.

침묵이 이어졌고 나는 정아가 나와 얼마나 다른 사람인지를 새삼 깨달았다.

어떤 대상에 저렇듯 몰입하고, 망연자실하고, 체념하고, 허무에 빠지는 격정적인 심리 추이, 내겐 그런 게 절대 없었다. 실은 데미안이 섹시하다는 정아의 표현을 듣는 순간, 식겁하기까지 했다. 그래서 반사적으로 은전이를 쳐다봤다. 은전이는 빙그레 웃으며 고개를 끄덕일 뿐이었다.

꽤 긴 침묵을 깨고 정아가 말했다.

“은전아. 데미안이 실제의 사람이 아니라 관념이라는 내 결론, 맞는 거지? 데미안도 카인처럼 관념이라면, 저 둘의 의미가 어떻게 다른지, 설명해줄 수 있니? 제대로 실체를 보려면 거리를 두어야 하는데, 난 데미안한테 너무 빠져버렸단 말이야.”

정아가 당시 유행하던, ‘아이구 두(頭)야’, 하는 셀프 머리치기를 하며 말했다. 정아는 자기 객관화도 잘 되는 친구였다.

은전이는 손바닥으로 턱을 받친 채 곰곰 생각에 잠겼다.

“데미안... 글쎄... 솔직히 나도 궁금했어... 싱클레어도 크로마도 다 꿰뚫어 읽는, 빛과 어둠의 속성을 다 아는 존재? 카인이기도 아벨이기도 한 존재? 세상의 양면성을 품은 아브락사스에 근접한 존재? 근데 이게 말로는 쉽지만 구체적으로는 어떤 모습일지...”

은전이는 자신의 추상적인 개념의 데미안에 자신없어 했다.

"데미안이 처음 등장할 때 나는 데미안이 바로 카인일 거라고 짐작했어. 싱클레어에게 아벨은 줏대없는 존재고 카인은 엄청난 영웅이라고 가르치고 있었으니까. 그런데 조금 더 읽다 보니, 데미안은 카인일 뿐만 아니라 아벨이기도 한 존재더라고. 싱클레어처럼 학교에서 행해지는 기독교 견진성사 수업에 착실히 참가하는가 하면, 하나님 말씀에서 오는 빛과 평안도 다 인정을 하는 모범생이었어. 또 참전 무렵에는 군중에 대한 지금까지의 자신의 시각을 바꾸기까지 해. 주체성 없이 무리에 안주하는 아벨 집단이라며 경멸하던 시각에서, 알고 보면 그들도 책임감이 강한 자들이라며, 군중을 인정하는 시각으로 바뀌는 거야. 결국 이론적으로는 데미안은 카인과 아벨의 양면성이 완전히 통합된 존재로, 자기완성을 추구하는 싱클레어를 아브락사스로까지 인도해가는 존재인 듯해."

은전이는 이론적으로는,이라는 단서를 또 달았다. 그러나 정아는 아랑곳없이 반색했다.

"그래. 바로 그거였다. 내가 데미안에게 푹 빠졌던 이유. 내가 일찌감치 카인적인 악마성 밑에 감추어진 아벨의 모범성을 알아챘던 거야. 나는 위선은 딱 질색인데 위선과는 정반대인 위악이라고나 할까, 그런 것을 데미안에게서 읽어냈던 거라고."

들떠 열을 내던 정아가 정색을 하고 다시 물었다.

"은전아. 그러면 나를 그토록 슬프게 했던, 데미안이 싱클레어의 어디론가 사라지는 그 장면의 의미는 대체 뭘까. 그것도 좀 설명해 봐."

"그건... 맨 마지막 문장에 적힌 대로가 아닐까. 끊임없이 데미안을 추종하던 싱클레어가 드디어 데미안과 동급이 되었다는 의미, 그러니까 아벨이던 싱클레어가 카인을 내면화함으로써 데미안처럼 온전한 양면적인 존재, 온전한 본연의 자기자신으로 성장했다는 의미.”

“아. 듣고 보니 그렇네. 그렇게나 깊은 뜻이었네. 내 섹시한 데미안이 관념이어서 실망하고, 사라져 버려서 실망했는데, 그렇게나 깊은 의미였던 거야.”

정아는 데미안의 사라짐으로 인한 슬픔을, 데미안의 깊은 의미로 승화해내고 있었다.

데미안에 논의가 그쯤에 이르렀을 때 나도 비로소 질의에 참여했다.

“은전아. 그런데 그 양면 통합적이라는 게 정확히 무슨 의미인 거니? 데미안·에바부인·아브락사스, 모두 양면성을 품거나 세상의 양면성 그 자체인 존재들인데, 우리 같은 일반인들이라면 대체 어떤 태도인 거니? 온건하거나 중립직인 태도를 말하는 거니?”

자신없어 하면서도 나는 매사가 분명해야 했다. 내게 추상적인 언어는 얼핏 멋지고 그럴싸하지만, 길게는 공허한 무실체일 뿐이었다.

“온건하다거나 중립적이라는 건, 뭔가 소극적이고 이도저도 아니게 뿌연 느낌이 들지 않아?”

이렇게 말하더니 은전이가 한참 생각에 잠겼다. 은전이 스스로도 양면성의 합일이 무슨 뜻인지 답을 찾는 듯했다.

“데미안적인 양면 통합은 그와 달리, 훨씬 적극적인 태도에 선명한 색채일 것 같아. 그저 중간 어름에 고착된 입장이 아니라, 파노라마의 시각으로 스펙트럼의 양 극단까지도 활짝 열고 들여다보는 태도, 그러니까 늘 세상을 향한 눈과 귀를 활짝 열고 있다가, 그때그때 보다 합리적인 쪽으로 능동적으로 움직이며 자신의 입지를 정하는 움직이는 성 같은 태도? 그런 것일 듯해.”

마지막으로 은전이의 발표 차례가 되었다.

은전이는 카인과 데미안의 상징성이 궁금했던 우리와 달리, 『데미안』이라는 소설 전체의 성격과 의도에 대해 주목하고 있었다.

“나는 『데미안』이라는 소설이 널리 알려진 대로, 개인의 정신적인 성장, 온전한 자기자신을 찾아가는 길의 이야기로 알고 있었어. 이분법의 세계관에 갇혀 있던 싱클레어가 아벨, 카인, 데미안의 단계로 나아가며 활짝 세계관이 열리는 이야기, 또는 알에 갇혀 있던 자가 그 알을 깨고 아브락사스를 향해 비상하는 관념적인 이야기 라고 막연히 생각했던 거야. 그런데 이번 독서를 통해서 『데미안』이라는 소설이, 싱클레어의 정신적인 성장이라는 관념 단계에서 끝나지 않고, 1차 세계대전 참전이라는 현실 참여 단계로까지 이어지는 사실에 깜짝 놀랐어. 전반부의 기나긴 싱클레어의 정신적 탐구과정이, 어쩌면 후반부의 1차 세계대전 참전 이야기를 풀어내기 위한 철학적인 도구였다는 생각까지 들더라니까.”

이렇게 말하더니 은전이가 『데미안』의 어느 페이지를 우리에게 펼쳐 보였다.

"내가 특히 놀랐던 것은, 싱클레어와 데미안이 1차 세계대전 참전을 목전에 두고 선언하는 이 구절이야. **'새가 알에서 나오려고 싸우고 있는데/ 그 알은 이 세계이고/ 이 세계는 산산조각 나지 않으면 안 된다.'** 여기서 알은 전쟁으로 산산조각내야 하는 당시의 세계 질서이고, 알에서 나오려고 싸우는 것은 1차 대전이야. 그리고 알을 깨고 비상하는 거대한 새 아브락사스는 전쟁 이후 탄생될 새로운 세계 질서를 말하는 것 같아. 어때, 이거 너무 충격적이지 않아?"

솔직히 『데미안』의 후반부는 나도 좀 의아하긴 했다. 그러나 해설서에 일언반구도 언급이 없기에 그냥 지나쳐 버렸다. 정아도 데미안이라는 캐릭터에 몰입하느라 다른 것은 다 대충이었다고 고백했다.

"독일이 일으킨 1차 세계대전이, 아브락사스로 비상하기 위한 전쟁이었다고 주장한다는 거야?"

"그래. 그래서 충격이라는 거야. 1차 세계대전을, '알을 깨고 비상하는 아브락사스'로 비유하는 게 얼마나 놀랍던지, 혹시 내가 잘못 읽는 건가 싶어서 저 부분을 몇 번씩이나 반복해서 읽었어."

대답하던 은전이가 문득 정아에게 물었다.

"참. 정아야. 데미안이 싱클레어의 내면으로 사라지던 때가 싱클레어가 부상병이 되었던 때였던 사실, 기억나니? 그 장면, 아브락사스의 비상 구절과 관련해서 아주 의미심장한 장면인 것 같아. 한 개인의 성장은, 부상을 입게 될지라도 전장의 한복판에 참여할 때서야 비로소 완결된다는 의미로 해석되니까 말이야."

"아 정말 그렇네. 그런데... 너무 무섭고 슬프다. 사람 목숨이

파리 목숨인 그 참혹한 전쟁터에서 비로소 정신적인 완성이 이루어지고, 전쟁을 통해서 세계가 도약하게 된다는 그 신념이.”

“그렇지? 이 후반부의 전쟁 이야기, 정말 물음표를 던지지 않을 수 없었어. 새로운 세상이라는 이상에 도취해서, 전쟁터의 죽음 따위 부차적인 문제에 불과하다고 보는 사상, 너무 위험한 사상이 아닐 수 없어. 그런데 왜 해설서에는 여기에 대해 일언반구도 없는지, 이상해.”

은전이의 발표는, 자신이 『데미안』에서 얻은 것을 말하는 것으로 끝이 났다.

“난 『데미안』의 1차 세계대전 이야기 부분에 결코 동조할 수 없어. 어쩌면 헤세는 자기들이 일으켰지만, 수많은 목숨을 희생시킨 채 패전으로 끝난 1차 세계대전을 합리화하느라 이 소설을 썼을지도 모른다는 생각조차 들어. 그런데 어찌 됐든, 관념에서 역사적 현실로까지 이어지는 『데미안』이라는 소설에서 힌트 하나는 얻은 것 같아. **아벨·카인·데미안·아브락사스**의 개념을 추상적인 관념으로 치부하거나, 신비주의로 얼버무릴 게 아니라, 우리 눈앞의 실제 현실에 대입해서 활용할 수 있겠다는 거야.”

“지금의 우리의 현실에 대입한다고? 어떻게?”

“가령 지금 대학생들이 벌이는 데모, 또는 우리가 읽었던 김지하의 <오적> 필화 사건 같은 데 대입해 볼 수도 있겠더라고. 무엇이 아벨이고 무엇이 카인인지. 나는 <오적> 의 김지하가 데미안이 설명한 카인의 모습과 아주 흡사하다는 생각이 들었어.”

“김지하가 카인이라고?”

《사상계》 라는 잡지를 학교에 가져와서, 졸지에 우리로 하여금 <오적> 을 읽게 했던 정아가 깜짝 놀라더니 말했다.

"그러고 보니, 아까 인주가 낭독했던 카인의 특성들이 다 김지하에 해당하는 것 같긴 하다. 특히 카인이 새로운 세상을 열어내는 존재라는 말이 와닿는다. 새로운 세상을 연다는 것, 종교로 치니까 카인이지, 예술로 치자면 새로운 유파를 만들어낸 모차르트나 피카소 같은 존재들인 거야. 김지하도 여기에 해당하는 거고. 김지하는 지금은 감히 하나님에게 저항한 벌로 감옥에 있지만, 언젠가는 새로운 세상을 연 존재로 평가될지도 몰라. <오적>은 새 시대를 연 기념비적인 시가 되는 거고."

"그러면, <오적> 사건에서 하나님은 누구이고, 하나님 말씀에 충실한 아벨의 집단은 누구인 거지?"

이렇게 물으면서, 나는 얼른 내 독서노트를 펼쳐 아벨에 대한 데미안의 해석을 열거했다.

"아벨들은 겁쟁이 약자들어서 언제나 집단 속으로 도망치고, 군중을 그들의 의견의 기준으로 삼는 자들이다./ 또 아벨의 무리들은 선생님 아버지 하나님의 뜻과 일치하는지, 그들의 마음에 드는지, 늘 살피는 자들이다./ 아벨들은 자신을 다스리는 힘을 타인에게 맡겨버리고, 안전한 길만을 걷는 자들이다."

아벨의 특성을 귀담아 듣던 정아가 바로 이어 응답했다.

"하나님이야 말할 것도 없이, 김지하가 조롱했던 오적들과 최고 권력자겠지. 그리고 그 하나님의 말씀에 충실한 겁쟁이 아벨은...... 바로 여기 있네. 나같은 사람이 바로 아벨일 거야. 「오적」을 처음 읽었을 때만 해도, 나는 호기롭게 생각나는 대로 마구 떠들었잖아? 그런데, 그 사건이 난 후로는 김지하 언급을 한 적이

없어. 하나님인 권력자들이 무서워서, 납작 엎드려 순종하죽는 착한
아벨이 된 거지.”

자아비판을 하는 정아는 한껏 자조적이었다.

나는 문득 학기초 ‘타교생 사건’ 때의 정아와 은전이가 떠올랐
다.

“아니. 정아야. 절대 그렇지 않아. 너희들은 절대 헤세의 비겁
한 아벨이 아니야. 학기초의 타교생 일, 기억나지? 그 일이야말로
『데미안』의 개념들을 적용해 볼 수 있는 좋은 예였던 것 같아.
너희들은 그때, 본교생과 타교생으로 가르는 학교의 잘못된 이분
법에, 결코 침묵하지 않았어. 본교생의 집단에 속하면서도, 선생님
을 찾아가 항의까지 해가며 소수의 타교생인 내 편을 들어줬잖아.
너희들은 겁쟁이 아벨들이 아니라 활짝 열린 데미안이었어. 이제
야 말이지만, 난 지금까지 너희만큼 열린 친구들을 본 적이 없어.”

열렬히 자기들을 변호하는 내 말이 머쓱한지 정아가 어깨를
으쓱했다. 은전이는 빙그레 웃고 있었다.

정아가 문득 다른 화제를 꺼냈다.

“얘들아. 우리처럼 집단적인 사고가 체질화된 아벨들이, 싱클
레어처럼 카인을 받아들이고, 데미안으로 발전하는 일이 과연
가능할까. 아벨과 카인을 겸비한 데미안, 남성성과 여성성이 공존
하는 에바부인, 알을 깨고 아브락사스를 향해 비상하는 새, 이런
것들은 어디까지나 관념적인 이상일 뿐, 현실적으로는 불가능한
일이 아닐까. 선악 이분법의 틀에서 벗어나, 주체적인 시각으로
세상을 바라보며 성큼 자신의 길을 가는, 독립적인 데미안, 얼마나

섹시해. 그러나 **보통의 인간들이란 본성적으로, 이분법의 틀 속에 안주하려는 수구파 아벨의 족속**이라서, 절대 말처럼 쉽지 않을 것 같아. 결국 나를 그토록 매료시킨 데미안은 소설 속에서나 존재한다는 이야기야.”

정아는 또다시 회의적이었다. 그 와중에서도 섹시한 데미안이라는 표현은 재차 등장했다.

은전이가 빙긋 웃더니 정아를 가만히 들여다 보며 말했다.

“정아야. 『데미안』이라는 소설책 한 권 읽고 단번에, 데미안적인 세계관이 몸에 밴다는 것은 당연히 불가능한 일일 거야. 아벨이던 열 살의 싱클레어가 데미안으로부터 카인을 주입받은 후, 데미안이 되기까지 걸린 장장 8년의 세월을 생각해 봐. 그만큼 일단 물들여진 집단 색을 빼내는 일이 쉽지 않다는 이야기야. 게다가 지금의 우리나라는, 싱클레어가 살던 시대의 독일제국보다 집단 색이 더 강할지도 몰라. 그래도 이렇게라도 『데미안』 같은 소설을 읽으며 서로 생각을 나누다 보면, 조금씩은 달라질 거야. 아는 것과 모르는 것은 천양지차니까 말이야.”

“그래. 맞는 말이야. 은전이 네 말처럼, 쉽지 않다고 통합이라는 이상을 버려서는 안 되는 거야. 은전아. 내 말 정정할게. **이분법의 무리 속에서 안주하는 것은, 인간의 본성이 아니라 습관**일 뿐이라고.”

말을 하던 정아가 문득, 눈을 반짝이며 어떤 제안 하나를 했다.

“그런 뜻에서 우리, 카인 물들기 놀이 한번 해볼까? 카인처럼 세상을 새로운 시각으로, 다른 방식으로 바라보는 놀이야.”

“아니. 정아야. 우리는 카인 놀이를 하더라도 은전이는 빼주자.

은전이는 이미 데미안을 넘어 에바부인급이다.”

이렇게 말하며 내가 급히 독서노트의 에바부인 부분을 펼쳤다.

“에바부인이 데미안보다 한층 더 성숙하고, 따스하고, 분명하게 느껴진다./ 가까이 있는 것만으로도 사랑의 행복이 느껴지고, 자신의 내부가 진보된 듯한 느낌이 들게 한다./ 신비하고 카리스마가 넘치는 데미안보다도 더 높은 곳에서 주재하는 에바부인.”

실은 이 구절들을 노트에 옮겨 적을 때, 나는 벌써 은전이를 생각하고 있었다. 입학 초, 본교생 타교생으로 편 가르는 이분법을 통 크게 풀어내며, 자칫 열패감에 함몰될 뻔했던 나를 구해준 사람이 바로 은전이, 에바부인적인 면모의 은전이였다.

이 토론 이후로 우리에게는 정말로 일종의 데미안 신드롬이 생겼다. 카인식으로 매사를 남들과 다르게 보고자 했고, 마주치는 대상들마다 이건 아벨, 저건 카인, 하며 재단하는 버릇도 생겼다. 대입시 준비 때는, “우리는 데미안이니까 악마적인 힘을 발휘해야 해!” 했고, 군산에서 은전이네 가족이야기를 들을 때도, 아벨 카인 데미안을 대입하며 이야기로 다가갔다.(『데미안』에 대한 더 풍성한 토론 내용이 독서 노트에 기록되어 있고, 대학교 교양 수업 때 다시 논의한 기록도 덧붙여 있지만, 여기서 맺는다.)

장영숙의 상경

은전이의 고향집 이야기에 들어가기 전에, 은전이의 서울집에 관한 이야기도 해야 할 것 같다. 은전이의 군산집 이야기로 연결되는 내용이기 때문이다.

　1학년 2학기 중간고사가 끝나고 가장 한가한 시월 말쯤의 하교
길이었다. 광화문 버스 정류장까지 늘 함께 가는 우리가 막 교문을
나서는데, "은전아!" 하는 외침과 함께 웬 여자 아이 하나가 은전이
에게 와락 달려들었다. 깜짝 놀라던 은전이는 "장영숙!" 하더니,
이내 그 아이를 얼싸안고 반가워서 어쩔 줄 몰라 했다.

　학교 앞에서 보기 드문 이 광경을, 하교하던 친구들이 다 바라
보고 있었다. 곤색 교복 스커트에 빨간 쉐터를 입고, 손에 가방도
아닌 보따리를 들고 있는 그 아이는 남의 시선 따위 아랑곳없었다.

　은전이가 우리에게 그 여자애를 소개했다.

　"장영숙이라고, 내 둘도 없는 고향 친구야. 내 국민학교 동창."

　장영숙이라는 그 여자애는 우리에게 눈인사를 하면서도, 여전
히 은전이 팔에 매달린 채였다. 은전이가 얼른 그 아이의 손에서
보따리를 나꿔챘다. 그러자 장영숙은 은전이의 가방을 받아들었
다. 둘은 이야기에 여념이 없었다.

　정아와 나는 무심코 버스 징류장에서 헤어지던 평소와 달리,
앞서 가는 은전이를 따라갔다. 따라가다 보니 어느새 가회동 은전
이네 동네였다. 가회동은, 슬라브식 양옥 주택들이 빼곡히 들어차
던 청량리 밖 우리 동네와 달리, 골목길 양 옆으로 서울식 전통
한옥들이 즐비하게 늘어선 동네였다.

　제법 넓은 골목의 어귀에 있는 은전이네 집은, 전라북도 도내
최고 갑부라는 명성에 걸맞게, 골목집 몇 채는 좋이 될 만한 크기의
대지였다. 집 앞으로 툭 트인 잔디밭이 달포전에 가 본 동빙고동
정아네 집에 견줄 수 있을 만큼 넓었다. 전통 서울식이 아닌 일자형
한옥으로, 은전이의 방은 대청마루를 사이에 두고 부모님의 안방

과 마주 보고 있었다. 옆방은 은전이 오빠의 방이라고 했다.

옷장에 영숙이의 보따리를 넣은 은전이가, 자신의 사복 치마를 꺼내 영숙이에게 건네며 말했다.

"영숙아. 빨리 집에 전화부터 하자. 지금쯤 집에서 난리가 났을 거 아냐."

은전이는 마치 동생 다루듯 영숙이라는 친구를 대했다.

"아직 연락하지 마. 나 학교 그만 두고 취직하러 왔다고 했잖아."

"말도 안 되는 소리 하지도 마. 취직은 누가 맘대로 시켜준대?"

"버스 차장이라도 들어가면 돼. 가기만 하면 다 받아준다던데."

"받아주면 들어갈 거야? 동생들과 오빠는 어쩌고? 할머니는 어쩌고?"

그 시절에는 취직을 한다, 배우가 된다, 좋아하는 가수를 만난다면서 무단 결석하고 상경하는 학생들이 제법 있었다. 그런 경우 정학이라는 엄벌이 기다리고 있기 마련이었다. 영숙이의 가출도 일테면 그런 류에 해당하는 것이었다.

일언지하에 영숙이의 말을 무시해버린 은전이가 안방으로 건너갔다 되돌아오며 말했다.

"지금 집에 시외 전화 신청했어. 너 내일 아침에 바로 내려간다고 말할 거야. 우리 어머니가 너네 집에 사람 보내면, 학교에는 오빠가 알아서 연락하겠지."

은전이의 말은 거역하지 못할 만큼 가차없고 단호했다.

다음 날 등교하자마자 은전이가 우리에게 와서, 영숙이 소식을 전했다.

"영숙이 지금 서울역에 있어. 우리 오빠가 이리행 첫 태극호를 태우기로 했거든. 이리역에 내리면 군산행 버스가 있으니, 그걸 타고 들어가면 돼."

"영숙이라는 애, 정말 통머리도 크다. 어떻게 가출할 생각을 다 하니. 식구들 걱정할 건 생각도 않고."

"아냐. 영숙이, 평소에는 절대 그런 애 아니야. 너무 힘들어서 나한데 하소연하러 온 거야. 가끔 편지를 하는데 편지로는 다 풀 수가 없으니까 직접 말로 풀려고 온 거지. 부모님이 안 계시는 가정에서 오빠와 함께 세 동생들 건사하고, 할머니 도와서 집안 일까지 다 하는 애야. 정말 성실하고 착한 애야. 어젯밤에 얘기를 했는데, 자기 오빠가 혼자서 고생하는 걸 더 이상은 못 보겠대. 고 3이니까 대학에도 가야 하는데, 오빠가 원서를 넣지 않으련다는 거야. 걔네 오빠는, 무슨 일이 있어도 동생들을 대학까지 보내는 게 자기 목표라고 하는 사람이거든."

"세상에. 그런 오빠를 두고서 학교 그만 둔다는 소리를 하다니."

"영숙이한테 조금만 참으라고 했어. 그래도 고등학교는 졸업 해야 되지 않겠냐고."

이때 만났던 영숙이를, 은전이의 군산 집에 놀러 갔을 때 다시 만나게 된다.

채은전네 군산에 가다

2학년 여름 방학이 시작되는 첫날, 우리는 은전이네 군산집으 로 향했다. 호남선과 전라선의 분기점인 이리역에 내리자, 플랫폼까지 마중 나온 은전이 집의 기사 아저씨가 우리에게 다가왔다. 광장에 주차된 은전이네 차는 크라운이라는 차종이었던 것으로 기억된다. 매일 아침 등교 시간마다, 요즘에는 볼 수 없는 길고 화려한 외제차들이 차례차례 멈춰섰는데, 위풍당당한 그 차들 중에서 중간급 정도 되는 차였다.

아스팔트 포장길을 삼십여 분 달려가자 군산 시가지가 나타났다. 몇 번 길을 바꾸던 차가 월명산의 표지판이 붙은 길로 들어서고 있었다.

단층이나 이 층 정도의 일본식 목조 상가 건물들이 즐비한 길 양편을 두리번거리는데, 조수석의 은전이가 창밖에 대고 손을 흔들었다. 저만치 오른쪽으로 한 떼의 사람들이 보였다. 우리를 마중 나온 은전이 어머니와 가솔들이었다.

"어서들 와라. 먼 길 오느라 고생 많았다."

은전이네 집은 외관부터 남달랐다. 길게 도로변을 점유한 화강함 담장은 온통 담쟁이넝쿨과 능소화 줄기로 뒤덮였고, 돌담장 사이의 나무 대문은 크고 육중했다.

활짝 열린 대문으로 들어서자 탁 트인 잔디밭이 저 앞에 보이는 집까지 드넓게 펼쳐졌다. 그 시절 어느 집에나 있던 화단과는 비교도 안 되게 넓은 잔디 정원이었다. 화초와 수목들이 담장쪽으로 배치된 형태는 도서관에서 내려다 보던 미 대사관저의 정원과 비슷한 형태였다. 잔디밭 가장자리로 난 현무암의 진입로가 집 앞의 연못을 지나 왼쪽의 현관으로 이어지고 있었다.

연못 위의 나무다리에 서서, 우리는 수련과 부레옥잠 등의 수초 사이로 희귀한 색상의 금어들이 유영하는 광경을 내려다

보았다. 넉넉지 못해도 유리병이나 나뭇가지 조롱에 금붕어와 새를 기르고, 형편이 좀 되면 작은 연못이나 새우리를 만들어 이국적인 어조류를 키우는 게 유행이던 시절이었다.

우리는 현관으로 가지 않고 거실 앞에 놓인 댓돌을 딛고 유리 밀창문이 활짝 열려 있는 거실로 올라섰다. 거실은 아직도 다다미 바닥이었고 육중한 에어컨이 그 위에 우뚝 버티고 서 있었다. 우리는 정원으로 향해진 등나무 소파에 앉았다.

야수파의 화폭이듯, 방금 건너온 정원이 하얗게 바랜 빛과 선명한 색채들의 향연장으로 눈앞에 펼쳐졌다. 잔디와 담쟁이와 정원수들은 연녹빛 검녹빛으로 강건하고, 능소화와 여름 화초들은 빨강 주황 노랑의 원시의 색채로 강렬하게 불타오르고 있었다. 화강암 담장의 회색빛과 나무 대문 나무 다리의 갈색빛만이 이것이 현실 풍경임을 말하고 있었다.

땀을 식힌 우리는 2층으로 올라갔다. 중간에서 층계참으로 꺾이는 계단은, 언젠가 가 본 청파동 일식 가옥의 좁고 가파른 일직선 계단과 달리 폭이 매우 넓었다. 2층에는 긴 복도를 사이에 두고, 대문쪽으로 다다미 거실과 한 개의 방이, 뒤꼍쪽으로 나란히 두 개의 방이 있었다. 정아와 나는 은전이 방과 마주 보는, 뒤꼍쪽의 다다미방으로 안내되었다.

진월넛의 벽장에 짐을 넣은 우리는 커튼을 활짝 열고 창밖을 내다봤다. 광활하게 넓은 채마밭이 저 멀리의 마을까지 펼쳐지고, 오른쪽으로는 은전이네 소유라는 큰 공장이 보였다.

은전이 어머니가 오미자차 쟁반을 들고 올라와, 다다미 위의 낮은 탁자에 내려 놓았다. 한여름 복중 더위인데도 은전이 어머니는, 하얀 모시 깨끼적삼에 검회색 치마의 한복 차림이었다. 그 시절 아낙네들의 여름 일상복이던, 화학사 재질의 짧은 셔츠에 몽당치마와는 격이 다른 차림새였다.

"어렵게 내려 왔는데 있는 동안 편히 놀다 갔으면 좋겠구나."

서울 출신이라 서울댁이라고 불린다는 은전이 어머니의 말씨는 아직도 서울말이었다.

"점심 준비됐으니 내려오너라."

점심 식사를 마치고 거실 쪽으로 건너가는데, 문간방의 열린 문틈으로 벽에 걸린 여러 벌의 새 한복들이 눈에 들어왔다. 방 가운데로 재봉틀이 놓여 있고 주변에는 옷감이 잔뜩 쌓여 있었다. 흡사 한복집의 광경이었다.

뭐지? 의아해하며 은전이를 쳐다보자, 은전이가 아무렇지 않게 대답했다.

"응 우리 어머니가 하는 일이야."

정원과 연못을 한 바퀴 둘러본 후 찾아나선 우리의 첫 행선지는, 역시나 영숙이네 집이었다. 전화가 없는 집에 무작정 나선 길이니, 혹시 허탕을 칠 수도 있는 길이었다.

이리저리 길을 바꿔가며 올라선 넓은 도로의 끝에, 반대쪽의 반원형 터널 입구가 또렷하게 겹쳐 보이는 해망굴이 나타났다. 해망굴은 일제강점기 때 군산 시가지와 해안을 가로막은 월명산을 뚫어서 낸, 2차선 도로의 암반굴이었다.

작은 반원형의 굴 입구를 화강석 적층의 직방형 축대가 에워싸고 있었고, 축대 위로 월명산에서 뻗어내린 초록의 넝쿨들이 치렁치렁 휘늘어져 있었다. 굴 안으로 들어서자 축축한 냉기와 함께 건너편 선창가에서 날아든 갯비린내가 훅 끼쳐 왔다.

장영숙의 집은 선창가가 내려다 보이는 반대쪽 산자락의 해망동에 있었다. 그 집에 가려면, 지금 이대로 해망굴을 빠져 나간 후 다시 산으로 올라가는 방법도 있고, 여기서 산정상까지 올라갔다 바닷가 쪽으로 내려가는 방법도 있다고 했다. 우리는 후자를 선택했다.

산상정(町·鼎) 담(談)
*** 정담(鼎談)은 세 사람이 솥 발의 모양으로 앉아 이야기 한다는 뜻**

월명산 정상으로 가는 길은 가파르지 않은 숲길이었다. 다져진 산책길을 따라 정상에 당도하자 맨땅 위로 작은 쉼터가 있었다. 그늘 아래의 벤치에 앉으며 은전이가 말했다.

"이 공원의 옛날 이름이 각국공원이었다는데, 특이하지? 개화기 때 군산에 각국의 거류지가 생겨나며 붙은 이름이었대."

"각국? 처음 들어보네. 요즘으로 치면 국제라는 뜻 같은데, 그때부터 여러 나라가 군산을 노렸다는 뜻인가."

"맞아. 곡창 호남평야를 거느린 항구라는 특성이 군산을 그렇게 만들었을 거야. 일본의 식민지가 된 후 만주사변 때는, 군량미의 병참기지 노릇을 했을 정도니까. 암튼 당시 군산은 전국에서 가장 빠르게 성장하는 도시여서, 인구가 급격히 늘어나고 기차역은 늘 사람들로 미어터졌다고 해. 무역뿐만 아니라 미곡취인소가 생기고, 고무 공장이나 양조 산업 같은 산업 시설들이 들어서니, 일자리를 찾아 전국 각지에서 사람들이 몰려드는 전국구가 됐던 거야."

“지금의 서울 같았구나.”

“맞아. 최하층 빈민으로 살망정, 돈이라는 욕망을 좇기에 이보다 더 좋은 도시가 없었던 거지.”

“채만식의 『탁류』가 그런 이야기를 하는 소설 같던데?”

“응. 채만식의 『탁류』는 당시 군산이 온갖 타지 출신들이 뒤섞여 살던 전국구였다는 사실을 리얼하게 보여주는 소설이야. 미두로 망하는, 초봉이 아버지 정주사라는 중요 인물부터가 군산 토박이가 아닌 서천 출신이야. 또 초봉이를 좋아하는 남승재라는 의사나 고태수라는 은행원까지도 서울 출신이니, 주요 등장인물들이 다 외지 출신인 셈이야. 게다가 소설 속의 대사도 전북 사투리가 아니고 서울말인 듯한 게, 아주 특이해. 아예 영남 사투리가 구수하다는 말까지 나온다니까.”

“은전이 너는 군산에 관해서 모르는 게 없는 것 같다.”

“당연하지. 서울처럼 크지도 않은 내 고향이잖아. 참 너네 그거 알아? 우리 교과서에 실린 「설야(雪夜)」의 김광균 시인도 그때 군산에 들어오신 분이라는 사실?”

“「설야(雪夜)」의 김광균? 전과에는 개성 출신이라고 나왔던 것 같은데?”

“맞아. 김광균 시인의 고향은 개성이야. 그런데 그분도 그때 그런 식으로 군산에 들어오셔서 몇 년을 여기서 사셨어. 김광균의 시 대부분이 군산에 사시던 6년 동안(1932~38)에 쓰여졌으니, 시인으로서의 김광균의 고향은 군산인 셈이야. 서울로 가신 후엔 사업가로 변신하셔서 시를 거의 쓰시지 않았으니까.”

“군산에서 쓴 시들이라고? 그렇게 이국적인 시들이? 그런 건 어떻게 알았어?"

"전과의 「설야(雪夜)」 해설란에 김광균의 여타 시들이 열거돼 있잖아. 그 중에 「산상정(山上町)」이라는 시가 있었어. 어릴 때 들어본 적이 있는 동네 이름이라, 혹시나 하며 도서관에 가서 찾아봤지. 그 결과 산상정(山上町)이 해방 후 선양동으로 이름이 바뀐, 우리 군산의 산상정이었던 사실을 알게 됐어. 김광균 시인이 만월표 경성고무 사원이었다는 사실도 알게 됐고."

"산상정(山上町)이면 산동네라는 뜻 같은데, 혹시 이 동네인 것 아니니?"

"아냐. 군산이라는 지명이 고군산군도에서 유래했지만, 산이 많다는 뜻의 군산(群山)이라 여기 말고도 산동네가 많아. 아까 우리가 차 타고 들어올 때 그 산상정을 지나왔어. 지금은 선양동이지만."

"아까 지나왔다고?"

"그래. 가만, 아마 여기서 내려다 보일 거야."

하얀 운동화를 신은 은전이의 사뿐한 걸음새가 저만치 산 가장자리로 나아가고 있었다. 날씬한 종아리 위로 하늘하늘 물빛 소데나시 원피스 자락이 가볍게 나부끼고 있었다.

이리저리로 아래를 굽어보던 은전이가 돌아서며 말했다.

"나무가 너무 무성해서 보이지 않는다. 여기서 바로 직선 방향에 있는 작은 산등성이야. 「산상정(山上町)」에 등장한 성당도 아직 그 자리에 그대로 있어. 둔율성당이라고, 선양동 건너 편 둔율동에 있는 성당이야."

우리 앞에 와서 선 은전이가 문득 두 눈을 반짝이며 물었다.

"혹시 너희들 산상정(山上町)이라는 시 궁금하지 않니? 내가 한번 암송 해볼까?"

"암송할 수 있다고? 어서 해 봐."

은전이가 저만치 앞으로 나가 우리를 향해 섰다. 우리는 정자세를 하고 은전이의 시 낭송 들을 준비를 갖추었다. (「산상정」 낭송 이후 산상정의 의미에 대한 토론이 제법 길게 이어졌다. 그러나 앞의 『데미안』처럼 「산상정」도 이쯤에서 맺기로 한다)

산상정 토론 후 우리는 늘 그러듯 뭔가 흐뭇한 침묵에 빠져들었다. 한참을 그렇게 있는데 정아가 벌떡 자리에서 일어났다. 그런데 정아는 대체 어떻게 그런 발상을 했던 건지...

우리를 돌아보며 씩 한번 웃던 정아가, 얼마 전 무용시간에 배웠던, 허리에 두 손을 곁고 걷는 투스탭 자세를 갖추었다. 그 자세대로 정아는 흥청흥청 아까 은전이가 섰던 자리까지 나아갔다. 그러고는 휙 돌아서며 손에 마이크 쥐는 시늉을 했다.

"아. 안타깝도다. 개성 사람 김광균 시인까지 불원천리 돈벌러 들어왔던, 일제시대 최고 광영의 도시 군산의 명운은 버얼써 끝났도다. 지금은 산업화 시대, 모든 영광은 부산 쪽으로 넘어가고 있도다. 봄 수학여행 때 울산의 공장들을 견학하며 그런 사실을 친히 목도했던 우리가 아니던가."

정아의 천연덕스러운 변사 흉내에 우리는 한참을 깔깔거렸다.

그런데 기실 정아의 코믹한 나레이션은 정곡을 찌르는 말이었다. 62년부터 시작된 두 차례의 경제개발 5개년 계획은, 전적으로 경상도 연안의 도시들에 집중되어 있었으니 말이다.

"맞아. 일제시대든 지금이든 관건은 일자리와 먹고 사는 문제라, 군산은 지금 서울이나 부산 쪽으로 이사가는 집들이 점점 늘어가는 추세야. 시대적인 변화니 어쩔 수 없는 일이지만 군산 사람인 나로서는 좀 서글프다.”

“은전아. 너네 아버지는 서울로 안 옮기신대?”

“아니. 서울 한복판에 큰 집 한 채 있으면 충분하다고 하셔. **큰 오빠**가 아예 기반을 서울로 옮기자고 몇 번 말했지만 통하지 않았어. 우리 아버지가 군산을 떠난다는 것은 꿈에도 있을 수 없는 일이야. 외갓집이 서울이니 어머니한테는 좋을 수도 있지만.”

“은전아. 너 지금 큰 오빠라고 했니? 너한테 **작은 오빠**도 있어? 오빠 하나뿐 아니었어? ”

큰 오빠라는 말이 유독 귀에 꽂혀서 물은 말이었다.

은전이가 멈칫하더니 그대로 잠잠했다.

뭐지… 기다리는 시간이 길어지고 있는데, 뭔가를 작심한 듯 은전이가 입을 열었다.

“아까 그 바느질 방 좀 이상했지?”

은전이 말대로 아주 이상한 광경이었다. 은전이는 자기 어머니가 하는 일이라고 무심히 말했지만, 단순한 취미라고 하기에는 규모가 너무 크고, 마치 전문 바느질집 같은 분위기였다.

“우리 어머니가 돈벌이로 하시는 거야. 우리 어머니가 바느질쟁이거든.”

더욱 더 못 알아들을 소리였다. 도내 최고 갑부라는 사람의 아내가, 서울에도 그렇게나 큰 집이 있는 사람의 아내가 돈벌이로 바느질을 하다니. 설명이 한참 더 필요할 이야기였다.

우리는 잠자코 은전이의 다음 말을 기다렸다.

“아직 말을 안 했는데, 실은 내게 오빠 하나가 더 있어. 나보다 다섯 살 위로, 얼마 전 입대했어. 가회동 큰 오빠는 우리 아버지의 아들이고, 군대 간 작은 오빠는 우리 어머니의 아들이야. 복잡하지? 그러니까 나는 어느 오빠와도 반쪽 남매 관계인 데, 법적으로는 큰 오빠만 오빠이니, 학적부에는 오빠가 하나인 걸로 기록되어 있어.”

아, 이건 전혀 생각지 못한 이상한 범주의 이야기였다.

그 동안 은전이에게서도, 가회동 집에 갔을 때도, 전혀 이런 낌새를 채지 못했다. 중학교 때 채은전의 전설을 뿌려대던 군산 출신 친구들도, 이런 이야기는 한번도 한 적이 없었다. 나는 뭔가 속은 듯한 미묘한 기분이 들었다.

“지금 군대에 있는 오빠, 그러니까 우리 어머니의 아들은 머리가 엄청 좋은 사람이야. 그런데 머리가 좋은 만큼 일찍부터 반항심이 발달해서, 벌써 국민학교 5학년 때 서울 외갓집으로 도망쳐 버렸어. 그러니 나랑은 별로 살아보지도 못했어. 우리 큰 오빠가 막 서울의 중학교로 진학했을 때라, 두 오빠가 한꺼번에 집에서 사라져버린 셈이야. 작은 오빠는 우리 어머니에게 말도 하지 않은 채, 혼자 이리역까지 가서 서울행 기차를 탔다고 해. 내가 국민학교에 막 입학했을 때였는데, 지금도 기억이 생생해. 어머니 아버지 우왕좌왕 온 집안이 난리가 나고 서울로 쫓아가고 했던 일들이.”

점입가경이었다. 모시 깨끼적삼을 그림처럼 차려입고, 오미자 찻쟁반을 들고 온 은전이 어머니에게는 어울리지 않는 사연 이었다.

“작은 오빠는 서울 외갓집으로 간 후에, 친일파 의붓아비의 돈 절대 안 받는다며 구두통을 매고 다녔대. 하도 고집이 완강하니 우리 어머니가 오빠 생활비와 학비를 대준다며 시작한 일이 바로 저 바느질 일이야. 우리 어머니가 전문대 가정과 출신인데, 솜씨가 명장 수준이거든. 그래도 저 바느질이 제법 돈이 되는 게, 군산에 아직도 일류 바느질쟁이를 찾는 요정의 기생들이 제법 있어서야.”

문간방이 똑 바느질집이던 수수께끼가 비로소 풀리고 있었다.

은전이의 말이 끝나도 우리는 아무런 반응 없이 침묵했다. 듣기는 했어도 뭐가 뭔지 잘 모르겠는 데다, 무슨 이보다 더한 말이 나올지도 모를 일이었다.

아벨의 두 족속

과연 은전이에게서 더한 말이 흘러 나오고 있었다.

“내 생애 첫 기억은, 두 어린 남자 애들이 서로를 노려보며 뭐라 뭐라 주고받는 무성영화 같은 장면이야. 나중에 헤아려 보니 그때 내가 만 두 돌 때쯤이었어. 그 두 남자애들은 열 살, 여덟 살의 우리 두 오빠였고, 둘이 반복적으로 주고받던 말은 **빨갱이! 친일파!**였어. 그 뒤로도 비슷한 기억들이 아주 많아. 큰 오빠가 서울의 중학교로 진학하자마자 작은 오빠도 서울로 가출해버렸던 일이, 혹시 더 이상 싸울 상대가 없어져서였을까 싶을 정도로, 둘은 늘 빨갱이! 친일파!를 주고 받으며 싸웠어.”

‘빨갱이!’

드디어 한도 초과인 단어였다. 아까 둘째 오빠가 은전이 아버지를 친일파 의붓아비라고 부른다는 말은 들었지만, 세상에나 빨갱이라니...

"너희들 솔직히 무섭고 정신없지? 친일파니 빨갱이니, 막연히 말로만 들었지 이렇게 가까이서 리얼 스토리로 듣는 건 처음일 거야."

솔직히 은전이 말대로 빨갱이라는 말을 듣는 순간 식겁했다. 아니 더 솔직히, 그 어떤 사연이든 더 듣고 싶지 않을 만큼 꺼려졌다. 뭔가 부정적인 금기에 휩쓸려 들어가는 듯한 두려움 때문이었다.

『데미안』 토론 이후, 우리의 화두는 카인과 데미안이었고, '카인이 되자' '프레임을 벗어나자' '세상을 다르게 보자'는 프레이즈를 되뇌곤 했다. 그러나 역시 그건 겉멋 들린 포즈였을 뿐, 정작 실제의 리얼한 현장에 맞딱드리고 보니, 카인의 새로운 시각 따위는 흔적도 없이 사라지고 말았다.

세상이 정한 옳고 그름의 정치적 이분법에서 한발짝도 나가지 못하는, 겁쟁이 아벨 그대로였던 것이다.

그러나 변명처럼 들리겠지만, 다른 거라면 몰라도 정치적인 이 문제만큼은 쉽게 카인 코스프레를 할 수 없는 시대였다. 영화관에서 친일파가 마적에 소탕 당하거나, 빨갱이가 국군에게 몰살 당하는 장면이 나오면, 으레 단체 박수가 절로 터져 나오던 시절이었다.

둘 중에서도 특히 빨갱이는, 수시로 하늘에서 뿌려지던 삐라나 전봇대 포스터의 신고 대상이던, 간첩과 동의어였다. 그냥 빨갱이라는 말 자체가 저주고 천형이던 시절이었다.

"솔직히 무섭지 않냐"는 은전이의 질문에, 정아조차 여느 때와 달리 굳게 함구했다. 뭔가 미안한 마음인 채 시간이 흘러갔다.

"맞아. 영화나 포스터 같은 데서나 봤지, 이렇게 가까이서 들으니 솔직히 하나도 모르겠다. 은전이 너는 어땠니. 계속 그런 환경에서 살아왔을 텐데."

내가 겨우 입을 열었다. 그러나 응답과 동시에 질문을 하며 바톤을 다시 은전이에게 떠넘겼다. 은전이는 즉시 대답했다.

"내 가장 원초적인 기억이 두 오빠가 서로 빨갱이! 친일파! 부르면서 싸우는 장면이었다고 했잖아. 그런데 그렇게 싸우던 두 사람이 군산을 떠나 서울로 가버리고 난 뒤에도, 학교에서건 거리에서건 군산의 분위기는 여전했어. 전국의 다른 어느 도시보다 군산은 유독 심했을 거야. 대표적인 식민지 도시였던 업보로, 도둑 제발 저린 격의 친일파 타도 포스터도 간혹 있긴 했어. 그러나 6.25 전쟁 이후 미군 부대가 주둔하는 도시답게, 빨갱이 박멸의 캐치프레이즈는 훨씬 더 가열찼어. 그런데 니희들이 믿을지 모르지만..."

은전이가 정아와 나를 번갈아 돌아보며 말을 이었다.

"나는 벌써 국민학교 때부터 어렴풋이, 그런 것들이 다 선전물이라는 생각을 했던 것 같아. 우리가 『데미안』 토론을 했으니까 데미안 식으로 말해보자면, 포스터나 영화나 이런 것들이 다 아벨들을 조종하는 하나님같은 거라고 감지했던 거야."

아, 역시 은전이는 우리와 달랐구나.

"어떻게 그랬을까 돌이켜 보면, 내가 실제로 보고 듣는 우리 아버지 덕분이었던 것 같아. 간혹 사람들이 우리 아버지를 친일파라고 불렀지만, 내가 보는 우리 아버지는 결코 세상이 획일적으로 재단하는 그런 추악한 친일파가 아니었어. 또 소위 친일파라는 우리 아버지 입에서 빨갱이란 말이 나온 적이 단 한번도 없었어. 내게는 세상의 선전선동보다는 우리 아버지가 하나님이었던 거야.”

아버지를 말하는 은전이의 눈이 시종 빛을 발했다.

“미안한데, 그러면 두 오빠는 왜 그렇게 서로를 친일파 빨갱이로 부르며 싸운 거야?

언제나 거침없던 정아의 입에서 ‘미안한데’라는 말이 새어나왔다. 정아처럼 나도 은전이의 둘째 오빠가 빨갱이가 된 사연이 궁금했다.

“그건, 두 사람의 생부가 각각 친일파와 빨갱이로 불렸기 때문이야. 연좌제로 자식은 아버지 따라가게 돼 있잖아. 두 오빠는 가뜩이나 싸우기 좋은 의붓관계인데, 친일파 대 빨갱이라는 이분법의 대결 구도까지 주어졌으니 얼마나 싸우기 좋았겠어. 두 사람은 세상에서 주워 들은 말들을 그대로 써먹으며 늘상 싸운 거야.”

이렇게 말한 은전이가 고개를 가로 저었다.

“아니다. 빙빙 말 돌리지 않고 쉽게 말할게. 두 오빠가 그토록 싸운 이유는, 친일파인 우리 아버지가 빨갱이의 아내였던 우리 어머니와 재혼을 했기 때문이야. 아버지의 아들인 큰 오빠는 아무래도 유리한 입장이다 보니, 단순히 싸우기 위해서 싸우는 것처럼 보였어. 반면에 그렇지 못한 작은 오빠는 진심 죽자사자 싸웠고, 종내는 그 싸움 자체가 신념이 되고 삶의 이유처럼 돼버린 것 같았어. 우리 아버지는 그런 작은 오빠를 절대 당해내지 못했고,

남들한테 그렇게 많이 주는 장학금도 끝내 거부당했어. 그래서 저렇게 우리 어머니가 바느질쟁이가 되었던 거야."

은전이 어머니가 바느질쟁이인 수수께끼가 비로소 풀리고 있었다.

한 집안에 파고든 친일파와 빨갱이의 대립 구도... 참으로 쉽지 않은 형국이었다.

그런데, 가만, 저 두 사람의 싸움에 『데미안』을 대입한다면 어떻게 규정될까. 각각의 틀에 갇혀 한 발작도 밖으로 내딛지 않는 두 아벨끼리의 대결인 건가.

이 와중에서 나는 이런 생각을 하고 있었다.

친일파 치숙의 조카 vs 빨갱이 사회주의자

은전이가 드디어 두 오빠의 싸움의 시원(始元)인, 두 남자의 스토리를 풀었다. 둘은 일제 강점기와 육이오를 거치는 동안, 각각 친일파와 빨갱이로 불렸던 사람들이었다.

먼저 친일파라는 은전이의 아버지의 스토리였다.

"기억나지. 작년에 우리가 『데미안』 다음으로 채만식의 「치숙(痴叔)」 읽었던 것? 실은 「치숙」의 조카의 모델이 우리 아버지인 것 같아서 읽어보자고 제안했던 거야."

"치숙의 조카? 숙부를 치숙이라고 조롱하던 그 어린 애?"

1938년 작인 「치숙」은 소위 '신뢰할 수 없는 화자', 즉 독자가 그의 말을 그대로 믿으면 안 되는 나레이터를 도입한 단편소설이었다. 일본인 상점에서 돈을 번다는 자부심으로 가득한 조카가, 바로 그 신뢰할 수 없는 화자였다. 그의 조롱 대상인 숙부는 동경에서 경제학을 공부한 사회주의자로, 감옥을 들락거리다 폐병에 걸리고, 종내에는 이혼한 조강지처에게 의탁해서 살아가는 인물이었다.

「치숙」의 토론에서 우리의 주안점은, 이 두 캐릭터를 어떻게 해석할 것인가 하는 문제였다. 물론 교과서적인 정답은 전형적인 이분법적 해석이었다. 무능한 지식인 숙부는 일제강점기의 희생양이고, 숙부를 치숙이라고 조롱하는 조카는 부정적인 친일파인 것이다. 그러나 『데미안』 토론을 거친 직후, 카인과 데미안이 화두였던 우리의 해석은, 당연히 기존의 교과서적 해석과 달라야만 했다.

그 토론 때 누구보다도 카인 지향적인 정아가 말했다.

"지식인 삼촌을 무능하다고 조롱하는 그 조카의 말, 얼추 맞는 말 아니니. 신여성에게 홀려서 조강지처를 버렸던 사람이, 염치좋게 다시 들어와 마누라 등쳐먹고 살다가, 결국 아들에게도 똑같은 짓을 하는 거잖아. 세상에나. 자신처럼 무능한 지식인 안 만들겠다고, 국민학교 입학도 안 한 아들을 인쇄공으로 보내는 무정한 아버지가 어디 있니. 그만큼 암울했던 일제시대를 고발하는 역설적인 이야기라고? 그래도 난 이해가 안 된다. 왜 그 지식인의 머릿속에는 자기가 인쇄공으로 취직해야겠다는 생각은 안 떠오른 거지? 지식 따위 아무 쓸모 없다면서 왜 자신은 그런 지식으로 냉소나 일삼는 거지? 요는 애시당초 그 지식인의 머리 속에는 아내나 자식보다는 자신에 대한 연민만 가득했던 거야. 지독한 나르시스트였던 거라고."

뭔가를 착각했던 건지, 정아가 숫제 「레디메이드 인생」의 지식인 주인공까지 동일인으로 간주하며 싸잡아 비난했다. (「레디메이드

인생」: 「치숙」처럼 일제강점기의 무능한 지식인 이야기)

기존의 해석대로라면, 일제강점기의 희생자임에 추호의 의심도 없던 지식인 주인공이 일거에 무책임한 이기주의자로 폄하된 것이다.

너무 당대의 상황이나 분위기를 몰각한 해석이라고 내가 반박하려는데, 앞서 은전이가 정아에게 묻고 있었다.

"정아야. 그러면 얼추 맞는 말 한다는 그 조카는 어때? 내지 여자와 결혼해서 내지 스타일로 살고 싶어 하는 그 되바라진 조카 말이야. 해설집에서는 그 아이를 경박한 친일파로 규정하던데, 네 생각은 어때?"

답변을 기다리는 은전이의 눈빛이 자못 진지했다.

"그 조카? 그 애가 열두어 살부터 고공살이를 했다고 했던가. 글쎄, 그 애가 말하는 내지(內地), 일본이라는 것이, 잘 먹고 잘 사는 부의 상징이라면 못 봐줄 것도 없을 것 같은데? 누구도 거부 못하게 확고한 식민지 체제하에서, 고아 처지의 무식한 어린애가 열심히 일하며 부자가 되고 싶어하는 것, 당연한 생존 본능 아닐까. 우리 삼촌을 이렇게 만든 일본놈들 나빠요, 한다면 뭔가 비현실적이고 부자연스러울 것 같아."

모범 답안을 거침없이 뒤집는 정아의 판정은 더럭 겁이 날 지경이었다.

"전과의 해설에는, 조카는 신뢰할 수 없는 화자다, 그러니 그 조카가 하는 말을 그대로 믿어서는 안 된다, 거꾸로 알아들어야 한다고 써 있어. 그러나 나는 어쩌면 채만식이 이중의 트릭을 썼을지 모른다는 생각도 들어. 반어법인 척하면서 조카를 시켜 할 말을 했다는 거지. 내 귀로는, 사회주의나 돈에 대한 그 조카의 말들이 틀린 말로 들리지 않는단 말이야."

이상이 작년에 우리가 「치숙(痴叔)」에 대해 토론했던 내용이다.

지금 은전이의 말을 듣고 보니, 유독 그날 은전이가 주로 듣는 쪽이었던 생각이 난다.

"실은 채만식 작가는 우리 아버지와 일가인 분이야. 채씨는 단일 본이고 집성촌이 있어서, 작가님은 아마도 우리 아버지를 아셨을 거야. 내가 「치숙」을 중학교 때 읽었는데, 고아 출신으로 일본인 밑에서 고공살이를 한다는 조카의 설정에서 자연스레 우리 아버지가 떠오르더라고. 마구 싸잡아 휘젓는 요설가의 모습은 전혀 다르지만 말이야. 한번 그 생각이 드니, 우리 아버지가 실제와 다르게 왜곡되고 조롱당하는 것 같아 못내 억울했어. 그래서 너희들에게 「치숙」을 읽어보자고 제안했던 거야. 조카에 대한 너희들의 생각을 듣고 싶었거든. 그런데 정아 네가 해설집과 정반대되는 시각으로 그 조카를 옹호해주니, 얼마나 반가웠던지 몰라."

"내가 치숙의 조카를 옹호했다고? 기억 안 나는데?"
정아는 정말로 기억이 안 나는 눈치였다.
"우리 아버지 일이니까 난 다 기억해. 네가 그랬어. 확고한 식민지 시대에 고아 처지인 꼬마동이가 열심히 일하며 부자가 되고 싶어하는 것, 당연한 일 아니냐고."
"그래. 듣고 보니 생각이 난다. 내가 그 조카에게서 친일파라는 딱지를 떼주었던 셈이네."
은전이는 자기가 억울했던 이유를 설명했다.
"채만식 작가님이 그 조카를 그려낼 때, 우리 아버지의 겉

면만을 모델로 한 건지, 아니면 우리 아버지의 내면까지도 그런 시각으로 바라본 건지, 알 수는 없어. 아무튼 소설 속의 조카는 우리 아버지의 진짜 모습과 달라. 「치숙」의 그 조카는 고아일망정 웬만한 집안 출신은 되고 그저 약삭빠르게 돈만 밝히는 아이잖아. 근데 벌써 그 사실부터 달라. 우리 아버지는 조선통감부의 호적제도 덕에 겨우 면천된 노비 집안 출신이야. 성(姓)도 없었을 우리 할아버지가 어떻게 해서 희귀 성(姓)인 채가(氁)가 되었는지는 들은 바가 없어. 어쩌면 할아버지가 면천을 할 때 성씨가 채가인 주인으로부터 하사받은 성일 수도 있겠지. 만일 그랬다면, 우리 아버지는 채씨 집성촌에서 맡아놓고 최하층이었을 거야.”

세상에나! 자기 아버지가 최하층 노비 집안 출신이었다는 사실을 아무렇지도 않게 밝히는 은전이라니.

당황스러운 우리와 달리 은전이는 마치 남의 이야기하듯 담담하고 침착했다.

“우리 아버지가 양친 부모를 잃고 혈혈단신 고아가 되었을 때, 우리 아버지는 소설의 조카처럼 겨우 일곱 살이었어. 「치숙」의 조카와 달리, 얹혀 살 만한 버젓한 숙모 같은 것도 없었어. 그런 아이가 잡은 인생역전의 기회가 뭐였는지 알아? 그건 바로 「치숙」의 조카처럼 일본인 점포의 소사로 들어간 일이었어. 소금과 비료 도매업을 하는 큰 점포였다고 해. 그 집에서 잔심부름을 하던 우리 아버지는 특유의 영리함과 성실성 덕에 차츰 장부 정리 같은 큰 일을 맡게 되셨어. 그러다가 스무살이 됐을 때는 지분을 조금 가진 동업자 형식으로, 그 일본인이 새로 시작한 염전사업의 관리인이 되셨대. 조무래기지만 어엿한 사업가가 되신 거지.”

은전이가 잠시 틈을 두었다 말했다.

“여기 군산에서는 우리 아버지가 일본인 주인의 적산을 차지해서 거부가 된 머슴 출신이라고 소문이 나있어. 하지만 그건 전혀 헛소문이야. 어떤 선견지명이 있었던지 그 일본인 주인이 전쟁이 깊어지기 전에 본국 귀환을 결정했어. 그런데 재산을 정리하는 과정에서, 염전과 집만은 팔지 않고 우리 아버지에게 외상 형식으로 넘겨주고 갔던 거야. 염전은 지분을 가진 아버지가 간청을 했던 거고, 집은 애착이 가는 특별한 거니까 신뢰하는 아버지에게 맡기고 떠난 거였어.”

누에고치에서 실 뽑히듯 은전이 아버지의 내력이 술술 풀려나왔다. 같은 딸인 입장에서, 나는 아버지의 히스토리를 이렇듯 낱낱이 꿰고 있는 은전이가 놀랍고 신기했다.

“그 일본인 주인은 교육을 매우 중시해서 우리 아버지에게 야간학교 졸업장을 받도록 독려도 했다는데, 그 학교가 지금은 전문대로 승격이 되었어. 그러니까 우리 아버지는 어엿한 전문대 출신인 거야.”

아버지의 이력을 털어놓으며 설분신원한 은전이가 불쑥, 자기의 이름 이야기를 꺼냈다.

“얘들아. 은전이라는 내 이름, 특이하지 않니?”

아닌 게 아니라, 은전이라는 이름은 중학교 때 처음 들었을 때부터 뭔가 희한했다. 부잣집 딸의 이름이라기보다는, 사극 드라마에서 자주 나오던 음전이를 연상시키기도 하는 묘한 이름이었다.

“은혜 恩에 밭 田, 은혜로운 땅이라는 뜻인데, 우리 아버지가 처음으로 토지를 구입한 이듬해에 내가 태어나서 붙여진 이름이래. 소작농도 될 수 없었던 노비 출신의 아버지가 땅주인이 된 사건을 기념하는 이름인 거야. 일테면 우리 아버지의 꿈이 이루어졌음을 상징하는 이름이기도 하지.”

희귀하고 특이했던 은전이라는 이름은, 알고보니 한 사람의 운명이 바뀌었음을 말해주는 의미심장한 이름이었다. 그러니까 채은전은 그녀이기도, 그녀의 아버지이기도 한 이름이었다.

“너희들 각오 단단히 해. 이제 빨갱이 작은 오빠네 이야기도 마저 해버릴 건데, 훨씬 더 듣기 거북할 거야.”

드디어 가장 궁금하면서도 꺼려지는 그 이야기가 시작되었다.

“우리 작은 오빠가 빨갱이로 불리게 된 내력도, 우리 아버지가 친일파로 불리는 내력만큼이나 억울해. 작은 오빠는 유복자라 생부의 얼굴 한빈 본 직 없는 자식이거든. 또 빨갱이라는 그 생부의 스토리도 듣기에 따라서는 가슴 아픈 이야기야. 우리 이모에게 들은 건데, 그 생부... 군산에서 수재라고 소문난 사람이었는데, 해방 후 좌우 대립으로 혼란하던 시절에 서울의 유수 신문사에서 정치부 기자 생활을 하고 있었대.”

‘아, 어디 소설 같은 데서 많이 듣던 이야기다.’

“그런 사람이 전쟁 때 미처 피난을 못하고 서울에 남아 있다가 북한군 사령탑의 선전부인지 그런 데로 차출이 된 거야. 그러다가 서울이 수복되고 북한군이 퇴각할 때 경기도 어디쯤인가에서 폭격을 맞고 죽어버렸대......”

‘아. 이 장면, 우리가 영화관에서 단체 박수를 치며 환호하던 바로 그 장면이다’

“작은 오빠랑 가끔 만나고 있어. 우리 집과 가까운 쪽으로는 안 오고 싶은 건지, 일요일에 주로 **성공회 경내**에서 만나고 있어. 외갓집이 아현동이거든. 우리 오빠, 여전히 어머니한테는 자물통이지만, 희한하게도 나를 보면 곧잘 웃어. 어느 땐 근심 걱정 다 날려버리듯 활짝 웃기까지 해. 그런 오빠를 만나면 같이 웃고 떠들고 너무 좋은데, 헤어지고 나면 다시 오빠 걱정이 되곤 해.”

은전이는, 작은 오빠가 머리가 엄청 좋은 사람이라고 처음 소개할 때부터 느낀 건데, 작은 오빠를 진심으로 좋아하고 아끼는 듯했다.

“『데미안』 토론 후 우리 작은 오빠에 대해서 생각해 봤어. 왜 오빠는 싱클레어처럼 자기 시각을 교정하지 못할까. 왜 오빠는 색안경을 벗고 자기 눈에 비치는 실체의 아버지를 보지 못할까. 왜 저렇게 세상이 덮씌운 ‘친일파 의붓아비’ 대 ‘빨갱이 의붓아들’의 틀에 빠져서 허우적거랄까.”

은전이가 자리에서 벌떡 일어나더니 벤치 뒤 쪽으로 돌아갔다. 등 뒤에서 은전이의 말소리가 에코처럼 들려왔다.

“하기사 오빠를 싱클레어와 대비한다는 게 말이 안 되긴 하지. **세상의 중심인 기독교 목사의 아들로서 주변 세상을 보던 싱클레어와 달리, 우리 오빠는 늘 세상으로부터 보여지던 주변인이었으니까.** 내가 세상을 보는 문제가 아니라, 세상이 나를 보는 문제였던 거야.”

강변하듯 은전이가 고쳐 말했다.

"그러니까, **스스로의 세계관이 문제이던 싱클레어와 달리, 우리 오빠는 빨갱이 자식을 바라보는 세상의 시선이 문제였던 거라고.**"

돌아와 자리에 털썩 앉으며 은전이가 한숨을 푹 내쉬었다. 그러고는 체념하듯 말했다.

"오빠를 억압하는 것이, 우리 아버지처럼 돈이나 신분 같은 가시적인 것이었다면, 훨씬 쉬웠을 거야. 머리 좋은 오빠가 얼마든지 자력으로 극복할 수 있었을 테니까. 그런데 그것이, 도저히 자력으로는 어찌 해 볼 수 없는 거대 이데올로기이다 보니..."

"은전아. 일본 가셨다는 아버지는 언제 오셔? 그토록 사랑한다는 딸 친구들이 놀러 왔는데 전화 한 통이 없으시네."

문득 던진 정아의 말이 시종 무겁던 우리의 분위기를 깨트렸다. 자기 아버지가 해외 출장을 갈 때마다, 우리에게 그 여정을 낱낱이 고하는 정아로서는 당연한 질문이었다.

"모레 오셔. 그 일본인 할아버지의 가족의 연락을 받고 가셨어. 사실 날이 얼마 남지 않았는데 마지막으로 우리 아버지를 보고싶어 하신다고 해서 부랴부랴 떠나셨어. 우리 아버지가 부자가 된 바탕에, 그분이 외상으로 넘겨준 자산이 있었다고 말했잖아. 그런데 불운하게도 히로시마가 고향인 그분은 일본으로 환국한 후, 많은 어려움을 겪으셨대. 마침 국교 정상화가 되면서 우리 아버지가 그때의 외상 빚을 다 갚았는데, 그걸로 좀 나아지셨다고 아버지가 좋아하던 기억이 나."

은전이가 눈을 빛내며 말했다.

"그러니까 그분과 우리 아버지는, 국가를 떠나 사람으로서, 서로에 대한 신뢰를 다한 사람들이야."

장영숙 오빠의 키치화 캔버스

해가 서쪽으로 기울어 갈 무렵에야 우리는 바닷가 쪽의 산중턱에 있다는 영숙이네 집으로 향했다.

멀리 장항쪽 바다가 활짝 열리는 산정상의 가장자리에 이르자 훅 바다 비린내가 풍겨오기 시작했다. 발 아래로 시내와는 전혀 다른 풍경이 펼쳐지고 있었다. 선창가에 어물상들이 즐비하게 늘어서고, 잔교에는 작은 통통배들이 무수히 묶여 있었다. 그러나 커다란 기선이나 여객선은 보이지 않았다.

"저기가 군산항이구나."

"아니. 본 항구는 좀더 남서쪽으로 나가 있고, 저곳은 일반인을 상대로 하는 해산물 장터야."

눈앞에 바다를 두고 우리는 좁고 가파른 벼랑길을 내려가기 시작했다. 풀숲을 헤쳐가며 산중턱에 다다르자 영세한 가옥들이 닥지닥지 붙어 있는 작은 마을이 나타났다. 장영숙의 집이 있는 해망동이었다. 시멘트 블록의 바람벽이 이어지는 집집마다, 빨래와 생선이 함께 걸린 빨랫줄이 매어 있었다.

앞서 가던 은전이가 어느 집을 들여다 보더니 안으로 들어갔다. 그 집 빨랫줄에도 빨래와 생선이 널려 있었다.

"채은전! 왔구나!"

반가운 외침과 함께 서울서 보았던 장영숙이 뒤꼍에서 뛰쳐나

오고, 그녀의 세 동생들이 우루루 뒤따라왔다.

우리를 보자 반가워 어쩔 줄 몰라 하던 장영숙이 걸레로 툇마루를 훔치며 앉으라고 권했다.

“할머니는 안 계셔? ”

“시장 파할 시간이라 생선 떼러 가셨어.”

장영숙의 할머니는 파장 무렵의 값싼 생선을 떼다가 손질해서 말린 후, 새벽마다 역전의 벼룩시장에 나가 좌판을 연다고 했다. 그러니까 장영숙이 동생들 등교도 돌봐야 하고, 학교에서 돌아오자마자 집안 살림을 할 수 밖에 없는 형편이었다.

“저 캔버스 뭐지? 오빠 방학으로 내려온 거야?”

깎인 산자락에 어마어마하게 큰 캔버스가 옆으로 길게 기대어 있었다. 가로 세로 여러 개의 줄이 그어져 수많은 칸으로 나뉘어진 캔버스였다.

“오빠가 궁리해낸 건데 기발나지?”

서울의 유명 사립 미대에 입학했다는 장영숙의 오빠가 구상한 돈벌이는, 미군들을 상대로 키치화, 그러니까 이발소 그림을 대량으로 제작해서 판매하는 것이었다. 대형 캔버스를 구획지은 후 똑같은 그림을 동시에 그리고, 구획선대로 잘라서 파는 수법이었다. 툇마루 끝에 그림을 넣을 둥근 지관이 수북히 쌓여 있었다.

“오빠는 어디 갔어?”

“미군부대에 납품하러 갔어. 입소문이 나면서 미군들이 크리스마스 선물용으로 많이 주문한다나봐. 외상 없이 그림 받는 자리에서 바로 달러로 주니 돈벌이로 최고래.”

“오빠는 서울로 대학을 왔어도, 전화 한번 하고는 끝이야.

한번 찾아오지도 않고."

"화실에 얹혀 살면서 학생들 가르치느라 정신이 없는 거야. 입학 등록금은 아버님께서 내주셨지만, 계속 그럴 수는 없는 일이잖아. 방학 동안 그림이 이대로만 팔리면 한 학기 등록금을 대고 우리 생활비도 좀 될 것 같다고 하는데..."

해망동 집에서 다시 만난 장영숙은, 작년 가을 학교 앞으로 찾아왔던 때의 철없고 대담하던 장영숙이 아니었다. 평소에는 전혀 그런 애 아니라던 은전이의 말대로였다. 주어진 책임을 다 하면서, 어려운 가정 형편에서도 집안 분위기를 밝게 만들어내는 당차고 야무진 아이로 보였다.

귀갓길에는 아까 산정상에서 내려다 보이던 동국사에 들렀다. 올라올 때와는 달리 우리는 가파르고 험한 내리막의 지름길을 택했다. 장영숙의 동생들도 우루루 동행을 했다.

날다람쥐처럼 앞서 내달리는 장영숙의 동생들을 향해 은전이가 큰 소리로 외쳤다.

"저녁에 짜장면 먹으로 가자. 그러니 이제 그만 돌아가서 세수도 좀 하고 옷도 갈아입고 다시 나와."

뉘엿뉘엿 해가 다 질 무렵 동국사에서 집으로 돌아왔다. 대문간에 들어서자 웬 젊은 여성 하나가 반갑게 뛰어오며 우리를 맞이했다.

"아가씨 어서 오세요. 친구분들 반갑습니다. 아가씨 오시는 것 알았지만 할머니가 편찮으셔서 대전 큰집에 다녀 왔어요."

"그렇지 않아도 이야기 들었어요. 할머님 건강 좀 어떠세요?"

"워낙 노환이시니 늘 그런 상태세요."

은전이와 반갑게 이야기 하는 사람은 은전이 큰 오빠의 약혼녀라는 여자였다. 그녀에 대해서는 큰 오빠의 약혼 소식을 전하는 은전이로부터 이미 들은 바가 있었다.

전쟁고아라는 그녀는 그녀의 아버지가 은전이 아버지의 거래처였던 인연으로, 줄곧 은전이 아버지의 장학금을 받으며 공부한 사람이었다. 은전이 아버지의 주선으로 은전이 큰 오빠와 캠퍼스 커플이 된 그녀는, 졸업 무렵에는 은전이 큰 오빠의 약혼녀가 되어 있었다.

학기초에 그녀가 군산의 음악교사로 부임한 소식을 전하며 은전이가 말했었다. 자식들 다 떠난 집에 새 식구가 들어와서 부모님이 너무나 좋아하신다고.

약혼자가 없는 시댁에 미리 들어와 살고 있는 그 새언니의 방은 이 층 우리의 옆 방이었다. 채마밭 쪽을 향해 발코니가 달려 있는 아주 넓은 방이었다.

이진섭 컬렉션

둘째 날 아침, 바다로 나갈 차비를 하고 계단을 내려오던 우리는, 벽에 걸린 그림을 뚫어지게 바라보는 한 남자와 마주쳤다. 장영숙의 오빠였다. 큰 캔버스에 키치 그림을 대량으로 그려서 판다는 바로 그 사람이었다.

깡마르고 키가 큰 그는, 계면쩍은 미소를 띠더니 얼른 계단을 내려갔다.

그가 뚫어지게 바라보던 그림은 이진섭의 그림이었다.

"이진섭 화가님 그림이 새로 들어왔다고 아버님이 말씀하셔서.”

“응, 나도 어제 처음 봤어. 당분간 이진섭 그림 본다고 매일 출근하겠네. 어제 오빠네 집에 가서 캔버스 봤어. 스무 개 가까이 되는 것 같던데, 돈 잘 벌겠더라.”

“그래 봤자 이발소 그림인데 뭘.”

“아르바이트인데 뭐 어때. 어떻게 그런 궁리를 해낸 거야.”

군산에서 3박째인 마지막 날 저녁 무렵. 우리는 드디어 일본에서 귀국한 은전이 아버지를 만나게 되었다.

“우리 따님 오셨나. 따님 친구들도 오셨고.”

은전이 아버지가 따로 사람을 시켜 우리를 부르지 않고, 직접 층계참까지 올라와서 우리를 부르고 있었다.

나는 왠지 긴장이 되었다. 은전이로부터 전해 들은 노비니 친일파니 하는, 편치 않은 정보 때문이었다. 그러나 편견에 찬 내 걱정은 여지없이 무너졌다. 은전이의 자부심대로 은전이의 아버지는 외모도 전혀 투박하지 않았고, 풍기는 인상도 사업가라기보다는 오히려 지식인 쪽이었다.

은전이 부녀의 친밀한 관계야 물론 잘 알고 있었다. 그런데 직접 옆에서 지켜본 두 사람의 관계는, 부녀 관계라기보다는 서로 믿고 의지하는 친구처럼 느껴졌다. 마치 『데미안』에서의 데미안과 에바부인의 관계처럼.

“아버지. 주인 할아버지는 좀 어떠세요”

“마지막으로 뵙는다는 마음으로 간 건데, 역시 가기를 잘 했다. 나를 기다리셨다며 눈물을 흘리시더라. 이제 다시는 못 뵐 것 같아서 큰 절을 올리고 왔다.”

두 사람은 우리가 참여하지 못할 이야기를 한참 주고받았다. 일본인 할아버지에 대한 이야기가 끝나자, 은전이 아버지는 정아와 내게 말을 걸어 부모형제 관계 등, 어른들이 으레 묻는 것을 묻고, 앞으로 무슨 전공을 할 것인지 등도 물었다.

"아버지. 이진섭 그림 새로 왔던데."

"저 그림을 구하려고 얼마나 애를 썼는지 모른다. 나까마 김씨가 몇 번씩이나 발걸음을 했고, 내가 직접 찾아가기도 했다."

부녀지간의 대화는 이진섭 그림으로 옮겨가 있었다. 그러던 중, 내가 **그 젊은 변호사로부터 그림 사건이라는 말을 들었을 때 퍼뜩 떠올랐던, 바로 그 이야기**가 나왔다.

탁자 위에 흐트러져 있던 신문을 가지런히 정리하고, 펜꽂이도 한 쪽으로 치우고, 자세마저 정좌로 다잡는 등, 은전이 아버지가 뭔가 결연한 분위기를 조성하고 있었다. 무슨 일일까 의아해 하는데, 돌연 은전이 아버지가 선언하듯 말했다.

"우리 은전이 친구들이 있는 이 자리에서 약속할 게 있다. 우리 은전이가 미대 아닌 법대에 들어가고 판검사가 되면, 내 컬렉션 전부를 은전이한테 물려줄 거다. 이 아버지가 사나이로서 약속하마."

마침 쟁반에 감주를 내오던 은전이 어머니가 그 자리에 얼어붙었다. 당사자인 은전이도 눈동자가 커다래지며 영문을 몰라 하는 표정이 되었다.

짧은 순간 은전이네 거실은 웅웅 에어컨 돌아가는 소리만 가득했다.

솔직히 그때 나는 그게 무슨 말인지 잘 몰랐다. 컬렉션이라는
게 뭔지조차 몰랐으니 말이다. 나중에 은전이로부터 설명을 들은
뒤에야 그게 엄청난 선언이라는 것을 알게 되었다.

은전이 아버지는 특별히 이진섭 컬렉션으로 전국 수위이고,
국내외의 근현대 미술품 수집에서도 전국 상위인 분이라고 했다.

실은 그림 실력이 빼어난 은전이는 정아처럼 미대 진학도 고려
하던 중이었다. 그것을 염려하며 미대 아닌 법대, 판검사라는
단서를 달기는 했지만, 은전이에게 컬렉션 전부를 물려준다는
은전이 아버지의 선언은 일종의 사건이었다. 아들이 아닌 딸에게
그만한 자산을 상속한다는 것은 상상도 할 수 없던 시대였으니
말이다.

법정 상속지분 자체가 미혼 딸은 장남의 1/3, 기혼 딸은 1/6이던
시대였다. 그나마도 실제의 분배는 법적 규정보다도 더 작은 경우
가 허다해서, 딸의 몫은 빙산의 일각이라고 자조하던 시대였다.

부친의 뜻밖의 선언에 놀랐는지 은전이는 침묵만 지켰다. 물론
우리도 뭐라 끼어들 사안이 아니었다.

문득 은전이가 화제를 돌렸다.

"아버지. 채만식의 「치숙」의 조카의 모델이 혹시 아버지냐
고 물은 적 있지? 오늘 친구들에게 그 이야기를 했어. 그 조카의
모델이 아버지인 것 같다고."

잠자코 고개를 끄덕일 뿐 은전이 아버지는 가타부타 말이 없었
다. 사실 작가 스스로 자기의 소설 모델이 바로 너였다고 알려주지
않은 한, 그게 바로 나야, 할 수는 없을 것이다.

“아버지. 그 소설 나왔을 때 어땠어. 그 때는 채만식 작가의 소설 하나 나오면 전국이 다 주목했을 텐데, 저게 나라는 생각 들면서 억울하지 않았어? 채씨 일가들은 다 아버지를 쳐다봤을 것 같은데.”

은전이 아버지가 입을 열었다. 달관한 듯한 어조였다.

“채만식 아재가 나를 모델로 해서 그 조카를 그려냈든, 채씨 일가가 그게 나라고 생각했든, 나는 그런 일에 신경 쓰는 사람이 아니었다. 그리고 내가 실제로 일본인 주인의 도움으로 학교도 다니고 돈도 벌고 했으니, 아주 틀린 말도 아니었다. 다만, 채만식 아재가 소설에서 말한 것처럼, 내가 내지 식으로 밥먹고 내지 여자와 결혼하고 싶어 했던 것은 결코 아니었다. 나는 오로지 돈을 벌어서 노비 출신이라는 내 과거에서 벗어나, 세상에서 무시 당하며 살지 않는 것만이 급선무이던 사람이었다.”

아 은전이로부터 이미 들은 얘기였지만, 직접 당사자의 입으로 듣는 말은, 무슨 인간 선언이듯 너무도 무겁고 진지했다.

“나는 양심적인 부자가 되고 싶었고, 일본처럼 앞선 것을 받아 들이는 문화인이 되고 싶었다. 그래서 그때 그 일본인 할아버지가 했던 대로 미술품 컬렉션을 시작했고, 그 댁 딸이 피아노를 치던 대로 너에게 피아노를 가르쳤다. 내 며느리가 피아노 전공자라 피아노를 2층까지 올려줬다. 아마 군산 시내에서 2층에 피아노를 올린 가정집은 우리 집밖에 없을 거다. 내가 지금 장학금을 내놓는 것도, 여러 면으로 나를 키워준 그분께 배운 세상을 돕는 방식이 다.”

밤늦게 2층으로 올라온 우리는, 옆 방인 은전이 새언니 방으로 초대되었다. 군산에서 유일하게 2층에 피아노가 있는 가정집이라며, 은전이 아버지의 자부심이 넘치던 그 방이었다.

피아노과 출신답게 책장에 피아노 책과 LP판이 빼곡히 꽂혀 있고, 피아노 위로 당시 카라얀의 포스터만큼이나 유명했던 루빈슈타인의 포스터가 걸려 있었다.

오래 호흡을 맞춰온 듯, 은전이가 새언니와 눈빛을 교환하더니 '쿵, 쾅!' 거침없이 피아노 건반을 두드리기 시작했다. 드볼작의 슬라브 무곡 8번이었다. 은전이와 새언니 두 쌍의 손이 건반 위에서 하나의 심장처럼 박동하며 완벽한 공명으로 어우러지고 있었다.

커튼이 살랑거리는 깊은 여름 밤, 완벽한 협화음의 화사한 무곡은 열정적인 베이스 리듬을 싣고 은전이네 부모가 계시는 아래층까지 내려갔다가, 화려하고 빠른 멜로디가 되어 어두운 밤하늘로 사뿐 날아오르기를 반복했다.

물기어린 밤하늘에는 뚝뚝 떨어질 듯 커다란 별들이 촘촘히 박혀 있었다.

방으로 돌아와 어둠에 잠긴 채마밭을 바라보며 정아가 말했다.

"인주야. 은전이 아버지... 내 편견이나 고정관념이라는 것을 다시 한번 반성케 하는 분이다. 얼핏 들으면 그냥 일제시대의 친일파 졸부로 치부될 수도 있는 경우인데, 알고 보면 그 성공의 밑바탕에는 누구보다 진취적인 세계관과 모범적인 삶의 태도가 있었던 거다."

"그러게. 그리고 보면 우리가 은전이를 에바부인이라고 했는데, 은전이가 에바부인이 된 것도 결코 우연은 아닌 것 같다. 뒷 배경에 저렇게 든든한 데미안 같은 아버지가 계셨던 거야. 데미안 뒤에 에바부인이 있었던 것처럼.”

우리의 『데미안』의 화두 놀이는 군산 은전이네 집에서도 이렇게 계속되고 있었다.

채은전의 사라짐

73년에 우리는 대학으로 진학했다. 은전이는 법대, 정아는 미대, 나는 문리대 이과였다. 은전이는 아버지의 뜻에 따라 법대로 진학했지만, 정아와 함께 미대 강의나 문리대 미학과 강의를 수강하는 등, 사법 고시 쪽에는 아직 뜻이 없는 듯했다.

그러던 중 대학 3학년 때, 채은전으로 하여금 고시를 결심하게 한 큰 사건이 발생했다.

인혁당 사건에 연루된 고등학교 은사 김용원이, 대법원의 사형 판결을 받은 지 몇 시간 만에, 선격석으로 처형당해 버린 사건이었다. 소위 ‘사법살인 사건’이라는 전대미문의 오명으로, 대한민국 사법사에 길이 각인된 어마어마한 사건이었다.

그 야만적인 국가 폭력의 희생자인 김용원은 물리 수업이 시작되는 고 2 때부터 우리의 물리 담당 선생님이었다.

담임을 맡지 않은 김용원은 은전이와 꽤 친했다. 아마 문이과 구분 없이 치른 고 2 때의 첫 모의고사의 물리 과목에서, 은전이가 전교 1등을 한 이후부터였을 것이다. 전교 1등이라는 꼬리표는 은전이에게 일상이었지만, 이과 과목인 물리에서 문과반인 은전이가 1등을 한 것은 예삿일이 아니었다. 당시 예비고사 전국 수석은 으레 한국대 물리학과로 진학할 만큼, 물리는 이과 천재들의 전유물이던 시대였다.

그러나 은전이 아니더라도 우리 모두 김용원을 좋아했다. 단언컨대 그는 당시 우리의 은사들 중에서 가장 인기가 많은 사람이었다.

언젠가 운동장에서 스승의 날 기념행사가 열렸는데, 은사들을 한 분씩 소개하면 학생들이 박수와 환호성으로 화답하는 즉흥적인 이벤트가 있었다. 그때 모든 선생님들이 엇비슷한 갈채를 받는 가운데, 김용원의 차례에서 터진 함성과 박수는 타의 추종을 불허했다.

이렇게 말하니 혹시 김용원이 무슨 꽃미남이었을 거라고 추측할지도 모르겠다.

천만에다. 김용원은 처음 교실에 들어섰을 때 그 험악한 인상에 모두 눈길을 피했을 정도로, 그의 외모는 인기라는 단어와 어울리지 않는 쪽이었다. 당시 유행하던 고무 인형 '못난이 삼형제' 중의 하나로 지목될 만큼, 퉁명스러운 외모의 추남 계열이었다. 심지어 『노틀담의 꼽추』의 카지모도라는 별명으로도 불렸다고 하면 아마 짐작될 것이다.

돌이켜보면 김용원의 인기의 비결은 다름아닌, 인기라는 단어조차 모를 듯한 그 천진성에 있었던 것이 아닐까 싶다. 흔히 아이들은 착한 어른을 귀신 같이 알아본다고 하지 않던가. 그 말대로 아직 때묻지 않고 순수했던 여고생들이, 그분의 순수한 인격과 성정을 알아봤던 것이다.

일년 사시사철 단벌이던 자주빛 양복에 분필 가루를 잔뜩 묻힌 채, 칠판 가득 물리 부호들을 써놓고 열띠게 강의하던 김용원의 모습이 떠오른다.

의외로 구수한 이야기꾼이었던 그가 일상생활 속의 예를 들어가며, 물리 이론을 설명해주던 일도 기억난다.

천재라서 고등학교 물리 경시대회에서 마주쳤을 때부터 흠모했다는 대학 동기생 이야기를 할 때, 창밖을 바라보던 쓸쓸한 모습도 생각이 난다. 훗날 김용원 선생님이 말씀하신, 고등학교 때부터 넘사벽이었고, 미국에서 벌써 세계적인 학자가 되었다고 했던 그 대학 동기생 친구가 누구였는지 궁금해서 검색해봤다. 아마도 그 친구는 이휘소였던 듯하다.

사실 대학 2학년 때인 74년, 인혁당 명단에 선생님의 이름이 올라 있을 때만 해도 우리는 그런 어처구니 없는 결과는 상상도 못했다. 그저 당시 흔하던 간첩사건이려니 생각했다. 그리고 우리에게는 뭔가 믿는 구석도 있었다.

첫 번째의 믿음은, 앞에서 말했듯 우리가 평소에 알고 있는 김용원 선생님의 인격이었다. 간첩 사건이 인격과 아무런 관계가 없다는 사실을 잘 알지만, 그래도 우리에게는 선생님이 간첩일 리가 없어, 하는 막연한 믿음이 있었다.

두 번째의 믿는 구석은, 그 때 우리 동급생 중에 대통령의 딸이 있다는 사실이었다. 선생님의 제자가 대통령의 딸인데, 대통령 딸의 은사인데, 설마 크게 나쁜 일이야 있겠어? 하는, 너무나도 세상 모르는 순진한 믿음이었다.

그러나 우리의 믿음과 달리 김용원 선생님은 대법원의 사형

확정 판결을 받았고, 판결이 난 지 하루도 되지 않아 형장의 이슬로 사라졌다.

그 일은 우리 모두에게 충격이었지만, 특히 은전이에게는 심경에 변화를 일으킬 만큼 큰 충격이었다.

그 사건 직후, 은전이는 마치 사법 고시 출정사이듯 비장한 발언을 했다.

"언제까지 하고 싶은 일만 계속할 수는 없을 것 같아. 사법 고시에 합격하는 일은 우선 우리 아버지의 포원을 풀어드리는 일이야. 그리고 선생님의 한을 풀어드릴 수 있는 길도 될 수 있어. 뭘 알아야 억울한 것을 풀어드릴 것 아니야. 그러니 이제부터 고시 공부 체제로 들어갈 거야.

아. 또 있다. 너네가 증인이잖아. 내가 사법 고시 합격하면 우리 아버지의 컬렉션이 다 내게 올 거야. 아버지의 컬렉션 중에서 이진섭 컬렉션이 늘 마음에 걸렸는데, 만일 내 소유가 된다면 적정선에서 그 가족들에게 도움이 되는 방법을 찾아볼 거야. 그러기 위해서는 내가 꼭 사시에 합격해야만 해."

은전이가 살던 집 이야기도 잠깐 해볼까 한다. 은전이는 대학교 2학년 때 가회동에서 용산으로 이사를 했다. 이사를 한 이유는 가회동의 큰 오빠가 약혼녀, 그러니까 군산에서 우리가 봤던 그 음악 교사가 아닌 다른 여자를 데려와서 살기 때문이었다.

절대 용서할 수 없다며 은전이는 용산에 있다는 작은 오빠 집으로 옮겨갔다. 그곳에서 2년쯤 살던 은전이는 대학 4학년 때 자신의 명의로 된 강남의 아파트로 입주했다. 그런데 다시 일년쯤 후에 시험 준비에 한창일 은전이가 뜬금없이, 신림동 고시촌으로 옮겼다는 연락을 해서 의아했던 기억이 난다.

은전이의 절대 신앙이던 아버지의 이야기도 해보련다. 큰 병이 발견된 은전이의 아버지는 은전이가 신림동 고시촌으로 이사한 직후 갑자기 돌아가셨다. 그 이듬해 초여름 사법고시 합격자 명단에 오른 은전이를 보지 못하고 돌아가신 것이다. 그러나 그분이 그렇게 간 것은 차라리 잘된 일이었다. 합격자 발표 이전에 그가 그렇게도 사랑하는 딸 은전이가 이 세상에서 사라졌으니 말이다.

아, 은전이와 했던 마지막 통화도 빼놓을 수 없다. 접속이 좋지 않은 전화선 너머의 뭔가 들뜬 듯한 목소리였다.

"지금 용산역이야. 어머니에게 전할 중요한 이야기가 있는데, 연락이 닿지 않아서 지금 밤 기차를 타고 군산으로 내려 가는 길이야."

그 중요한 이야기가 무엇이었는지는 은전이가 말해주지 않았으니 알 도리가 없다. 그런데 그날 왜 은전이는 내게 전화를 했던 깃일까. 진화 한빈 하려면 공중진화 박스 앞에서 긴 줄을 서야 했던 그 시절, 왜 내게 근황 보고하듯 전화를 했던 걸까.

혹시 마지막을 예감한 은전이 내면의 무언가가, 마지막으로 내 목소리를 들어보라고 시켰던 것일까.

은전이 소식을 알게 된 건 한참 시간이 지난 후였다. 여기저기 수소문을 해도 연락이 닿지 않아, 가회동까지 찾아가 비로소 소식을 듣게 되었다. 그 애가 가버렸다는 청천벽력의 소식을.

그 소식을 들은 이후 세상은 온통 변해버렸다. 같은 해가 떴지만 더 이상 같은 날이 아니었다. 고개를 돌릴 때마다, 걸음을 뗄 때마다, 헤집고 나가야 하는 반유동성 액체처럼 대기조차 힘겹고, 호흡이 갑갑했다.

매일 밤 꿈에서 아무렇지도 않게 은전이를 만나기도 했다. "잘못된 소식이래" 하는 환청이 들리는 밤이 지나면, 결코 되돌릴 수 없다는 깨달음의 낮시간이 찾아왔다. 낮시간에는 넋두리하듯 아니야 아니야 왼종일 읊조리고 다녔다.

전설이 사라져 버린 공포와 절망감은 오롯이 나만의 것이고, 세상은 아무런 일도 없는 듯 무심히 잘도 돌아갔다.

공포와 그리움과 연민 가운데 허덕이면서도 나는 유학 준비를 해나갔다. 예정된 길이었지만 마치 그것만이 살 길인 듯 허둥지둥 서둘렀다. 까마득히 먼 공간적 거리가 망각을 위한 유일한 희망처럼 느껴졌다.

정아의 이야기도 하자. 은전이보다도 먼저 아버지를 여읜 정아는 은전이 소식을 알고 난 몇 달 후, 별안간 스위스 남자와 결혼하고 서울을 떠나 버렸다. 내가 미국 유학을 떠나기 두 달 전이었다. 아버지와 은전이의 연이은 죽음을 감당할 수 없어 하던 정아는, 나조차 없는 서울에 혼자 남기 싫어했다.

정아는 자신이 스위스 남자를 선택한 이유가, 아버지에 대한 그리움 때문이라고 했다. 스위스가 자기 아버지가 늘 출장을 가던 나라 오스트리아의 옆 나라라는 것이다. 말도 안 되는 이유였지만 평소의 정아다운 모습이기도 했다.

정아의 아버지가 돌아가신 후, 나는 비로소 정아 아버지의 직업을 알게 되었다. 정아 아버지의 직업은 제철회사의 원자재

구매담당 에이전트였다고 했다. 정아도 정확히 몰랐는데, 장례식 때 조문 온 인사들의 면면이 놀라워서 어머니에게 물어보니, 그제서야 알려주더라는 것이다.

세월이 흐른 후, 내가 문득 정아에게 물은 적이 있다.

“정아야. 너네 아버지, 철강인데 왜 오스트리아로 출장을 가셨던 거야? 오스트레일리아가 아니고.”

“우리 아버지 직업이 비밀이라고 설마 행선지까지 숨겼겠냐. 요새는 호주이지만, 초창기에는 오스트리아에서 철광석을 샀던가 보지.”

정아가 김포공항에서 출국하는 날, 한복을 곱게 차려입고 나온 정아네 아주머니가 서럽게 통곡을 하면서 했던 말이 생각난다.

“언제든 살기 싫으면 집으로 다시 돌아와, 아버지 안 계셔도 말이야.”

정아가 스위스에 정착해가는 이야기를 편지로 전해 들으며, 나도 유학을 위해 서울을 떠났다. 무심한 세월은 덧없이 흘러갔다.

3 부

탁류와 호수

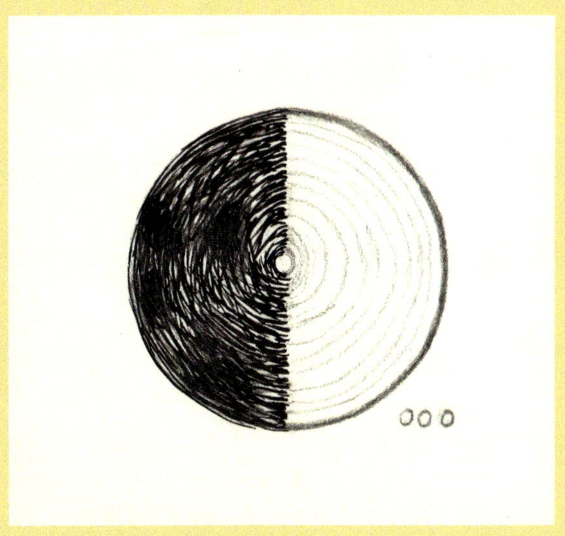

박인주의 다큐멘터리에 길정우는 무척 고무되었다. 기록에 온전히 새로운 인물과 사실이 등장했던 것이다.

장길수가 일찍부터 키치화가로 활동했던 사실이나, 장길수가 채은전 가족과 각별한 관계였던 사실은 군산행에서 알아냈던 정보가 심화된 정도였다.

그러나, 채은전에게 성이 다른 오빠가 있었다는 사실, 갤러리 채의 이진섭 컬렉션이 작고한 채은전의 소유로 내정돼 있었다는 사실, 채은전의 작은 오빠가 채정국과 지독한 적대관계였다는 사실은 전혀 뜻밖의 정보였다. 셜록홈즈 프로젝트에 결정적인 열쇠가 될 수도 있는 중차대한 정보였다.

2주 전 신충재와 만났던 카페에서 박인주를 기다리는 길정우는 착잡했다. 이미 알고 있던 사실이지만, 채은전이라는 여성의 짧은 삶이 새삼 안타까웠다. 예사롭지 않은 집안 환경에서도, 넓은 가슴으로 세상을 끌어안던 그녀의 젊은 죽음이 못내 애석했다.

경외스러운 그 여성 휴매니스트는, 왜 어떤 연유로 이 세상에서 사라진 걸까. 에바부인으로 불렸다는 채은전의 자초지종에 대한 궁금증이, 셜록홈즈 과제 못지않게 커져 갔다.

카페 입구에 중년 여성이 나타나는 순간, 길정우가 벌떡 자리에서 일어섰다. 뭔가 기록에서 느껴지던 분위기의 여성이었다. 사십여 년 전, 열린 시각으로 세상을 보기 위해 열심히 토론하던 여고생의 모습이 아직 남아 있는 듯했다.

자리에서 일어나 인사하는 길정우를 본 그녀의 표정에 순간적인 동요가 일었다. 잠시 멍하게 멈춰 있던 그녀는 길정우의 인사말에 당황하듯 표정을 바로 했다.

"인사드리겠습니다. 길정우입니다. 보내 주신 소중한 기록 잘 읽었습니다. 귀한 글을 보내주셔서 정말 감사합니다."

"아니에요. 오히려 쮜리히의 친구나 제가 길 변호사님께 감사를 드려야 할 판입니다. 삼십여 년 동안 하지 못한 친구 이야기를 변호사님 덕분에 다시 하게 됐으니까요. 말로 하면 빠트리는 게 있을 것 같아서 글로 기록했는데, 제 스스로도 친구의 기억을 기록으로 남긴다는 점에서 큰 의의가 있었습니다. 궁금한 게 있으면 더 물어 보세요. 워낙 시간이 짧았고 모든 이야기를 다 담은 건 아니니까요."

길정우는 박인주에게 자신이 채은전을 찾아 나서기까지의 경위를 설명했다.

김선주의 유작 스토리와 5년 전의 위작 사건, 군산에 다녀온 이야기까지 전해 들은 박인주는 놀라움을 감추지 못했다.

"그때는 제가 안식년으로 해외에 나가 있을 때라 전혀 몰랐습니다. 더러 항간에 떠도는 이진섭의 위작 이야기를 들은 적이 있지만, 그런 큰 사건이 있었다니, 더구나 장영숙의 오빠가 관련된 사건이었다니 정말 놀랍습니다. 커다란 캔버스에 수십 장의 키치화를 한꺼번에 그려서 판매한다는 사실이 무척 신기했고, 힘든 가장 노릇을 하면서도 선량해 보이던 모습이 아주 인상적인 분이었는데... 어쩌다가..."

박인주는 채은전의 오빠가 서울로 거점을 옮긴 후 엄청난 재벌이 되었던 사실이나, 갤러리를 운영하는 사실도 전혀 모르고 있었다.

"소식을 알려고 했다면 당연히 알았겠지요. 그러나 은전이가 간 뒤로는 은전이와 관련된 일체의 것에 관심을 두지 않았습니다. 강남으로 이사한 모교에는 발을 들여도, 옛날의 모교 터에는 그 언저리조차 내키지 않았습니다. 실은 변호사님이 우리 동네로 오시겠다고 할 때 제가 굳이 이 동네를 고집한 것은, 제 모교가 바로 근처에 있기 때문입니다. 삼십 년 넘게 못 가 봤는데, 이제는 가 보려고 합니다."

"혹시 채 선생님의 친구였던 장영숙 씨나, 채 선생님의 작은 오빠라는 분의 소식을 알고 계십니까."

"은전이의 작은 오빠에 대해서는 기록에 쓴 대로, 월명산에서 은전이로부터 들은 이야기, 그 오빠 집으로 이사 갔다는 이야기 외에는 더 이상 아는 게 없습니다. 은전이는 월명산에서는 허심탄회했지만 그 후로는 오빠 이야기를 한 기억이 없습니다. 쉽지 않은 이야기라 우리도 굳이 묻지 않았습니다."

채은전의 작은 오빠와 달리, 장영숙에 대해서는 희망적인 정보가 나왔다.

"그러고 보니 장영숙의 남편 이름과 직장이 생각납니다. 대한 은행 김용원. 대학 3 학년 여름방학 때 장영숙의 결혼식에 갔는데, 그 신랑의 이름이 제 기록에 나오는 우리 은사의 이름과 같았기에 기억을 합니다. 그 은행의 군산지점 행원이던 장영숙이 거기서 만난 상사와 의외로 빨리 결혼을 했습니다. 서울서 하는 결혼식이라 쮜리히의 친구랑 다 같이 갔는데, 은전이 부모님이 친척이 없는 신부 가족석에 서서 기념 촬영을 했던 기억이 납니다.”

카페에서 나온 길정우는 박인주와 함께 덕수궁 돌담길을 따라 광화문 쪽으로 올라갔다. 옛 모교에 가보겠다는 박인주와 동행하려는 것이었다.

박인주의 모교가 어디인지는 박인주의 기록을 통해 이미 짐작하고 있었다. 놀랍게도 그곳은 삼월의 깊은 밤중에 이은영과 같이 들여다 봤던 그 폐허지였다.

미 대사관저와 담장을 맞대고 구세군의 맞은편에 있던 그 폐허지.

그러고 보니 그때 짙은 암흑의 대지 위에서 어슴프레 달빛을 받으며 홀로 서 있던 고목나무가 바로, 박인주의 기록에서 언급되었던 교목 회화나무인 듯했다.

박인주가 교정을 오래도록 들여다 보고 있었다.

풍요롭고 푸르렀던 아름드리 회화나무가 홀로 폐허의 빈터에 남겨진 모습... 젊음과 이상으로 빛나던 채은전의 행로...

숙연히 지켜보는 길정우로서는, 감히 박인주의 감회를 헤아릴 수 없었다.

제발로 찾아든 조력자 4월 19일 월요일

오프닝까지의 일정이 착착 진행되고 있지만, 채권자들의 정체나 옥션의 지분권이나 지배 구조 등은 여전히 오리무중이었다. 결국 채지선의 다음 행보는 길정우를 찾아가는 것이었다.

“지선씨. 길정우 씨를 한번 찾아가 만나보지 그래요. 이젠 여성도 먼저 흠모하는 마음을 당당히 밝힐 수 있는 시대잖아요. 부잣집 딸이겠다, 남부럽지 않는 커리어도 있겠다, 미인이겠다, 선남선녀가 따로 없겠는데."

언젠가 신경희가 했던 말이다.

그러나 그렇게 한가로운 유희로서가 아니라, 집안에 밀어닥친 절박한 사안 때문에 길정우를 찾는 채지선은 참담했다. 하지만 지금 체면이나 자존심 따위를 떠올릴 계제가 아니었다. 적어도 길정우가 박 변호사 같은 노회한 변호사들보다는 훨씬 나을 것 같았다.

예약을 확인한 데스크의 직원이 길정우에게 채지선의 내방을 통보했다. 스탭을 따라 긴 복도를 걷는 동안 채지선은 심호흡을 거듭했다. 스탭이 노크를 하고 문을 열자, 창가에서 이쪽을 향해 서 있는 사람이 보였다. 길정우였다.

길정우와 시선이 맞닿은 순간 채지선은 움찔했다. 마치 대학 도서관에서 몰래 훔쳐 보던 때의 길정우와 마주친 듯했다.

자신의 존재를 전혀 인식하지 못한 채 늘 무심히 눈길을 돌리던 길정우였다. 그러나 오늘은 달랐다. 환한 미소와 함께 테이블 앞으로 다가오더니 정중히 자리에 앉을 것을 권했다. 변호사로서 의뢰인을 깍듯이 맞이한 것이다.

"어서 오십시오. 변호사 길정우입니다."

실은 길정우는 줄곧 이 시간을 기다리고 있었다. 출근하자마자 스케줄을 점검하던 길정우는 번쩍 눈에 뜨이는 의뢰인을 발견했다. 갤러리 채, 채지선이라고 적힌 의뢰인이었다. 보통은 붙어있기 마련인 소개인의 태그도 없는 채였다.

'갤러리 채... 무슨 일일까.'

이진섭 사건을 떠올리던 길정우는 허황스러워지는 기대를 지긋이 억누르며 채지선을 기다렸다.

'채지선은 박인주 기록에 쓰인 고모 채은전의 모습을 알고 있을까.'

"채지선입니다."

채지선이 짧게 인사했다. 이어서 짐짓 밝은 어조로 덧붙였다.

"실은 이십여일 전에 변호사님을 뵈었습니다. 신경희 한복쇼에서."

"아. 그러십니까. 반갑습니다."

길정우의 대답이 짧고 쿨했다. 특별한 행사에서의 만남이었고, 자신의 역할도 남달랐고, 장소도 채지선네 소유의 빌딩이었으니 길정우의 대답이 길어질 만도 했다. 그러나 길정우는 계속 말해보라는 듯, 꿈틀 굵은 두 눈썹을 위로 치키며 채지선을 응시했다.

"아시겠지만 그 옥션 저의 집 소유입니다. 그 날 CEO로 소개되었던 사람이 제 오빠입니다."

"아. 그러고 보니 그 날 옥션 채의 대표님이 소개될 때 뵌 것 같습니다. 바로 옆 자리에 앉아 계셨지요? 아마 어머님 되시는 분도 같이 계셨던 듯한데."

길정우가 그들 가족을 알아본 것은 특별히 눈썰미가 좋아서가 아니었다. 그날 자신에 앞서 소개되었던 채준석은 특별히 눈에 띌 만한 존재였다. 강남 한복판에서 드넓은 대지를 깔고 있는 건축물의 소유자이자, 대한민국 최초의 옥션의 대표라는 사람이 겨우 자기 또래였다. 그리고 그의 옆에 앉은 두 여성, 그러니까 지금 눈앞에 있는 채지선은 건너편에서 보기에도 빼어나게 세련된 미모였고, 채준석에게 열렬히 호응하는 중년 여성은 채준석과 흡사한 분위기였다.

"네. 맞습니다. 저의 어머님도 함께 계셨습니다."

문득 길정우는 박인주의 다큐에 짧게 기록돼 있던, 채정국의 사련(邪戀)의 여자 이야기가 떠올랐다. 채은전이 가회동에서 이사 나간 계기가 된 여자였다. 혹시 남매의 모친이 그 여자일 수도 있었다.

"실은 저는 변호사님을 그 자리에서 처음 뵌 게 아닙니다. 학교 때 뵈었습니다. 도서관에서 자주 뵈었는데, 제가 3학년 올라갈 때 변호사님이 졸업을 하셨지요."

채지선의 입에서 계획에 없던 말이 흘러나왔다.

"아. 그러십니까. 그러면 이 년 후배시군요. 무슨 과를 전공하셨습니까."

"경영학과였습니다. 유학에서는 예술경영 석사와 미술사 Ph. D.를 취득했습니다. 이번 학기부터 대학에서 강의를 합니다."

"그러시면 집안의 사업에서도 큰 역할을 하시겠습니다."

"네. 처음부터 가업을 잇기 위한 공부였습니다. 예술경영 석사를 인턴십이 있는 소더비 MPS (Master of Professional Studies)로 했으니까요. 학위 취득 후 귀국 직전까지는 크리스티에서도 잠깐 근무를 했습니다."

"제가 그 쪽 분야에 대해서는 잘 모르지만, 그 정도면 최고의 스펙이시겠군요.”

길정우가 눈썹을 치키며 고개를 크게 한번 끄덕였다. 수인사가 끝났으니 이제 본론으로 들어가자는 싸인이었다.

채지선이 봉투에서 서류를 꺼내 맞은 편의 길정우 쪽으로 건넸다.

길정우가 서류들을 차례로 일별해 나갔다. 길정우가 서류에 시선을 둔 채 말했다.

“모두 근저당권이 설정되어 있거나, 근저당권 설정 상태에서 명의가 넘어갔거나, 했군요.”

“네. 맞습니다. 변호사님. 등기부상에서 채무자가 되어 있는 채정국은 저의 부친이신데, 5년 전부터 식물인간 상태이십니다. 저는 8년 동안 미국에 있었기 때문에 이런 거래가 이루어지는 사실을 전혀 모르고 있었습니다. 오빠가 몇 년 전 모종의 투자를 통해, 엄청난 돈을 벌었다고 알고 있었고, 지금 건립된 옥션도 그 때 이룬 성공이 기반이라고 알고 있었습니다. 집안 자산의 상당 부분이 저렇듯 타인의 명의로 넘어간 줄은 정말 꿈에도 몰랐습니다.”

“부친과 오빠분 명의의 재산에 변동이 있군요. 오빠분 명의의 재산이야 본인의 권리를 행사한 것으로 봅니다. 의사 능력이 전혀 없으시다는 부친 명의의 재산 변동은, 혹시 사전에 재산 관리를 위탁한다는 약정서라도 있었던 걸까요?”

“아니요. 그런 것 전혀 없었습니다.”

채지선의 대답이 단호했다.

고개를 끄덕이던 길정우가 서류를 들여다 보며 말했다.

"좀 특이한 것이 눈에 띕니다. 채권자가 제도권 금융이 아닌 두 개의 일반 법인인데, 5년이라는 짧은 기간에 매우 많은 거래가 이루어졌고, 급속한 명의 바뀜이 있었습니다. 아무래도 정상적인 채권채무 관계는 아닌 것으로 보입니다. 혹시 이런 내용에 관해 오빠분으로부터 어떤 해명이 있었습니까?"

"아니요. 오빠와는 전혀 대화가 되지 않습니다."

채지선은 채준석을 추궁해도 대답을 얻지 못했던 몇 가지 문제들을 길정우에게 설명하고, 오늘 찾아온 목적을 말했다.

"변호사님. 오빠가 아버지 재산에 손을 댄 부분에 대해서 법적인 대응을 할 것입니다. 그리고 집안 재정 상태가 이 지경이 되는 과정에서 오빠가 불법적인 일을 당했다면, 거기에 대해서도 법적 대응을 할 겁니다. 그러려면 우선 저 채권자들의 정체부터 알아내야 하는데, 저로서는 역부족입니다. 그래서 이렇게 변호사님을 찾아왔습니다. 채권자들에 대한 정보와 소송까지 다 맡아주십사 부탁드리는 겁니다."

절박한 의뢰자 채지선과 달리 길정우의 대답은 냉정했다.

"채지선 님. 설혹 상대방의 불법적 행위로 인한 재산상의 피해가 있었다 해도, 오빠분이 지금처럼 함구하는 한 소 제기는 어렵습니다. 어느 정도의 실체 파악은 되어야 합니다. 표면적인 정보와는 또 다른 문제입니다."

이번에도 채준석이 관건이었다. 그간 신경희와 박 변호사로부터도 계속 같은 말을 들어왔다. '왜 오빠에게 묻지 않느냐.' 사태 파악이 안 되는 답답함을 풀기 위해 와본 이 자리에서도, 똑같은 대답의 반복이다.

채지선은 불현듯 '에라, 다 던져버리자' 하는 심정이 되었다. 옥션 오프닝 과정에서 일어나고 있는 의혹 투성이의 일들을 다 말해 버리자. 저렇게 냉정하고 침착한 길정우라면, 해결의 실마리를 찾아낼 수도 있을 것 같다. 변호사에게는 비밀유지 의무 구정이라는 게 있다고 했다. 그러니 한번 믿고 맡겨보자.

"변호사님. 그날 패션쇼에서 변호사님 바로 옆자리에 앉아 있던 사람, 혹시 기억나십니까?"

길정우의 눈빛이 날카로워졌다. 옆자리에 앉아 있던 사람. 그 사람을 기억 못할 리 없다. 오십대 초반쯤 되는 투자사 대표라는 사람이었다.

"플래티넘 한복의 소유주라고 했던 분 말씀입니까?"

"네. 맞아요. 그 사람이 아주 수상합니다."

길정우가 바짝 긴장하며 채지선을 꿰뚫을 듯 주시했다.

"실은 그 사람의 플래티넘 한복이, 저희 옥션의 오프닝 작품으로 내정되어 있습니다. 제가 모르는 사이에, 오래 전부터 오프닝 작으로 정해져 있었고, 심지어 낙찰자까지도 이미 내정돼 있다고 합니다."

'투자사 대표라는 사람이 옥션의 기획 주체라... 예사롭지 않은 이야기다.'

"변호사님. 제가 이렇게 집안 이야기를 다 말씀드리는 건, 이 기획의 주체가 저의 오빠라는 생각이 들지 않기 때문입니다. 지난 5년간 저의 집안의 재정 상태가 악화일로인 것이나, 옥션이 진행돼가는 상황이나, 모든 일이 다 오빠를 볼모로 한, 어떤 거대한 음모 속에서 이루어지고 있다는 생각이 날로 커집니다. 그래서 솔직히 두렵습니다."

'거대한 음모!'

채지선의 입에서 흘러나온 거대한 음모라는 말이 길정우의 촉수를 날카롭게 자극했다. 박인주의 기록을 읽을 때부터 희미하게 꿈틀대던 어떤 촉, 방금 전 채지선네 등기부를 보는 순간 훅 끼쳐오던 암계의 기운들이, '거대한 음모'라는 말 한마디에 수렴되고 있었다.

길정우는 한층 냉정하고 침착해졌다.

"그런 심증이시라면, 더욱더 오빠분의 협조가 필요하겠습니다. 그 정도의 음모라면 그쪽에서도 법률적으로 치밀한 검토를 거치며 진행시켰을 겁니다. 오빠분의 협조가 있다 해도 법률적으로 만만치 않을 가능성이 있다는 말입니다."

냉정함을 잃지 않는 길정우 앞에서, 채지선은 더 이상 감출 것이 없었다. 어차피 벌어진 일이다. 채지선은 자기네의 심각한 실상을 남김없이 털어놓고 있었다.

"변호사님. 실은 부동산 말고도 문제가 더 있습니다. 수장고의 컬렉션이 통째로 사라졌습니다. 부친께서 건강하실 때 해외에 나가 발 빠르게 컬렉팅한 작품들, 조부 때부터 내려오던 수많은 국내외 작가들의 컬렉션이 자취도 없이 사라졌습니다. 거기에는 저희 갤러리 채의 트레이드마크인 **이진섭 컬렉션**도 포함되어 있습니다. 실은 그 컬렉션은 부친께서 제 몫이라고 누누이 강조하셨던 것이고, 어머니도 오빠도 다 인정하는 사실입니다."

'이진섭 컬렉션!'

길정우는 자기 귀를 의심했다. 컬렉션까지도, 이진섭 컬렉션까지도 사라졌다!

박인주의 다큐멘터리에 등장했던 이진섭 컬렉션이 사라졌다는 이야기다. 채은전의 아버지인 채용만이 딸의 친구들 앞에서, 채은전의 몫이라고 선언했던 그 컬렉션이다.

"이진섭 컬렉션은 우리 갤러리의 시그니처이지만, 실은 몇 년 전 이진섭 위작사건으로 떠들썩할 때, 우리 갤러리가 치명적인 타격을 입게 된 원인이기도 합니다. 연일 이진섭 작품들의 진위 여부을 캐는 언론 보도가 쏟아지며, 저의 갤러리 이름이 오르내렸으니까요. 그 일로 가뜩이나 건강이 안 좋으시던 저의 아버지께서 그만 쓰러지고 마셨습니다."

격해지는 감정을 다스리려는 듯, 채지선이 잠시 말을 멈추었다.

"변호사님. 지금 저희 집안에 일어나고 있다고 의심되는 음모가, 혹시 그때 그 사건까지도 거슬러 올라가는 게 아닌가, 하는 생각까지 듭니다."

이상하다. 채지선의 말이 마치 데자뷔인 듯 들렸다. 셜록홈즈 프로젝트 출발 때 자신들이 추리했던 내용 그대로였다.

"컬렉션 건은 바로 오빠분을 상대로 형사 고소를 할 수 있습니다."

"아니요. 옥션이 오픈 될 때까지는 기다려 볼 겁니다."

상담을 끝내며 길정우가 말했다.

"제가 도울 수 있는 한 힘껏 돕겠습니다. 그러나 역시 관건은 오빠분으로부터 부동산 문제에 관한 일체의 서류를 넘겨 받는 일입니다. 오빠분을 설득하시는 일이 급선무일 듯합니다.”

채지선의 차가 로펌을 나와 세종로로 들어섰을 때는 이미 컴컴한 밤이었다. 그새 황사가 더 칙칙하게 내려앉은 거리는 시정거리가 불과 눈앞이었다. 가로등도 헤드라이트도 뚫지 못하는 황사의 어둠속을, 채지선은 어렴풋한 감각만으로 헤치며 달렸다. 그녀의 내면 심경도 이런 광경과 다르지 않았다.

떠오르는 딱 한사람 4월 19일 월요일 밤

길정우는 채지선이 가지고 온 등기서류를 다시 훑어보았다. 채준석은 단기간에 동일 채권자로부터 반복적으로 담보 차용을 하고 있었다. 마치 카지노에서 급전을 빌려 겜블링을 하듯, 매우 급하고 빠르게.

채지선의 말대로 이 모든 일이 처음부터 어떤 거대한 음모 속에서 이루어지는 일이라면, 채권자는 채준석이 크게 성공했다가 최종적으로는 큰 실패로 돌아섰다는 그 투자와 관련이 있을 것이다.

달콤한 먹이로 유인해서 한참 꿀 빨게 하다가, 종내에는 깊은 수렁으로 빠트려버리는 그 흔한 투자 사기 수법. 채지선의 집안에 음모의 거미줄을 친 사람... 불현듯 길정우의 뇌리에 한 사람이 떠올랐다. 박인주의 기록에 등장했던 그 사람, 바로 채은전의 작은 오빠였다.

채지선이 들고 온 이 엄청난 정보를 이은영과 공유해야 한다. 그러나 이번 건은, 그간 이은영이 가져온 장길수의 신상에 관한 정보나, 신충재 선배가 들려준 위작사건의 수사 후일담과는 성격이 달랐다. 이미 종결되고 알려질 대로 알려진 그 사건들과 달리, 이번 일은 엄연히 의뢰를 받은 사건이었다. 변호사의 비밀유지 의무 규정이 엄격히 적용되는 사건이었다. 셜록에 힌트가 될 최소한의 정보만 공유하자.

길정우가 이은영에게 전화를 걸었다.

"중요한 사건이 있는데, 비밀유지 규정을 두고 법률적인 검토를 좀 했다."

이은영은 역시 눈치도 속도 빨랐다.

"알았어. 할 수 있는 선까지만 얘기해. 무슨 일이야? 혹시 채씨 패밀리와 관련된 일?"

"방금 채정국 씨 딸이 왔다 갔는데, 채씨 일가에 뭔가 중대한 일이 벌어지고 있는 것 같다."

길정우가 짧게 채지선네 이야기를 설명했다.

이은영도 길정우처럼 대뜸 그 인물을 떠올렸다.

"그 작은 오빠라는 사람이 절로 떠오르네. 의붓형인 채정국 씨와 '친일파' '빨갱이' 하며 악착같이 싸웠고, 빨갱이라는 말이 싫어서 어린 나이에 가출했고, 친일파인 의붓아버지의 돈을 끝까지 거절했다는 그 작은 오빠 말이야. 채은전 씨의 애착이 남달랐던 그 사람."

"참 은영아. 어떻게 됐어. 장영숙 씨 남편에 관한 정보?"

"그것 땜에 막 전화하려던 참이었어. 알아냈어. 은퇴할 나이가 다 되었는데 지금 대한은행 부행장이더라고. 그런데 장길수 씨 사건, 워낙 말 꺼내기가 쉽지 않은 일이라서 아무래도 직접 찾아가야 하지 않을까 싶네.”

“그래. 자칫 문전박대 당할 수도 있는 일이다. 내일 스케줄을 확인해 봐야겠다.”

“그 남편분이 협조적이어야 할 텐데… 길 변 파이팅.”

은폐된 사건의 전말 4월 23일 금요일 오후

염려했던 것과 달리 장영숙의 남편은 의외로 흔쾌했다. 길정우가 그간의 이야기를 설명하자, 그는 그 자리에서 곧바로 장영숙에게 전화를 걸었다.

장영숙은 오빠 장길수 사건 이후로 극심한 우울증에 시달리다 최근에야 조금 호전된 상태라고 했다. 그는 그런 아내에게 사제인 길정우가 도움이 될 거라고 판단하는 듯했다.

약속시간보다 일찍 도착했지만 장영숙은 벌써 와서 기다리고 있었다. 박인주의 기록에서 보던 당돌하고 씩씩하던 모습은 사라지고, 우울의 그림자가 짙게 드리운 얼굴이었다. 그녀는 길정우를 보는 순간 흠칫 표정이 일더니 길정우의 얼굴을 자꾸 들여다 보았다.

“오빠 분에 대해서는 군산의 모교에서건 박인주 씨의 기록에서건, 성실성과 책임감 최고이신 분이라고 적혀 있었습니다. 상심이 크신 데 대해서 심심한 위로의 말씀을 드립니다.”

길정우의 말이 떨어지자마자 장영숙이 왈칵 눈물을 터트렸다. 기대와 동요로 밤새 한잠도 못 잤다는 장영숙은, 아직도 안정된 심리상태가 아닌 듯했다.

"평생 머릿 속에 할머니와 우리 자매들 걱정밖에 없던 오빠였어요. 제가 그렇게 이른 결혼으로 오빠에게 짐을 떠넘기지만 않았어도 우리 오빠는 대학을 졸업했을 거고, 제대로 화가의 길도 걸었을 거예요. 평생 후회와 죄책감이 떠나질 않습니다."

"죄송하지만, 오빠분께서 군산을 떠나신 후 어디서 무얼 하고 사셨는지는 완전 공백이더군요."

"군산을 떠나 평택으로 갔어요. 전주에서 대학을 다니던 동생 하나는 그대로 두고, 아직도 중고등 학생이던 밑의 동생 둘과 할머니를 이끌고 이사를 했지요. 군산에서 그럭저럭 살기가 괜찮았는데, 은전이네 가족이 차례로 세상을 뜨자 오빠는 완전히 전의를 상실했어요. 오빠는 은전이 아버지를 진심으로 존경하고 의지했으니까요. 오빠는 평택에서도 미군들을 상대로 키치화를 그리며 가장 노릇을 했습니다. 그 덕분에 동생들은 다 사대를 졸업하고 학교 선생님들이 되었어요. 그런데 정작 오빠 본인은 결혼도 못한 채 혼자였습니다. 그러다 돌아가신 거예요. 우리 자매들은 오빠만 생각하면 가슴이 메어집니다. 눈물 없이는 오빠 얘기를 하지 못해요."

울음기 어린 장영숙의 목소리에 장길수에 대한 회한의 정이 넘쳐났다.

"이런 질문 정말 죄송합니다. 오빠분께서는 위작 사건에 대한 모든 책임을 인정하고 최후의 선택까지 하셨습니다. 그런데 혹시 이 위작 사건의 일련의 과정 중에, 그러니까 사건의 발생부터 종결에 이르기까지 어떤 의심이 드는 일, 없으셨습니까?"

장길수의 죽음을 직접 언급하는 길정우는 무척 조심스러웠다.

그러나 이런 질문을 기다렸다는 듯, 장영숙은 길정우의 말이 끝나자마자 지체없이 대답했다.

"있어요. 사건이 나기 한 달 전쯤, 은전이의 오빠가 갑자기 찾아와서 우리 오빠의 행방을 물은 일이 있었어요."

은전이의 오빠? 귀가 번쩍 뜨이는 이야기였다.

"채은전 씨의 오빠라면... 채정국 씨 말씀이십니까?"

"아니요. 은전이의 성씨 다른 의붓오빠를 말하는 거예요. 김명세라고."

'김명세!'

드디어 그 이름이 밝혀졌다. 머리가 엄청 좋은데 일찍 가출해버렸다는 채은전의 둘째 오빠라는 사람. 그 사람이 김명세였다.

"박인주 선생님 기록에서도 의붓오빠 얘기가 잠깐 나왔는데, 그분 성함이 김명세 씨였군요."

"네. 은전이 일이 나기 전에 미국으로 떠난, 아니 도망친 인간인데, 삼십 년 가까운 세월 동안 코빼기도 안 비치던 인간이 어떻게 알아냈는지, 저를 찾아왔더라고요. 그때 그 인간에게 오빠 전화번호를 가르쳐주지 말았어야 했는데, 제가 왜 그리 어리석은 짓을 했는지, 두고두고 땅을 치고 후회할 일을 해버렸어요."

장영숙의 말 마디마디에 김명세에 대한 증오가 깊게 서려 있었다.

"그 김명세라는 사람이 오빠분과 친분이 있던 사이였던가요?"

"아니 무슨! 전혀 그렇지 않아요. 김명세 그 인간, 어린 나이에 군산에서 일찍 떠나버려서 저도 군산에서는 보지도 못하다가, 은전이가 이촌동 그 사람 아파트에서 살 때 딱 한번 마주쳤던 사람이에요. 그러니 우리 오빠도 절대 김명세를 알 리가 없어요. 김명세 혼자 우리 오빠를 알고 있었겠지요. 그런 인간에게 제가 그렇게 쉽게 전화 번호를 줘버렸으니.”

“혹시 그 사람 때문에 사건이 일어났다고 생각하시는 건가요?”

길정우가 단도직입적으로 물었다.

“시간적으로 의심할 수밖에 없는 일이었어요. 그래서 검찰 조사를 받고 나온 오빠에게 김명세 씨도 관계된 일이냐고 물었어요. 혼자 뒤집어 쓰지 말고 검찰에 사실대로 밝히라는 말도 했고요. 그런데 오빠는 가타부타 아무런 말이 없이, 어쨌든 그림으로 일을 벌인 건 자신이라는 말만 되풀이했어요.”

장영숙이 전하는 장길수의 모습은, 이은영이 전한 검찰 조서 속의 장길수와 똑같았다. 조서 속의 장길수도, 자신이 한 일이니 어떤 변명도 하고 싶지 않다는 체념의 태도였다고 했다.

“죄송합니다만, 혹시 오빠분께서 그런 일을 벌일 만한 사정이 있었을까요? 채정국씨가 그 일로 쓰러졌다고 하는데, 채정국 씨에 대한 원한 같은 거라든지.”

“아니요! 채정국 씨에 대한 원한이라면, 김명세 그 인간에게 있었겠지요. 저희 오빠는 애시당초 그런 원한을 오래 간직할 성품도, 그런 일을 저지를 성품도 못 되는 사람입니다.”

“혹시 오빠분께서 채정국 씨와 그림 거래를 하시진 않았을까요. 오빠분은 이진섭 모사화를 많이 그리셨고, 채정국 씨네는 국내 최대의 이진섭 소장처인데, 혹시 그런 일로 채정국 씨와 갈등이...”

“무슨 그런, 말도 안 되는 소리를!”

　발끈 고함치며 장영숙이 길정우의 말을 끊어버렸다. 이어지는 그녀의 어투는 단호했다.

　"우리 오빠가 학생 때부터 이진섭 화가의 모사화에 열중했던 건 사실이에요. 처음에는 단순히 모사화를 그리다가, 나중에는 진짜 이진섭 화가라도 된 양 이진섭 화가의 안작(贋作)을 많이 그렸어요. 그러나 직업이 키치화가로 굳어진 후에는, 자신은 감히 이진섭 화가님 근처에도 갈 수 없다며 아예 손을 떼버렸어요. 그만큼 이진섭 화가를 숭배했어요. 그런 오빠가 이진섭 그림으로 그런 더러운 거래를 했다고요. 오빠는 당당하게 키치화, 소위 이발소 그림을 그려서 밥벌이를 했던 사람이에요."

　장길수에 대한 장영숙의 변호는 완강했다.

　그러나 장영숙의 이런 태도는 막무가내인 면이 있었다. 위작을 진본으로 속이는 거래 같은 것 절대 안 한다는 장길수가, 실제로는 온 나라가 떠들썩했던 이진섭 위작 사건의 피의자였으니 말이다.

　"저희가 사건의 동기로 오빠분과 채정국 씨 간의 원한을 떠올린 이유가 있습니다. 위작들이 누가 봐도 진본으로 속을 만한 수준이 아니라, 사건이 될 수밖에 없는 조악한 수준이었기 때문입니다. 결국 그 사건으로 인해 채정국 씨네는 갤러리도, 채정국 씨 본인도 크게 타격을 입었습니다."

　길정우의 말이 끝나기 무섭게 장영숙이 대답했다.

　"그 문제라면 이야기가 간단해요. 오빠에게는 학생 때부터 그렸던 이진섭 안작이 수백 장도 넘게 있었어요. 사건 때, 그것들을 갖다 쓴 거예요."

　"아. 그랬던 거군요. 이제 이해가 됩니다."

길정우가 좀더 깊은 질문을 던졌다.

"그렇게 존경하는 이진섭 화가인데 왜 오빠분께서는 그런 안작들을 가지고, 이진섭 화가의 아들까지 연루되는 사건을 벌이셨을까요?"

떠내려갈 듯 한숨을 내쉬더니 장영숙이 답했다.

"김명세 그자에게 이용 당한 거예요. 저희들은 그 사건은 처음부터 김명세가 기획을 한 거고, 오빠는 그저 끌려들어 갔을 뿐이라고 믿고 있어요. 김명세는 채정국 씨네를 향한 원한이 컸던 사람이에요. 그래서, 변호사님 말씀대로 채 씨네 명성에 금이 가는 일을 꾸몄던 거고, 거기에 우리 오빠를 이용한 겁니다. 우리 오빠가 왜 그자에게 걸려들었을까 생각해 봤어요."

장영숙이 잠시 말을 멈추고 퀭한 눈빛으로 길정우의 어깨 너머 어딘가를 응시했다. 그런 채로 다시 말을 이었다.

"우리 오빠는... 정말로 이진섭 화가에게 일편단심이셨어요. 일본에 있는 이전섭 화가의 가족들에 대한 연민도 남달랐구요. 김명세 그자는 오빠의 그런 마음을 이용한 겁니다. 오빠는... 나이 들면서 점점 더 외골수가 되어 갔고, 판단력도 예전 같지가 않았어요. 그런 오빠를 김명세 그 인간이 가스라이팅하며 이용한 거예요. 오빠의 안작들로 이진섭의 아드님에게 경제적인 도움을 줄 수 있다고 말했겠지요. 그 꼬드김에 오빠는 앞뒤 생각 없이 그냥 넘어가 버린 거예요."

"그러시다면 오빠분께서 스스로 최후를 결정하신 일은 어떻게 생각하십니까. 사회적으로 물의를 일으키긴 했지만 미수에 그친 사건입니다. 위작 판매로 타인에게 해를 가한 것도 아니고, 동기도 오로지 유족을 위한 마음에서였습니다. 구속영장이 기각됐을 만큼 형량으로도 그리 큰 사건이 아니었는데, 그렇게 과격한 결정을 하셨다는 것이 이해가 되지 않습니다. 여기에도 어떤 가스라이팅이 있었을까요?”

“아니요. 그때 오빠와 나눴던 이야기를 돌이켜 보면, 오빠가 세상을 뜨신 일까지는 가스라이팅이 아닌 듯해요. 오빠는 시간이 갈수록 자신이 저지른 일을 감당 못해서 힘들어 하셨어요. 자신 때문에 곤경에 빠진 이진섭 화가의 아들에 대한 미안함, 이진섭 화가의 명예를 더럽힌 데 대한 죄책감으로 어쩔 줄 몰라 하셨어요. 오빠는 자신의 죽음으로 사건이 종결되면, 이진섭 아드님이 곤경에서 벗어날 수 있다는 판단을 하신 거예요. 이진섭 화가와 그 아드님에게 사죄하는 마음으로 오빠 스스로 죽음을 선택하신 겁니다.”

장길수의 자살이 전적으로 자의였다는 장영숙의 믿음은 확고하고 진지했다. 어쩌면 오빠 장길수를, 그가 평생 흠모하던 화가 이진섭 앞에 부끄럽지 않은 사람으로 보내주려는 여동생의 충정인지도 몰랐다.

장영숙은 아주 지쳐 있었다. 가장 중요한 질문이 남아 있지만 질문을 이어가기가 편치 않았다. 길정우가 머뭇거리는 기색을 느꼈는지 장영숙이 자세를 고치며 말했다.

“제 컨디션 신경 쓰지 마시고, 이참에 묻고 싶으신 것 있으면 다 물어보세요. 남편이나 애들 눈치 보여서 제대로 울지도 못했는데, 변호사님 덕분에 오빠 이야기를 다 쏟아내고 나니 좀 살 것 같네요.”

　장영숙도 박인주와 비슷한 말을 하고 있었다. 두 사람 모두 타의로 억압되고 자의로 망각한 기억들을, 길정우 덕에 되살려내며 치유되어 가는 사람들이었다.

　"혹시 그 후로 김명세 씨를 또 만난 일이 있으십니까?"

　"아니요. 그 인간은 그때로 끝이었어요."

　"혹시 김명세 씨에 관해서 더 알고 계신 것이 있으면 좀 말씀해 주십시오."

　장영숙이 크게 한숨을 내쉬더니 시니컬한 표정으로 말했다.

　"그 인간, 키도 크고 얼굴도 영화배우처럼 생긴 아주 멀쩡한 사람이에요. 저를 찾아왔을 때는 성공한 사업가라도 된 건지, 젊을 때보다 더 근사해 보였어요. 하지만 그 사람, 예나 지금이나 정말 몹쓸 인간이에요. 은전이 모녀에게 직접적인 해코지를 한 건 채정국이지만, 시작은 김명세 그 인간이 했으니까요. 그 인간 때문에 은전이 집안의 비극이 시작된 겁니다."

　이 무슨 이야기인가. 채은전네의 비극이 김명세로부터 시작되었다니.

　박인주의 기록이나 채지선의 음모론으로 보자면, 원한을 가진 쪽은 김명세여야 했다.

　"김명세 그 인간, 평생 그 어진 어머니를 괴롭힌 사람이에요. 빨갱이 자식 소리 듣기 싫다고 열 살 때 집을 나갈 만큼 독하고, 마음속에 앙심밖에 없던 사람이었어요."

　이 말은 박인주 기록에서 읽었던 내용과 비슷했다.

　"그 사람이 군에서 제대하고 취직을 하자 은전이 아버지가 서울에 집을 사 줬어요. 의붓아들이 그 동안 거부했던 돈을 꼬박꼬

박 저축해서 산 집이었다고 들었어요. 그런데 그 인간이 그 집도 더럽다고 생각했던 건지, 결혼한 지 얼마 안 된 부인에게 이혼 위자료로 몽땅 줘 버렸어요. 그러고는 그것도 모자라 은전이 아버지가 은전이 명의로 사준 강남의 아파트도 몰래 팔아서 미국으로 튀어 버린 겁니다. 그러니까 김명세가 단숨에 채용만 씨의 집 두 채를 날려 버린 거지요.”

지금 이야기는 박인주 기록의 마지막 부분에서, 채은전이 갑자기 신림동으로 이사했다고 한 그 부분인 듯했다.

“그 일은 은전이 어머니가 채정국에게 수모를 당할 좋은 먹잇감이 되었어요. 채정국이 국회의원 보좌관을 하며 정치한다고 한창 거들먹거릴 때였는데, 의붓어머니에 대한 그간의 적개심을 쏟아낼 구실을 김명세가 착실히 마련해준 거지요. 마침 은전이 아버지가 시한부 암 선고를 받고 투병중일 때였어요. 약혼녀를 버리고 다른 여자와 사는 아들이, 한술 더 떠 은전이 어머니에게 막 대하는 험한 꼴까지 봐서 그랬는지, 은전이 아버지는 예정된 기한보다 일찍 돌아가시고 말았어요. 그 모든 게 은전이가 사시 2차 막바지일 때, 불과 몇 달 동안 한꺼번에 일어난 일이었어요.”

“박인주 씨 기록에 보면, 채용만 씨가 이진섭 컬렉션을 따님인 채은전 씨에게 물려주겠다고 약속하는 장면이 있습니다. 혹시 그런 일로 채정국 씨와 채은전 씨 사이에 갈등이 있었을까요?”

“그림이 아니더라도, 은전이 아버지가 개화하신 분이라, 유언 장에 그 컬렉션을 포함해서 땅이며 사업체며, 아들 딸 차별이 없게 했다고 들었어요.”

길정우가 모르던 이야기까지 덧붙인 장영숙이 대답했다.

"아. 은전이가 사시 막바지여서 그런 싸움은 없었을 거예요. 은전이는 아버지 장례식 끝나고 서둘러 신림동으로 돌아갔으니까요. 그렇지만 은전이 아버지의 유언장이 가뜩이나 은전이 어머니를 몰아세우던 채정국을 더 광분시켰던 건 분명해요. 자기 아버지 돌아가시자마자, 채정국이 집 수리한다는 명목으로 은전이 어머니를 헛간에 방을 들여 내보냈거든요. 다 돈 때문이었던 거지요."

채은전의 마지막에 대한 이야기는 끝내 나오지 않았다. 길정우 스스로 그 이야기를 꺼내는 수밖에 없었다.

"채은전 씨는 어떻게 가셨습니까. 박인주 씨에게 전화를 해서는 급한 일 때문에 내려간다고 하셨다는데, 혹시 아시는 것 있으신지요?"

"급한 일 때문이라고요? 전 그 이야기는 금시초문이네요. 무슨 급한 일이 있다고 그렇게 서둘러 밤 기차를 탔던 걸까요. 불쌍한 어머니에게 시험 잘 봤다는 소식 전하는 일이 그리 급했을까요. 사시 막판이라 은전이가 말도 못하게 힘들었을 거예요. 보통 사람 같으면 그냥 포기하거나 미루거나 했겠지요. 그런데 은전이는 일단 2차 시험 끝나고 보자, 이를 악물고 버틴 거예요. 아. 사시 2차 합격자 명단에 은전이 이름이 있는 걸 보고, 얼마나 기가 막혔게요. 너무나 아깝고 절통해서 가슴을 치고 땅을 치며 몇 날 며칠을 울었습니다."

장영숙이 눈을 질끈 감은 채로 가슴을 움켜쥐었다. 길정우는 더이상 채은전의 최후를 캐묻는 일을 할 수 없었다.

장영숙을 배웅한 후 길정우는 생각했다. 미국 쪽의 정보를 기다리는 것보다 국내에서 김명세의 정보를 얻는 게 빠를지 모른다. 채지선 말대로 옥션의 오프닝이 빠르게 진행되고 있다면, 그가 아직 서울에 있을 가능성도 있다.

길정우는 문득 신경희가 패션쇼에서 했던 말이 생각났다.

"오늘 제 쇼의 일체의 경비는 곧 보시게 될 플래티넘 한복의 오너분께서 협찬을 해주셨습니다. 덕분에 저는 통상 제 패션쇼에 들던 경비를 모두 기부금으로 돌릴 수 있게 되었습니다."

플래티넘의 오너인 최 대표라는 사람이 김명세의 하수인이 맞다면, 우선 최대표를 알아보는 게 순서다. 성공회에 패션쇼의 기부금이 전달되었으니, 혹시 윤 주교님이 그 최대표를 알고 계실지도 모른다. 아니라면 주교님이 신경희 대표를 통해 알아볼 수도 있을 것이다.

젊은 신부의 정체에 집착하는 사내 4월 23일 금요일 밤

사월의 깊은 밤, 왕릉 건너편에 있는 김명세의 집은 깊은 어둠에 잠겨 있었다. 창가의 암막이 내려지고 불도 켜지지 않은 거실에는 인기척이 없었다. 그러나 명멸하는 빈 스크린과 실내에 감도는 진한 커피향으로 미루어, 김명세는 분명 집에 있었다.

침실 쪽에서 희미하게 무슨 소리가 들려왔다. 찰싹찰싹 욕조 밖으로 물이 넘치는 소리였다. 김명세가 바스룸에 있는 듯했다.

파하. 별안간 포효가 터져나왔다. 멀리서도 혼비백산할 괴성이었다. 이어서 숨가쁜 헐떡임이 길게 뒤따랐다. 잠시 후 온 대기를 빨아들일 듯 깊은 들숨이 들려오더니, 실내는 다시 잠잠해졌다.

어두컴컴한 바스룸의 욕조에 김명세가 깊이 잠겨 있었다. 첨벙이는 물소리 하나 들리지 않는 깊고 긴 입수였다. 질식할 듯 위험신호가 스칠 때쯤이었다. 거대한 고래가 깊은 바다에서 부상하듯, 김명세의 나신이 물밖으로 솟구쳤다. 해일같은 기세로 물이 쏟아졌다.

익사 직전까지 숨을 참다 올라오는 김명세의 단말마적 행위가 몇 번이고 반복되고 있었다. 입수의 횟수로 보아 그는 이 행위에 아주 익숙한 듯했다.

이 무슨 무모한 짓일까. 특유의 건강 유지법일까, 아니면 무슨 침례 의식이라도 치르는 것일까.

드디어 김명세의 입수 행위가 멈췄다. 뚝뚝 떨어지는 물을 닦지도 않고 두꺼운 가운을 걸친 김명세가, 맨발인 채로 저벅저벅 거실로 걸어나갔다.

김명세가 리모콘을 들어 스크린에 명멸하는 dvd를 끄고 창가의 암막도 걷어 올렸다. 어둠에 덮힌 길 건너편의 왕릉 너머로 고층 빌딩의 작은 불빛들이 깜빡이고 있었다.

소파에 앉으려던 그가 주방의 식탁 쪽으로 향했다. 식탁 위의 로션을 손바닥에 쏟아 얼굴에 벅벅 문질러댄 그가, 소파로 돌아와 털썩 주저앉았다.

성공회 길정우의 방에서 길정우와 그 모친의 사진을 본 날부터, 겨우 다스려 오던 김명세의 히스테리 발작 증세가 본격적으로 재발했다. 오래전부터 히스테리 발작에 시달리던 그가, 히스테리를 다스리기 위해 찾아낸 방법이 있었다. 욕조 속에서 질식할 만큼 자신을 담그는 일이었다. 성공회를 방문한 이후 그의 담금질은 시도때도 없이 잦아졌다.

방금 전의 입수는 최 대표로부터 걸려온 전화 때문이었다. 채지선이 신경희를 찾아가고, 채준석을 추궁하고, 변호사 사무실까지 찾아간 사실을 보고하는 전화였다. 채지선이 여러모로 오빠 채준석보다 우위라는 소문도 같이 전했다.

"이사장님. 채지선이 찾아간 변호사가 누군줄 아십니까. 바로 길정우 신부입니다."

김명세가 놀랄 틈도 없이 최 대표가 덧붙였다.

"길정우 변호사는 판검사 경력이 없는 신참인데도, 그 로펌에서 특A급으로 소문이 자자한 친구라고 합니다."

소파에 주저앉아 있던 김명세가 다시 로션을 가져와 얼굴에 박박 문질러 댔다.

투자 건을 비롯한 채준석과의 모든 거래는 최고의 법률팀을 통해 만전에 만전을 기했다. 길정우와 채지선, 저 두 애송이들이 힘을 합해 공세해도 법률적으로 문제될 일은 전혀 없다. 그러나 혹시 법적인 문제와 별개로 스캔들로 비화할 수 있다. 그것만큼은 절대 원치 않는 일이다. 목표는 그저 모든 것을 원상으로 되돌리는 일뿐이다.

마구 얼굴을 문질러대는 그에게 어떤 소리가 들려왔다.

"문제를 감당할 수 없을 때는 공간으로 해결한다. 시간은 속도가 느리다."

"공간적인 거리는 시간을 무화시키고, 모든 기억을 어둠 속에 가둔다."

그 감쪽같은 공간의 해법을 찾아 그는 서둘러 뉴욕행 비행기를 타자고 마음먹었다. 실은 길정우로 인해 히스테리 발작이 재발할 때부터 뉴욕행을 생각했지만, 이상하게 차일피일 미뤄지고 있었다.

캐리어에 노트북과 몇 가지 서류를 챙긴 김명세가 최 대표에게 전화를 걸었다.

"아무거나 가장 빠른 걸로 뉴욕행 비행기 알아 봐."

올림픽 도로와 공항고속도로를 달리는 내내 김명세는 한마디도 하지 않았다. 차가 톨게이트에 가까워질 즈음, 김명세가 입을 열었다.

"뉴욕행 취소다. 집으로 돌아가자."

실은, 그가 차에 오른 순간부터 어떤 말 하나가 줄곧 그의 뇌리에 맴돌고 있었다.

"이건 도피다."

돌이켜 보면 도피는 자신의 전공이었다. 옛날 국민학교 시절의 가출도, 이혼 후의 미국행도 모두 도피였다. 그런데 지금 또 도피하려 하고 있다. 그때는 세상에 대한 증오와 공포로부터의 도피였다. 그런데 지금 현재는 무엇으로부터 도피하려고 하는가.

그것은 바로 길정우라는 아이의 정체였다.

하필이면 패션쇼의 기부처가 성공회였고. 그 성공회의 신부로 나온 아이가 길정우였다. 보는 순간 고개가 절로 돌아갔고, 성공회에서 길민희와 찍힌 사진을 보는 순간, 그를 두려움에 빠지게 한 아이. 그 아이는 대체 누구인가. 혼란의 원인인 그 아이와 정면으로 마주쳐 보자. 그의 모친인 길민희를 한번 만나 보자.

　　김명세는 비로소, 성공회로 길정우를 찾아간 이래 빈발하던 히스테리에서 해방되는 기분이었다.

　　차창에 비친 그의 지친 얼굴이 어두운 밤거리를 빠르게 스쳐 지나가고 있었다.

패션쇼의 바로 그 사내 4월 25일 일요일

　　윤 주교와의 독대는 김선주를 소개했던 날 이후 처음이었다. 가끔 통화를 하지만 정작 교회에서는 제대로 마주할 기회가 없었다. 주일마다 성공회와 성당 두 곳을 가야 하는 길정우의 바쁜 일정 탓이었다.

　　사월이 무르익은 일요일 오후, 길정우는 신도들과 상춘객들로 붐비는 교회 뜰을 지나 주교관으로 향했다. 주교는 길정우에게 사람들로 웅성거리는 사무동 말고, 주교관으로 오라고 당부했다.

　　한옥의 수녀원과 나란히 붙어 있는 주교관은 '경운궁 양이재'라는 이름을 가진 등록문화재였다. 마루 구석에 '경운궁 양이재'가 주교관임을 알리며, 내부 출입을 금한다는 작은 안내판이 있었다.

　　구두와 고무신 한 켤레씩이 나란히 놓인 화강암 댓돌 위에서 구두를 벗고, 길정우가 마루로 올라섰다.

　　"어머님, 댁까지 잘 모셔다 드렸지요?"

　　"예. 여느 때 같으면 밖에서 점심식사를 드시는데 오늘은 그러지 못했습니다."

　　"신부님 어머님은 정말 하느님의 축복을 받으신 분입니다. 아드님이 성직자가 되신 것을 떠나, 세상에 이만한 효자도 없을 테니 말입니다."

　주교는 달인 녹차를 길정우에게 따라주더니, 방문 쪽으로 가 문을 활짝 열었다.

　“도청 방지책입니다. 창호지 문이라 무심히 마루에 앉은 사람들이 본의 아니게 우리 이야기를 엿듣게 되지요. 눈인사를 하면 물러들 갑니다.”

　자리에 앉은 주교가 넌지시 길정우를 건너다보았다. 직접 면담을 요청할 정도로 중요한 일이 무엇이냐고 눈으로 묻고 있었다.

　“주교님. 지난 번 패션쇼 때 우리 성공회에 기부금이 전달되었잖습니까. 그때 기부금의 명의자는 신경희 씨지만, 실질적인 기부자는 최 대표라는 분이라고 들었습니다. 그 최 대표에 대해서 좀 알고 싶은 것이 있습니다.”

　“아 그 기부금, 내가 신경희 씨 사무실에 가서 직접 전달받았지요. 그때 최 대표라는 분 말고 다른 분이 나왔습니다. 신경희 씨가 미국에 진출할 때부터 많은 도움을 받고 있는 분이라고 했는데...”

　‘신경희가 미국에서 도움을 받는 사람!’

　“혹시 그분 성함이 김명세 씨던가요?”

　의아해하는 표정이던 주교가 이내 고개를 끄덕였다.

　“맞아요. 생각납니다. 정확히 김명세 씨였습니다. 그런데 무슨 일이십니까.”

　길정우가 주교에게 그간의 경과를 보고했다. 김선주 말의 신빙성이 낮다는 보고를 한 이후, 길정우는 이진섭 유작 건의 진척 상황에 대해서는 일절 함구하고 있었다.

　김명세가 김선주의 이야기에 등장하는 사업가일 가능성이 있다는 말에, 주교는 몹시 놀라워했다.

"주교님. 김명세라는 분 어떤 분이셨습니까."

"글쎄요. 뉴욕 한복판에서 활동하는 사람치고는 뭔가 서툴고 거친 사람이라는 느낌이 좀 있었습니다. 아. 그러고 보니 그분이 길 신부님에 대해 아주 관심이 많았습니다. 오불관언 일체 함구하고 있더니, 길 신부님 이야기가 나오자 갑자기 태도가 달라지더군요. 나한테 아주 질문공세였습니다."

'내게 관심이 많았다고?'

길정우는 불현듯 패션쇼에서 눈이 마주쳤던 앞 자리의 중년 사내가 떠올랐다. 눈이 마주치자 황급히 고개를 돌렸던 사내. 그러고 보니 장영숙의 말과 일치하는 듯하다. 큰 체격에 영화배우 같은 얼굴.

최 대표가 김명세의 수하인 것이 분명하다. 최 대표가 아니라 김명세를 만나보자. 그와 직접 부딪쳐 보자. 내게 관심이 많다니 잘 된 일이다.

"주교님. 김명세라는 분 아직 서울에 계실까요. 만나게 주선해 주십시오."

주교가 멈칫하더니 이내 호쾌하게 장담했다.

"그럽시다. 사람이 사람 만나겠다는데 안 될 일이 있나요. 더구나 그런 혐의가 있는 사람인데. 내가 바로 알아보겠습니다."

사내의 결심 4월 26일 월요일 오전

"이사장님. 상호등록 상표등록까지 일체의 절차 모두 완료되었습니다."

오랜만에 회사로 출근한 김명세에게 최 대표가 서류들을 내밀었다.

"플러스에 보낼 보도 자료입니다. 확인해 보시지요."

"그건 오픈 직전에 하기로 하자."

"그리고, 방금 신경희 대표로부터 전화가 왔습니다. 패션쇼의 그 젊은 신부, 길정우 변호사가 이사장님을 뵙고 싶어한다고요. 성공회의 주교께서 대신 연락을 하셨다고 합니다."

최 대표가 김명세의 안색을 살피며 말했다.

"채준석에게 확인해보니 자신은 채지선에게 아무 말도 하지 않았다고 합니다"

김명세는 생각에 잠겨 있을 뿐 가타부타 말이 없었다.

"이사장님. 컬렉션 이동 건입니다. 수장고가 완벽하게 준비되었으니 계약된 업체와 협의되는 대로 바로 운송하도록 하겠습니다."

"그 일은 최 대표가 알아서 하도록 하고, 그 변호사 만나는 일은… 지금 바로 연락을 해서 오늘 퇴근 후에 집으로 오라고 전해. 조만간 다 공개될 일이고 법적으로 하자 있는 것도 아니니, 그 변호사를 피할 일도 없다."

"이사장님 댁으로요?"

최 대표는 자기 귀를 의심했다. 김명세의 집은, 건축 과정을 감독하고 입주 업무까지 관장한 자신도 입주 이후에는 한번도 들어가 본 적이 없는, 철저히 김명세 혼자만의 아지트였다. 김명세와의 커뮤니케이션은 전화나 스크린 통화가 주였고. 집에 가도 주차장에서 대기하는 선에 머물렀다.

사무실을 나가던 김명세가 멈춰서더니 뭔가에 골똘했다. 문을 잡고 서있는 최 대표를 등 뒤에 두고 그가 말했다.

"그 신부의 어머니에게도 연락을 해라. 나라는 사람을 밝히고 내가 방문해도 되겠냐고 물어보고 약속 시간을 잡아 봐. 이것도 빠를수록 좋다."

오후가 되자 최 대표로부터 연락이 왔다.

"길민희 씨와 통화가 됐습니다. 내일 오전 중에 방문하시면 된다고 하십니다. 그리고 길정우 변호사와는 오늘 밤 8시로 약속이 잡혔습니다."

"내일 길민희 씨 집에는 11시에 도착하도록 하자."

"저녁 일, 우리 정 변호사에게 연락해 둘까요?"

"아니. 그럴 필요 없어."

드디어 마주한 두 남자 4월 26일 월요일 밤

법정에서 나온 길정우의 메시지에 김명세라는 이름이 적혀 있었다. 심호흡을 한 길정우가 저장된 번호를 눌렀다. 전화에 등장한 것은 의외에도 최 대표였다.

"이사장님께서 오늘 퇴근 후 댁으로 방문하시라고 하시는데, 시간이 괜찮으시겠습니까."

"좋습니다. 8시에 찾아뵙겠습니다."

의외로 빨리 성사되는 김명세와의 만남에 길정우는 단 일초의 망설임도 없이 대답했다.

이은영은 대뜸 길정우의 신변 걱정부터 하고 나섰다.

"장영숙 씨로부터 들은 이야기로나, 채씨네에게 하고 있는 일로 보나, 그 사람 절대 예사 사람이 아니야. 왜 집으로 오라는 것을 그대로 수락한 거야?"

"이은영. 이 검이 상상하는 그런 일은 영화에서나 있는 일이다. 대형 로펌의 변호사인 나를 백주 대낮에 다 소문나게 부르고 있는 거다. 내가 먼저 요청한 만남이니 그 쪽에서 원하는 대로 따르는 게 맞다."

"집 아니라도 조용한 곳 많은데 왜 굳이 자기 집이냐는 말이지. 집으로 부르는 무슨 다른 의도가 있는 것 아닐까? 채준석 일 관련해서 회유하려 든다든가. 혹시 자기쪽 변호사를 대동하고 있을지도 모르고."

"이은영. 그 사람과 나는 서로 노리는 게 다르다. 그 사람은 내가 자기를 만나려는 이유가 채준석 일 때문이라고 생각하겠지만, 내 목적은 그게 아니잖아. 그 사람은 지금 우리 일을 전혀 모른 채 방심 상태일 테니, 그 사람 집으로 가는 건 이보다 더 좋을 수는 없다인 거다. 혹시 또 알아. 이진섭 관련해서 무슨 단서라도 잡게 될지."

"아무튼 길정우, 방심은 절대 금물이야."

"걱정 마. 김명세라는 사람, 이런 방면으로 백전노장일 테니 나 같은 조무래기가 한 수 배울 수 있는 장이라고 생각하면 돼."

"나도 갈 수 있으면 좋은데 어림도 없는 이야기일 테고, 길 변이 받은 집 주소와 전번이나 좀 알려 줘."

길정우가 도착한 5층 건물은 누드콘크리트 공법으로 지어진 신축 건물이었다. 아무런 표지가 없어 용도를 알 수 없는 이 건물의 꼭대기 층이 김명세의 집이었다.

차가 주차장 입구에 서자 미리 기다린 듯 건물에서 사람이 나오더니, 차를 그대로 두고 올라가라고 했다.

프라이빗 작동 시스템인 엘리베이터는 인터폰을 통해 길정우가 확인되자 움직이기 시작했다. 길정우는 어깨를 들썩이며 깊은 호흡을 거듭했다.

엘리베이터가 5층에서 멈추고 문이 열리는 순간, 길정우는 심장이 떨어지는 줄 알았다. 발을 내디뎌야 할 지점에, 커다란 사람 하나가 떡 버티고 서 있었던 것이다. 그 사람이었다. 패션쇼에서 눈길이 마주쳤던 바로 그 사람.

옆으로 비키며 발을 내딛는 순간, 길정우는 자신이 그대로 김명세의 집 안으로 들어선 것을 깨달았다. 활짝 열린 유리 덧문 앞에서 김명세가 슬리퍼를 가리켰다. 신으라는 지시였다. 맨다리에 가운을 걸친 그가 성큼성큼 거실로 건너가더니 턱으로 소파를 가리켰다. 앉으라는 지시였다.

그의 지시대로 소파에 앉으며 길정우는 재빨리 실내를 일별했다. 입구에서 지나온 주방과 소파 뒤쪽의 방 말고는, 드넓은 공간 전체가 거실이었다. 별다른 인테리어도 없이 소파와 초대형 텔레비전밖에 없는 거실은, 휑하다 못해 황량하기까지한 운동장이었다. 의외로 집안에는 아무도 없는 듯했다.

김명세가 직각 방향의 안락의자에 앉더니 팔짱을 낀 채 길정우를 노려보았다. 패션쇼에서 길정우와 마주치자 당황하던 때와는 완전히 딴사람이었다. 새삼 체격이 크고 영화배우 같았다는 장영숙의 말이 떠올랐다.

“처음 뵙겠습니다. 길정우라고 합니다.”
아무런 응수 없이 김명세가 길정우를 뚫어지게 응시했다.

“채준석의 여동생이 길정우 씨를 찾아갔다지요?”
단도직입의 일성이었다. 왜 자기를 만나려 하느냐 따위는 아예 건너 뛰었다.
허를 찔린 길정우가 일순 움찔했다.
“맞습니다. 이미 아시는 대로 집안의 재정 상태에 관한 상담차 찾아왔습니다.”
“그 일을 맡았으니, 내 신원조사를 의뢰했겠군요. 그런 수고 하지 마시오. 최 대표가 나에 관한 정보를 고스란히 넘겨 드릴 테니까. 그리고 알아두시오. 나는 누구와 거래를 할 때는 돌다리도 두드리고 건너듯, 열 번 스무 번 법률적인 확인을 하는 사람이오. 채준석과의 채권 채무 관계나 투자 거래에서도 마찬가지였소. 그러니 헛수고 하시지 말라고 충고합니다. 그 사건을 정식으로 수임하셨는지는 모르지만 해보셨자 그 쪽에서 승소할 일은 절대 없을 것이오.”
메마른 음성을 단조로운 톤으로 뱉어내는 김명세의 어투는 그 체격만큼이나 위압적이었다.
길정우도 틈을 두지 않고 응수했다.
“이사장님의 지금 말씀이 저에 대한 회유와 협박일 수 있다는 생각 안 드십니까?”
길정우의 얼굴을 물끄러미 바라보던 김명세가 일어나서 주방 쪽으로 갔다. 커피를 준비하는 그가 이쪽을 바라보지도 않는 채 말했다.

"채준석은 계약서를 절대 자기 여동생에게 제시하지 않을 것이오. 그 이유는 계약서에 다 나와 있소이다. 채준석이 투자할 때마다, 금전 거래를 할 때마다 나눈 대화 내용은 모조리 녹취되었고 문서화되어 있습니다. 그걸 보시면 채준석의 모든 거래가 얼마나 자기 주도적이었는지 아실 것이오. 그리고 얼마나 탐욕스럽고 급했는지도 여실히 드러날 게요. 모든 일은 전적으로 채준석이 자초한 일입니다. 채준석이 여동생에게 절대 내어놓지 않을 그 문서를 나는 길 변호사님께 드릴 수도 있습니다. 검토해보시면 아실 것이요. 내 말이 무슨 말인지."

"지금 저에게 이사장님의 변호사, 그러니까 스파이 노릇을 하라는 말씀이십니까?"

"아니지요. 패를 다 까 보일 테니 승산이 있는 게임인지 판단해보시라는 겁니다. 그쪽이나 이쪽이나 피차 피곤한 법정 다툼으로 시간 낭비 돈 낭비 할 필요가 없다는 말이지요. 그쪽은 아마 정신적인 데미지도 엄청날 겁니다."

"가지고 계신 서류에 채준석 씨에게 결정적으로 불리하고, 여동생에게는 유리한 내용이 있는 거로군요. 그 자료를 바탕으로 이사장님이 아닌 채준석 씨를 상대로 싸워라. 남아 있는 채준석 씨의 재산으로 보상받아라. 대신 이사장님 같은 제 3자와의 거래는 건드리지 말고 물러나라. 이런 이야기신가요?"

"맞습니다. 그런 이야기입니다. 채준석 여동생으로서도 그쪽이 빠르고, 변호사님으로서도 그 일이 훨씬 쉬울 것입니다."

김명세는 지금 채지선에게 패를 까주며, 남매간의 이전투구를 부추기고 있었다. 그 대가로 자신은 완전히 발을 빼는 것이다. 자신의 욕망 앞에서 타인의 불행 따위는 아무것도 아닌 사람. 머릿속에 오직 이기고 지는 것만 있는 사람.

이런 자에게 이진섭의 명예나 장길수의 목숨쯤은 아무것도 아니었음이 자명했다.

맨다리가 드러나는 가운 차림으로 손님을 맞은 이 덩치 큰 사내에게, 길정우는 강한 적대감과 혐오감이 솟구쳤다.

길정우도 단도직입 돌직구를 던졌다. 어떻게든 그를 셜록홈즈 프로젝트로 유인해야 했다.

"채지선 씨네 수장고에서 그림이 통째로 사라졌다는데, 그 그림들 이사장님 쪽으로 옮겨온 것 맞지요? 채지선 씨는 그 중에는 온전히 자신의 소유인 컬렉션이 들어 있다고 주장합니다. 조부 때부터 내려온 이진섭 컬렉션인데, 가족들 모두 그렇게 알고 있다고 하..."

쾅!! 머그잔이 탁자에서 나동그라졌다. 카펫으로 커피가 흘러 쏟아지고 길정우 옷에도 커피가 흩튀었다.

머그잔 두 개를 탁자에 던져버린 김명세가 매섭게 길정우를 노려보더니, 뒤돌아 성큼성큼 창가로 걸어갔다. 블라인드의 끈을 잡고 홱 거칠게 끌어 당기던 그가, 다시 길정우 쪽으로 되돌아오더니 무섭게 으르렁거렸다.

"길정우 씨. 당신은 그쪽 변호사니까 그쪽 말을 듣겠지만, 그 컬렉션은 엄연히 주인이 따로 있소이다."

누구, 당신의 여동생 채은전 씨 소유라는 말씀입니까?

하마터면 길정우의 입에서 이 말이 터져나갈 뻔했다.

길정우는 자신도 덩달아 광포해지려는 것을 가까스로 억눌렀
다. 여기서 그와 똑같이 폭주하다가는 셜록홈즈 프로젝트 언저리
까지도 가지 못한다. 냉정해지자.

"이제 김명세 이사장님이 엄연한 주인이다, 그 말씀이신가요?"

폭주하는 김명세에게 미끼를 던졌다. 그러나 성마른 성정만큼
각성도 빠른 걸까. 마치 길정우의 의도를 알기라도 하듯 김명세는
입을 꾹 다물었다.

그를 끌어들일 말이 더 필요했다.

"채지선 씨는 5년 전의 이진섭 위작 사건이 자기네 집안에
큰 화를 안겼다고 합니다. 컬렉션 자체에 대한 언론의 무분별한
의혹 제기 속에서, 자신의 부친이 쓰러졌고, 갤러리 경영도 악화되
었다고 합니다. 이번 일을 당하고 보니, 이미 그때부터 일련의
거대한 음모가 시작되었다는 생각이 든다고 합니다. 혹시 그 음모
의 주체, 이사장님 아니십니까."

온전히 패를 깐 공격이었다. 그러나 김명세는 자리에서 벌떡
일어설 뿐 조금도 놀라는 기색이 없었다.

팔짱을 낀 채 길정우 쪽에서 어슬렁거리던 그가 말했다.

"길정우 씨. 그만 돌아가시오. 다툴 필요도 없이 어차피 다
끝난 일이오. 혹시 궁금한 게 있다면 며칠 후 언론을 통해 알게
될 거요."

김명세는 아예 길정우 따위는 상대도 안 된다는 태도였다.

아무것도 얻어낸 것 없이 길정우는 김명세의 집을 나왔다.
침묵의 원천봉쇄 앞에서는 달리 해볼 방도가 없었다.

대체 길정우라는 저 아이는 누구일까…

좀 전의 대화를 몇 번씩 복기해 봐도, 길정우가 길 씨 아닌 채 씨일 가능성은 전혀 없어 보인다. 그런데 도대체 왜 길정우가 길민희의 아들인 걸까.

길정우와 길민희를 한꺼번에 떠올리자, 그의 심장이 또 불규칙하게 뛰기 시작했다.

김명세는 그에게 독약이나 마찬가지인 와인 몇 모금을 마신 후, 안방의 침대로 가 그대로 쓰러졌다.

마취에서 깨어날 때처럼 온갖 어수선한 환청들이 두런거리고, 환각의 장면들이 뒤섞여 떠다니고 있었다.

유리 밀창문을 단 일본식 가옥의 마루에 한 소년이 서 있었다. 자신보다 더 큰 소년이었다. 그를 내려다 보던 그 소년이 뭐라고 크게 소리치더니, 유리가 깨질 만큼 거세게 문을 닫았다. 쾅! 하는 소리 뒤로, 첩 자식! 빨갱이 자식! 하는 외침이 몇 겹의 동심원을 그리며 메아리쳤다.

어린 김명세가 가슴에 울음을 담고 집 뒤편으로 돌아갔다. 침목빛 판자로 얼기설기 지어진 헛간의 한가운데에 우물이 있었다. 우물을 지나 채마밭으로 나갔다. 채마밭은 저 멀리 양철 지붕의 집들과 경계를 이루는 울타리까지 펼쳐져 있었다.

여름 작물들이 무성하게 군락을 이룬 채마밭에서는, 팔월의 한낮에도 가끔 이파리들이 서걱이는 소리가 났다. 작물들의 실한 줄기와 뿌리가 내뿜는 비릿하고 달짝지근한 냄새도 감돌았다.

채마밭 속으로 들어가며 그는 풀들이 내뿜는 색채와 내음에 흠씬 취해갔다.

힘껏 뿌리를 내려 흙의 기운을 빨아들이고, 작렬하는 태양의 에너지에 온몸을 노출시킨 한포기 풀이 되어, 그가 쑥쑥 자라나고 있었다.

그는 어느새 청년이 되어 있었다. 채마밭의 한복판에 서서, 멀리 검회색 기와지붕을 인 일본식 가옥을 바라보았다. 번쩍! 발코니 이층방의 유리창에서 햇빛이 반사되었다. 열린 창문으로 하얀 커튼이 흩날리며 피아노 소리가 흘러나왔다.

사이렌에게 홀린 오디세이처럼 그의 발걸음이 창문 쪽으로 향했다. 팔월 한낮의 뜨거운 햇볕 아래서 그는 살이 타는 것도 모른 채 서 있었다.

피아노에 맞춰 노래소리가 들려왔다. <포기와 베스>의 **'서머타임'**이었다.

Summertime, an' the livin'is easy
Fish are jumpin',an' the cotton is high

Oh, Your daddy's rich, and your ma is good lookin'
So hush little baby, don't you cry

One of these mornin's
You're goin' to rise up singin'
Then you'll spread your wings
An' you'll take to the sky

But till that mornin'
There's nothin' can harm you
With Daddy an' Mammy
Standin' by

don't you cry~ 창문 아래서 귀기울이는 그의 뺨에 가는 눈물 줄기가 흘러내렸다.

서서히 노래 소리가 사라지며 연주곡이 바뀌어가고 있었다. **<라스트라다>**의 **'젤소미나'**였다. 가벼운 허밍 소리를 듣는 그의 가슴에 쩌엉 균열이 일기 시작했다.

파편처럼 부서져 버석거리는 가슴에, 환청인 듯 두 여자의 대화 소리가 날아다닌다. 가끔 어떤 젊은 사내의 소리도 들린다.

"며칠 전 학생들과 단체로 **<라 스트라다>**를 봤어요."

"나도 성당 교우들과 단체로 봤다. 너무 슬프더구나."

"도련님도 그 영화 한번 보세요."

"벌써 봤습니다. 그 영화"

딸각거리는 그릇 소리가 들려오고 두 여자의 웃음소리가 들려왔다.

"어머님은 젤소미나가 불쌍하세요? 저는 왠지 젤소미나보다 짐승 같은 잠파노가 더 불쌍해요. "

"얘야. 그런 무지막지한 사람이 뭐가 불쌍하니."

"모르겠어요. 왜 그가 불쌍한지. 처음으로 사람이 되어 흘리는 눈물이라 그런 걸까요. 자기가 하는 짓이 무엇인지도 모르는, 짐승이나 다름없던 사람이잖아요."

"어머니. 도련님이 곁에 계시니 그렇게 좋으세요."

"좋다마다. 국민학교 때 집 나간 이래 내가 서울로 가지 않으면 볼 수가 없던 아이다. 이렇게 맘껏 볼 수 있으니 더 바랄 게 없을 것 같구나."

"어머니. 신작로를 걸어 오는데 온 시내가 나라즈케 술찌개미에 취해버린 것 같았어요."

"아 그러고 보니 해마다 나라즈케 담글 때면 대문가의 살구를 따곤 했단다. 내일 우리 아드님이 좀 올라가 줄 수 있겠습니까."

대문가의 살구나무 부근이다. 소리도 들린다.

"자. 내려갑니다. 농익었으니 조심하셔야 해요."

"아. 살구가 어쩜 이리 향긋하고 탐스러울까요."

"아드님 조심하세요. 나무가 커서 까마득합니다. 담장 밖으로 나간 것은 그냥 두세요."

담장 밖의 살구에 닿은 장대 망태기가 보인다. 동시에 대문 앞에 멈춘 검은 지프가 보인다. 지프의 문이 열리려는 순간이다.

어둠 속에서 조감하는 자의 뇌리에서 초침이 돌고 있다. 하나. 둘. 셋…

대문으로 들어서는 남자가 보임과 동시에, 나무에서 미끄러져 내린 한 사내가 나무 아래의 여자를 덮치며 땅바닥에서 뒹굴고 있다. 들어오던 남자가 휙 뒤돌아 나간다. 뒤도 돌아보지 않고 지프가 떠나버린다.

어둠 속에서 조감하는 자의 입꼬리가 미세하게 떨린다.

한 중년 사내의 소리도 들려온다. 원망과 회한이 실려 있다.

"명세 형님도 은전이 일 다 알고 계셨지요. 그간 어찌 그리 무심했던 겁니까."

"명세 형님이 은전이 집까지 팔아 미국 간 일로 채정국이 어머님을 말도 못하게 괴롭혔어요. 컬렉션이야 땅이야 은전이에게 균등하게 상속한다는 아버님의 유언장이 공개되자, 길길이 날뛰던 정국이 형님이, 아버님 돌아가시자마자 바로 집 수리한다는 핑계로, 어머님을 헛간에 방을 들여 내쫓아버렸다고요."

"어머님이 성당의 새벽 미사에 간 사이, 서울에서 밤기차를 타고 내려온 은전이가 헛간 방에서 잠이 들었어요. 휴우. 채정국 그 인간, 죽으면 반드시 지옥으로 떨어질 겁니다. 채정국 그 인간이 그 추운 겨울에 어머니 몰아내려고 부랴부랴 날림으로 들인 방이 오죽했겠습니까. 연탄가스가 새버린 거예요. 은전이가 중독되고 말았어요."

"그 현장을 마침 군산에 내려와 있던 채정국이 먼저 발견했습니다. 어머니는 아직 귀가 전이었고요. 그때 개정병원에 산소호흡기가 있었습니다. 그런데 그 인간이 멀쩡한 군산 병원을 뇌두고, 도대체 왜 은전이를 멀고먼 전주 예수병원으로 싣고 갔는지. 초를 다투는 은전이를요. 그 인간이 왜 그랬는지 뻔합니다. 군산 시내에 헛간 소문이 날까봐 그랬던 겁니다. 국회의원 나간다고 뻔질나게 군산에 내려오던 때였거든요."

"은전이는 병원에서 며칠을 사투했습니다. 아이구. 어떻게 잊어요. 아무것도 할 수 없어 가슴만 때려치던 그 기막힘. 성당 사람들 울부짖고 기도하고, 어머님 혼절에 혼절을 거듭하시고.

그러다가 어머님도 며칠 후 그냥 은전이 따라 가버리셨습니다.”

　“형님. 정국이 형님네는 이진섭 화가님 그림이 어마어마해요. 그런데 정작 이진섭 화가님 아들들은 자기 아버지 그림이 한 개도 없어요. 명세 형님. 실은 제게도 이진섭 화가님 그림이 많이 있습니다.”

　“그 그림들을 아들들에게 전해주면 되지.”

　“장길수. 네가 이진섭의 아들을 돕는다는 일이 거꾸로 그를 괴롭히는 일이 돼 버렸다. 이진섭 아들이 무사할 유일한 방법은 사건 자체가 종결되는 일이다. 장길수 네가 피의자인데, 피의자만 없어지면 일이 간단해.”

신부 된 사연이 마침내 4월 27일 화요일, 오전

　자하문 터널을 지난 김명세의 차가 세검정으로 향하는 내리막 길을 달리고 있었다. 대로의 중간쯤에서 우회전을 한 차가 이번에는 가파르고 구부러진 등성이 길을 오르기 시작했다. 울퉁불퉁 흔들리던 길이 언덕마루에서 끝나고, 마루의 양측으로 작은 타운하우스 단지가 나타났다.

　왼쪽 단지의 좁은 주차장에서 차가 멈추고 김명세가 차에서 내렸다. 그러나 김명세는 차마 들어가지 못하고 울타리가 쳐진 풀숲 쪽에서 서성거렸다.

　풀숲에서 돋아난 줄기과의 새순들이 연두빛 격자망 울타리 위로 뻗어오르고, 울타리 앞의 좁은 화단에서는 울긋불긋 일년초 화초들이 꽃망울을 터트리는 중이었다.

사실 김명세는 길민희를 만날 하등의 명분이 없는 사람이었다. 성공회에서 길정우 사진 속의 인물이 길민희라고 단박에 알아본 게 이상할 정도로, 그와 길민희의 인연은 짧고도 얕았다. 그녀는 삼사십여 년 전, 군산 어머니의 집에서 단 며칠, 그것도 엄연한 채정국의 약혼녀로서 조우했을 뿐인 여자였다.

아니다. 그것은 비겁한 변명이다. 실은 김민희에게 선뜻 나서지 못할 평생의 가책이 있었다. 살구나무에서 김명세를 보는 순간, 악마의 속삭임대로 감히 길민희를 복수의 제물로 삼았던 일이다. 그 일 이후로 파혼녀가 된 길민희가 자신의 음험했던 속내를 결코 모르지 않았을 것이다. 이것이 김명세가 성공회 방문 이래 그토록 히스테리 발작을 겪으면서도 길민희를 찾지 못한 이유였다.

벨을 누르자 도우미인 듯한 여자가 문을 열고, 뒤이어 휠체어를 밀며 한 여자가 나타났다. 길민희였다. 아니 몸이 불편하다고 했으니 길민희일 것이다.

"어서오세요."

꿈에서처럼 아무렇지도 않게, 마치 늘 만나던 사람처럼 길민희가 그를 맞았다. 편한 원피스 차림으로 휠체어에 앉아 있는 길민희는 꿈에서 늘 그랬듯, 여전히 편하고 순하고 조용했다.

미리 약속이 있었던지 도우미가 행장을 차려 나가자, 집에는 그와 길민희 단둘뿐이었다.

방이 세 개 정도 되어 보이는 크지도 작지도 않은 집이었다. 텔레비전이 있을 자리에 피아노가 있고, 벽에 십자가와 마리아상이 걸려 있을 뿐, 거실은 단출하고 정갈했다.

커튼이 활짝 열린 창 밖의 베란다에 구근성 봄꽃들이 한창

피어나고 있었다.

김명세가 소파에 앉자, 길민희가 피아노 위에 놓인 사진 액자를 가리키며 말했다.

“저 사진 속의 아이가 제 아들입니다. 길정우라고, 지금 변호사인데 성공회의 자급사제로도 일하고 있습니다.”

김명세가 사진을 올려다 보았다.

성공회에서 본 런닝셔츠 차림의 사진과 다르게, 정장 코트의 어머니와 졸업 가운의 아들이 활짝 웃고 있는 대학 졸업식 사진이었다.

침묵의 시간을 길민희는 그대로 두었다. 김명세에게 방문 목적을 묻지도 않았다. 삼십 년도 더 전의 사람을 갑자기 찾아 온 데는 그럴 말한 이유가 있을 것이다.

드디어 김명세가 입을 열었다.

“실은 길 선생님의 아드님을 이미 알고 있습니다. 우연히 길 선생님과 같이 찍은 사진도 봤습니다. 그때 좀 이상했습니다. 제가 미국으로 떠날 때, 길 선생님은 분명 군산에서 채정국의 약혼녀로서 제 어머니와 함께 계셨습니다. 길 군의 출생 연월일로 보아 당연히 채정국 씨의 자식일 텐데 왜 길씨인지가 궁금했습니다. 그래서 알아보니 미혼모의 길을 선택하는 경우, 자식에게 어머니의 성을 줄 수 있다는 법적 규정이 있었습니다. 혹시 길 선생님 스스로 그 길을 선택하신 겁니까. 아니면 길정우 군, 입양아입니까.”

무례했다. 너무나 무례한 질문이었다. 어머니를 사이에 둔 인연 하나로, 남이나 마찬가지인 사람의 프라이버시를 캐묻는 이런 짓이라니. 그러나 이것이 바로 그간 히스테리 발작을 일으킬 정도로 김명세를 짓눌러왔던 공포였다. 무작정 마음이 끌리는 아이가 원수 채 씨의 핏줄이라는 공포.

길민희는 묵묵했다.

긴 시간이 지났다.

"저 아이의 친부, 김명세 이사장님이십니다."

김명세가 멍하니 길민희를 쳐다봤다. 길민희의 말을 이해하지 못한 것이다.

"말 그대로입니다. 길정우는 김명세 이사장님의 아들입니다. 채 씨네와는 아무런 관련이 없습니다."

길민희가 두 번씩이나 말해도, 김명세는 여전히 무슨 말인지 알아듣지 못했다.

"저 아이가 길정우가 된 것은, 알고 계신 대로, 아버지를 알 수 없는 자식은 어머니의 성과 본을 따른다는 법규정 때문이었습니다. 저는 법적으로 미혼모의 신분입니다."

터무니없고 황당한 길민희의 말 뒤로, 퍼뜩 그 옛날의 일이 주마등처럼 스쳐갔다. 의붓아버지 채용만이 사준 집을 이혼 위자료로 던져 버리고, 채은전 명의의 집을 판 자금을 들고 미국으로 출국하기 바로 전 날이었다. 군산의 어머니로부터 다급한 전화가 걸려 왔다. 이혼한 여자가 7개월 된 아이를 유산하겠다고 통보했다는 전화였다. 그러나 그런 말은 그에게 하등의 동요도 일으키지 못했다. 그는 그대로 미국으로 출발해버렸다.

아니나 다를까, 길민희의 이야기는 김명세가 기억해낸 바로 그 장면에서 시작되고 있었다.

"길 신부 생모의 통보를 들은 어머님은 혼절하다시피 하셨습니다. 아버님이 시한부 암 선고를 받았을 때라 어머님의 절망은 이루 말할 수 없었지요."

돌연, 김명세가 손사래를 쳤다. 예의 히스테리 발작 조짐이 느껴진 그가 황급히 코트 주머니에 손을 넣었다.

휠체어를 밀고 온 길민희가 꿀꺽 약을 삼키는 김명세를 걱정스럽게 지켜봤다.

"길 선생님 말씀 계속하시지요."

"부랴부랴 제가 군산에서 올라와서 그 생모분을 만나 설득했습니다. 아이를 낳아 생명을 주신 후 새 출발을 하시라고 무릎 꿇고 애원했지요. 그러나 아무리 해도 설득이 되지 않았고 결국 그분과 함께 병원에 갔습니다. 병원에서 그러더군요. 저렇게 다 큰 아이는 유도 분만 후, 사산시키는 방법을 쓰게 될 거라고. 말도 안 되게 야만스러운 짓이지만 그때는 그랬습니다. 아이들이 넘쳐나 외국으로 입양 가던 시대였으니까요. 제가 친모 몰래 병원에 애원했습니다. 태어난 아이를 제가 데려가게 해 달라고. 다음 날 출산을 한 산모는 바로 병원을 떠났고, 저는 그 핏덩이를 안고 하숙집으로 향했습니다."

지금 길민희 입에서 흘러나오는 이야기의 주인공은, 엄연히 성인으로 성장한 길정우였다. 그러나 김명세는 마치 그런 사실을 전혀 모르듯 입이 바짝 타들어 갔다.

"그때 바로 군산의 어머님께 알리지 못했던 것은, 저 아이를 제대로 살려낼 수 있을지 몰랐기 때문입니다. 아이가 확실하게 생명으로 보존이 되면 그 때 연락드리자고 생각했습니다. 가뜩이나 아버님 병환으로 상심 중이신 어머님께 연거푸 두 번씩이나, 손주의 죽음을 맞게 할 수는 없었으니까요.”

기도하듯 마주 쥔 김명세의 두 손이 마구 흔들리고 있었다.

“죽기 위해 세상으로 나온 저 불쌍한 아이를, 제 영혼을 다해 기도하며 돌봤습니다. 아이가 제법 사람 꼴이 돼가며 이제 제대로 생명이 될 수 있겠다 싶었을 때, 은전이 아가씨에게 연락을 했습니다. 주인 집에도 전화가 없어서 추운 겨울날 정우를 똘똘 싸안고 공중전화까지 가서 한 전화였습니다. 마침 아가씨가 사법고시 2차를 끝낸 날이었는데, 제 연락을 받은 아가씨는 단숨에 달려오셨습니다.”

은전이라는 이름이 나오자 김명세의 온몸이 걷잡을 수 없이 흔들리기 시작했다.

“아. 은전이 아가씨가 정우를 안고 기뻐하시던 모습, 울고 웃던 모습을 어떻게 잊을 수 있을까요.”

북받치며 목이 메인 길민희는 말을 멈추고 한참을 추스렸다.

길민희가 다시 입을 열었다.

“어머님이 헛간방으로 옮기신 후 전화마저 끊겨 연락이 안 되는 상태니, 은전 아가씨가 직접 내려가시겠다고 했습니다. 용산역에서 출발하는 밤차가 가장 빠를 거라고 했어요.”

밤 기차. 장길수로부터 들었던 밤차 이야기가 나오자 김명세는 두 눈을 질끈 감았다.

“아무리 기다려도 군산의 어머님이나 아가씨로부터 연락이 오지 않았습니다. 그런 채로 시간이 흘러 갔습니다. 기다림으로 애가 탔지만 저는 아직은 부실한 정우에게 전념할 수밖에 없었습니다. 정우가 확실히 건강해졌다는 확신이 들자, 비로소 여기저기 연락을 취했습니다.

아. 아가씨와 어머님 모두 돌아가셨다는 소식을 들었을 때의 그 절망, 하늘이 무너지던 그 절망, 후회, 자책감, 어찌 다 말로 할 수 있을까요.”

길민희는 더 이상 말을 잇지 못했다. 김명세가 벌떡 일어나더니 베란다 문을 열고 밖으로 나갔다.

김명세가 다시 자리에 앉고, 길민희의 말이 이어졌다.

“절망과 슬픔이 어느 정도 가라앉자, 이번에는 죄의식과 공포가 찾아왔습니다. 정우를 살려달라는 제 기도가, 아가씨 목숨의 대가로 받아들여졌다는 죄의식과 공포였습니다. 하필 그때가 아니었더라면, 아가씨가 야간열차를 탈 일도, 새벽에 헛간방에서 연탄가스를 마실 일도 없었다는 죄의식이 떠나지 않았습니다. 특히 정우의 생명이 은전 아가씨 목숨의 대가라는 공포는, 완전히 망상 수준이 되어갔습니다. 저는 공포를 떨치기 위해 정신없이 서약 기도를 했습니다. 정우를 하느님 사업에 바치겠다는 서약 기도였습니다.”

길민희가 가슴에 성호를 그었다.

“정우는 자기 뜻대로 법대로 진학해서 연수원을 졸업하고 군법 무관으로 임관되었습니다. 정우를 하느님 사업에 바치겠다는 제

서약이 지켜지지 못한 거지요. 저는 하느님께 다시 기도했습니다. 제 임의로 한 그 약속을 하느님께서 넓게 받아 주십사고. 꼭 성직자가 아니어도 하느님의 뜻에 맞는 일이면 하느님 사업 아니냐고, 기도했습니다.”

길민희가 다시 성호를 그었다.

“그러던 어느 날, 갑자기 제 육신이 마비되고, 들리지 않고, 보이지 않게 되었습니다. 의사 선생님도 원인을 찾지 못한 증상들이었습니다. 제 서약기도를 알고 계신 신부님께서 정우에게 이런 사연을 알렸습니다. 결국 정우는 천주교가 아니라 성공회의 자급 신부가 되는 방법으로, 제 서약을 지킬 길을 찾아냈습니다.”

긴 침묵 끝에 길민희가 다시 입을 열었다.

“저 아이, 열 살 무렵까지 세상의 온갖 병치레를 도맡아 했습니다. 정우를 전적으로 돌보아야 하는 처지상, 저는 교사 복직은 생각도 못하고 피아노 레슨을 했습니다. 피아노 학원도 운영했지만 늘 쪼들리는 살림이라 정우에게 제대로 기를 펴게 해주지 못했습니다. 그래도 은전 아가씨 닮은 아이로 키우겠다는 다짐 하나로 키운 정우는, 인성으로나 실력으로나 외모로나 더할 수 없이 멋진 사람으로 성장했습니다. 그러나 저는 너무나 잘 압니다. 저 아이의 긍정적이고 밝은 겉모습 뒤에, 엄청난 부정의 에너지가 감춰져 있다는 사실을 압니다. 흙탕물의 웅덩이에서 본능적으로 헤엄만 치는 홍학과 달리, 저 아이는 웅덩이 속에서 허우적대는 자신의 다리를 늘 의식하는 홍학입니다. 그래서 저는 늘 불안했고, 그래서 더더욱 하느님께 기도했습니다.”

김명세가 집을 나설 때 길민희가 말했다.

"정우에게는 말하지 않겠습니다. 앞으로 어찌 될지 모르지만. 아무일도 없는 듯 이대로 그냥 두는 게 나을 것 같습니다. 다 큰 성인인데 새삼스레 그 누구의 존재로 인해 삶이 흔들려서는 안 되는 일이니까요. 지금까지 했던 대로 하느님께 맡기겠습니다."

마침내 사연이 밝혀졌다. 김명세 자신이 그렇게 궁금해 하던, 길정우가 신부 된 사연이. 아무도 모른다던 그 사연의 시원(始元)에는... 바로 김명세 자신이 있었다.

발견된 이진섭 유작 4월 28일 수요일 밤

법정에서 나온 길정우가 서둘러 로펌으로 향했다. 채지선의 내방 시간이 다 되어 있었다. 주차를 하고 급히 엘리베이터로 향하는데 전화벨이 울렸다. 김명세 측의 전화였다.

"이사장님께서 이따가 다시 한번 와주시면 좋겠다고 하십니다."

예상대로 채지선은 대기실에서 기다리고 있었다. 길정우는 채지선에게 김명세를 직접 만난 사실과 그로부터 알아낸 사실들을 모두 알렸다.

김명세가 채준석과의 모든 거래에서 최종 보스라는 사실, 채준석과의 모든 거래는 법적으로 아무런 하자가 없는 거래라고 주장한다는 사실, 그리고 채준석을 상대로 유리한 소송을 제기할 수 있는 계약서가 있다는 사실도 전했다.

"이대로 손써 볼 여지도 없이 꼼짝없이 당하는 건가요. 김명세

라는 사람, 도대체 무슨 사연이 있길래 저토록 철저하고 집요할까
요. 혹시 변호사님 뭐 아시는 것 없으세요?”

채지선과 주차장에서 헤어진 길정우는 곧바로 김명세의 집으
로 향했다.

김명세의 집으로 재소환 당한 사실을 안 이은영은 신랄했다.

“맙소사. 이건 숫제 상사가 부하 직원을 호출하는 식이네.
도대체 그 사람 왜 그렇게 안하무인인 거지. 할 말이 있으면 전화로
하거나 직접 찾아올 것이지, 왜 자꾸 자기 집으로 부르는 거야.
무슨 일인지 감 잡히는 것 없어?”

맨발에 가운 차림이던 김명세가 깍듯한 정장 차림이었다. 태도
또한, 말 한마디 없이 턱으로 지시하던 사람이, 마치 VIP를 에스코
트하듯 깍듯했다.

김명세가 안내한 곳은 주방의 식탁이었다. 넓은 식탁에 와인과
스낵이 준비되어 있고 꽃 한 송이가 꽂힌 꽃병까지 놓여 있었다.
김명세가 와인 마개를 따더니 길정우의 잔에 따랐다. 강한 와인의
향에 길정우의 이마가 절로 찌푸려졌다.

“죄송하지만, 저는 술을 못 마십니다. 알코올 앨러지가 있습니
다.”

길정우의 말이 떨어지기 무섭게 김명세가 와인병과 잔을 싱크
대로 가져갔다. 대신 차가운 얼음물을 길정우 앞에 갖다 놓더니
커피머신으로 다가갔다.

“커피는 괜찮습니까?”

“네. 커피는 좋습니다.”

명세가 커피잔을 날라와 식탁에 놓으며 말했다.

"혹시 기억나십니까? 패션쇼에서 나를 처음 본 날? "

"네. 분명히 기억합니다."

"실은 그때부터 줄곧 길 신부님을 보고 있었습니다."

길정우는 퍼뜩 윤 주교의 말이 떠올랐다. 말 한마디 없던 사람이, 길정우의 이야기가 나오자 갑자기 태도가 달라지고 질문 공세였다고 했다. 비위가 뒤집어질 듯한 역겨움이 길정우의 내면에서 솟구쳤다.

"실례하지만 오늘 저를 부르신 용건을 여쭤봐도 될까요? 채준석 씨네와 관련된 중요한 일이라고 생각되어 부름에 응했습니다. 솔직히 이런 사적인 자리, 편치 않습니다. 저는 이사장님의 반대편인 사람의 변호인입니다. 설령 사건의 원만한 해결을 위한 자리라 할지라도, 일단 이런 자리에 있다는 사실 자체로 오해를 받을 소지가 있습니다."

김명세의 표정이 굳어가고 있었다. 김명세를 개의치 않고 길정우가 재차 말했다.

"일방적으로 통보하시기에 매우 중차대한 일이라고 생각했습니다. 용건을 말씀해 주십시오."

대답이 없는 채 침묵이 흘렀다.

돌연 김명세가 벌떡 일어섰다. 성큼성큼 거실로 내려간 김명세는 소파와 창가 사이를 몇 번씩 맴돌았다. 그러더니 방쪽으로 가 쾅 문짝이 떨어지게 문을 닫았다. 안으로 들어간 김명세는 좀체로 돌아오지 않았다.

더는 기다릴 수 없다고 판단한 길정우가 거실로 내려섰을 때였다. 푸하. 기괴한 소리가 방 쪽에서 들려왔다. 사람 소리가 분명했다. 뭐지. 주저하면서 방 쪽으로 다가갔다.

어둑한 방 안에는 큰 침대와 대형 캐비넷이 있을 뿐, 거실과 마찬가지로 휑 비어 있었다. 김명세는 어디에도 보이지 않았다. 방안으로 들어서자 침대 반대편으로 전면이 투명 유리로 된 벽이 보였다. 희미한 빛으로도 그곳이 바스룸이라는 걸 알 수 있었다.

저기서 소리가 난 것 같다.

길정우가 그쪽으로 다가갔다. 넓은 바스룸 안에 물이 가득한 초대형 욕조가 보이고, 섬뜩하게도 그 안에 긴 물체가 있었다. 엎드려 잠수중인 사람이었다.

'김명세다!'

순간, 길정우가 뒷걸음질을 치고 있었다.

황급히 방을 나서려는 찰나 섬광처럼 눈가장으로 무언가가 스쳤다. 홱 시선을 돌렸다. 옆으로 길게 늘어선 그림들이었다. 그림들이 망막에 포착되는 순간 길정우의 동공이 활짝 열렸다. 여덟 개. 정확히 여덟 개. 김선주의 그림 여덟 개였다.

무의식적으로 핸드폰이 쥐어지고, 벽면의 그림들을 향해 연거푸 셔터가 눌러졌다.

어슴프레한 방안에서 플래쉬가 번쩍대던 그때, 거친 포효와 함께 김명세의 나신이 물밖으로 솟구쳤다.

홱 길정우 쪽을 바라보는 김명세의 시선과, 놀란 길정우의 시선이 딱 마주쳤다. 포식자에게 포착된 먹이감이듯 길정우의 동공이 그대로 얼어붙었다. 김명세가 욕조에서 벌떡 일어섰다.

가위눌린 듯 길정우의 발걸음이 떼지지 않았다. 엘리베이터까지의 거리가 까마득했다. 엘리베이터는 그대로 5층에 서 있었다. 아슬아슬 닫히는 엘리베이터의 문 틈으로 돌진해 오는 김명세의 모습이 보였다.

엘리베이터의 문이 열림과 동시에 튕겨져 나온 길정우가 냅다 한길가를 달렸다. 지하철 역 표지판이 보였을 때 길정우는 온통 땀범벅이었다.

가까스로 지하철에 올라 호흡을 고른 길정우가 이은영에게 전화를 걸었다.

"은영아. 찾았다. 김선주네 그림. 이진섭 그림 여덟 개가 김명세 집 안방에 그대로 붙어 있더라."

"세상에! 그림이 있다고! 다 사실이었다고!"

"그래. 얼결에 사진을 찍고 도망쳐 나왔어."

"왜 그래. 김명세에게 들킨 거야? "

"그런 것 같아. 그가 뒤쫓아 왔어."

핸드폰을 쥐고 있는 길정우의 손이 아직도 덜덜 떨리고 있었다.

"은영아. 왜 이렇게 무섭고 떨리는 거지?"

"범죄자의 집에서 범죄자가 보는 가운데 증거물을 촬영을 하는데, 안 떨리면 이상하지."

"그 광포한 사람의 눈과 마주치는 순간, 그 손아귀에 붙잡혀 죽을 것만 같았다."

뺨에 닿은 길정우의 핸드폰이 마구 얼굴을 때렸다. 이은영이 다급하게 물었다.

"괜찮아? 어느 역이야? 지금 당장 내려. 내가 거기로 갈게."

지하철 출구로 나온 길정우의 얼굴이 새파랗게 질려 있었다.

혹시 죽기 위해 세상으로 끌려 나오던 때의 기억이 떠오른 걸까. 퍼렇게 죽음의 빛을 띤 길정우의 얼굴 위로 하염없이 눈물이 흘러내렸다.

변호사 아닌 사제로 4월 29일 목요일

길정우가 막 점심 식사를 하려던 때, 내방객을 알리는 연락이 왔다. 데스크의 업무가 중단됐을 시간에 웬일인가 하는데, 김명세라는 이름이 들렸다.

직원의 안내로 들어선 사람은 과연 김명세였다. 급히 테이블을 정리한 길정우가 김명세에게 앉을 것을 권했다. 그러나 김명세는 그대로 선 채 말했다.

"일방적이었던 내 태도를 사과하려고 찾아왔소. 생각해 보니 어제 내가 너무 내 중심이었던 것 같소이다. 앞으로 할 말이 있으면 이렇게 사무실로 찾아오거나 중간적인 곳에서 뵙겠다고 약속드리리다. 그리고 어제 두고 가신 자동차는 이곳에 갖다 두었소이다. 식사하시려던 것 같은데, 그럼 이만."

말이 끝남과 동시에 김명세가 뒤돌아 나갔다. 이번에도 역시 일방적이었다.

기실 길정우는 김명세가 방에 들어서기까지 오직 어제의 사진 생각뿐이었다. 그러나 김명세는 그런 낌새를 전혀 보이지 않았다. 솟구치는 물보라 속에서 플래쉬를 못 봤던 걸까.

하기사 설령 김명세가 촬영 장면을 봤다고 해도, 길정우가 그 그림들을 갤러리 채의 컬렉션쯤으로 여긴다고 생각했을 것이다. 셜록홈즈 프로젝트라는 것을 그가 알 리가 없다.

며칠째 김명세에게 놀란 탓일까. 컨디션이 좋지 않아 일찍 퇴근하려는데 이은영의 전화가 걸려왔다. 어제 지하철 입구에서 길정우를 픽업한 이은영은, 그를 집까지 데려다 준 후 되돌아갔다.

"괜찮아? 하루 종일 전화할 시간이 없었어."

"어제 고마웠다. 은영아."

"괜찮냐고. 어제 그렇게 힘들어 했잖아."

"점심 때, 그 사람이 찾아 왔다."

"그 사람, 누구?"

"그간 자신이 너무 일방적이었다고. 사과하러 온 거라더라."

"김명세 씨구나. 의외네. 사진 이야기는? 사진 이야기 안 해? 눈치 못 챈 건가."

"그런가 봐."

"그 사람, 바로 찾아와서 사과까지 하는 것 보면, 생각처럼 악당이 아닐 수도 있는 건가? 사실 생각해보면 그 사람 처한 환경이 특별하기는 했지. 심리적으로나 사회적으로나..."

"이은영!"

길정우의 외마디로 이은영의 말이 중단됐다.

"설마 사과했다는 것 하나로 김명세에게 왜라는 변명의 여지를 주려는 것 아니겠지."

길정우가 난데없이 거칠었다.

"김명세 그 사람, 이번 위작 건에서나 그 옛날 채은전 씨 건에서나 어떤 형벌로도 용서받을 수 없는 추악한 도덕적 범죄를 저지른 자야. 그 사람으로 인해 여러 생명이 사라진 사실, 설마 잊은 것 아니지? 그 사람은 자기를 그렇게 이해해 주던 여동생도, 그

기구한 이진섭과 아들도, 선량한 장길수도, 오로지 채씨네를 향한 복수의 도구로 삼은 사람이야. 그런 파렴치범에게 사회적 심리적 운운하는 것, 절대 용납 안 돼. 그런 식이면, 이 세상에 용서받지 못할 죄 하나도 없게!"

전화가 끊겼나 싶은 때쯤 이은영의 말소리가 들려왔다. 낮고 침착한 어조였다.

"길정우. 이 번 사건에서 자기 엄청 유별난 것, 알아? 하긴 처음부터 그랬어. 이진섭이건 장길수건 마치 자기 일처럼 달려들 더란 말이야. 그런 덕에 여기까지 오긴 했지만, 여느 때의 냉철한 변호사 길정우와 달라도 너무 달라서, 좀 당황스러워. 솔직히 김명세 씨에 대해서 왜 그렇게 분개를 하는지, 의아스러울 정도야. 도무지 법률가의 태도가 아니잖아. 마치 김명세 씨 못지않게 복수 심에 사로잡힌 사람처럼 보인단 말이야."

묵묵부답 길정우는 아무런 반응이 없었다.

"김명세 그 사람 말이야. 나 같은 사람에게는 생각할 거리가 참 많은 사람이야. 실은 박인주 씨 기록을 읽을 때부터 그랬고, 어젯밤에 길 변 데려다 주고 오면서도 그랬어. 길 변이 김명세 씨 집에서 직접 듣고 봤다는 말이나 행동들, 그거 그 사람 정신적 트라우마가 이만저만한 사람이 아니라는 뜻이야."

내친 김이라는 듯 이은영이 덧붙였다. 이번 프로젝트에서의 자신의 스탠스에 대한 환기였다.

"길 변, 기억하겠지. 처음 길 변이 제안한 이 프로젝트에 내가 오케이 했을 때, 내 목표는 어디까지나 팩트 확인이었어. 최종 목적도 이진섭 화가의 유작 회수와 명예 회복이었고. 내가 검사지만 누구를 벌주는 것이 목적은 아니었단 말이야. 그건 길 변도 마찬가지였던 걸로 기억해.”

거친 길정우 못지않게 당찬 이은영이었다. 이은영은 계속했다.

“길 변이 꽂혀있는 그 도덕적인 범죄라는 것 말이야. 그것, 캐다 보면 필연적으로 어릴 때부터 빨갱이라고 돌팔매질 당한 설움이라든지, 사내아이들 특유의 외디푸스 컴플렉스로 심성이 일그러졌다든지 하는, 사회적 심리적 해석이 나올 수밖에 없어. 박인주 씨 기록에서 채은전 씨도 말했잖아. 자기 아버지처럼 물질적이고 신분적인 면에서의 타자였더라면 오히려 쉬웠을 거다, 심정적이고 이데올로기적인 문제라서 오빠가 훨씬 더 어려운 거라고. 길 변, 내 생각에... ”

이은영이 망설였다.

“내 생각에, 길 변이 패션쇼의 노블레스 계층에게 느꼈다던 그 타자의식이라는 것 말이야, 김명세 그 사람의 것에 비하면 아무것도 아닐 것 같아.”

자신을 빗대어서일까. 침묵으로 일관하던 길정우가 입을 열었다. 여전히 수그러진 기색 없는 어조였다.

“이은영. 너 지금 평생 한결같이 자기밖에 모르는 그 나르시스트를, 사전에 죄의식이라는 단어가 아예 없는 그 사이코패스를 변호하는 거니. 김명세가 지금 하고 있는 복수극이라는 것 한번 따져 볼까. 그 복수극의 시발점은 다름아닌 김명세 자신이었어. 그럼에도 김명세는 자기가 시원인 그 비극적 사건에서 자기는 쏙 빠져버리고, 채정국에게 모든 죄를 뒤집어 씌우고 있는 형국이야. 돈의 힘일 뿐인 것을 정의의 실현으로 밀어붙이면서 말이야. 자기 어머니를 평생 바느질쟁이로 부려먹은 인간이, 플래티넘 한복의 헌정 운운하면서 돈 자랑 하는 거라고. 그러니 김명세도 반드시 채정국만큼의 대가를 치러야만 해. 내가 그 일을 할 거야. 법률가로는 할 수 없어도 따로 사제로서 할 수 있는 일이 있으니까.”

“길정우. 못 말리겠구나. 그런데 뭔가 거꾸로네. 법은 냉혹해도 하느님은 자비롭다고 하는데.”

“이은영. 제발 그렇게 상투적인 비아냥으로 이번 일을 끌고가려 하지 마. 네가 움직이는 성이라 좋을 때도 있지만, 이번 경우는 정말 아니다.”

제자리로 복원하기까지 4월 30일 금요일

다음 날 아침 길정우가 출근하자마자 이은영으로부터 전화가 걸려왔다.

“신 선배에게 보고 했더니, 소장이 접수되는 대로 사건 배당 신청을 한다고 하더라. 자기가 맡아야 할 사건이라고.”

“오전 중으로 고소장 접수 들어갈 건데 압수 수색 영장, 바로 나오겠지.”

“증거 인멸에 대한 대응 조치고 증거도 충분한데, 안 나오면 이상한 거지.”

“생각해 봤는데, 신 선배님이 사건 맡는다 해도, 그림이 압수되는 이상, 김명세의 신병 처리는 불구속으로 가지 싶다. 형량도 사건의 크기에 비해서는 크지 않을 것 같고. 이진섭 유작을 유족

측에 전달하지 않은 횡령죄는, 이진섭 그림이 온전히 보전되어 있으니 재판 과정에서 정상 참작이 될 거다. 게다가 이진섭 유족 측이 김명세와 합의를 하고 선처를 원한다는 탄원서라도 제출한다면, 그것도 참작이 될 거고.”

펄펄 뛰던 어제와 달리, 길정우는 평소의 냉철한 법률가로 돌아와 있었다.

“5년 전의 위작 사건과의 연계도, 장길수가 사라진 마당이라 불가능한 상태다. 유족이라도 나서면 모르는데 유족은 그럴 의향이 없다는 걸 재차 확인하더라. 결국 김명세가 장길수에게 위작 사건과 자살을 교사한 사실은, 심증만으로 끝날 가능성이 다분하다.”

“채지선 씨는 어떻게 할 거래? 이 사건이 공표되면 더 큰 전모를 밝힌다며 나서지 않을까. 김명세 씨에게 더 큰 타격을 줄 수 있는 건 오히려 그쪽일지도 몰라.”

“그러면 좋겠지만, 채준석의 심경 변화 없이는 마찬가지다.”

“고소장 접수, 직접 할 거야? 오게 되면 전화해. 내가 내려갈 테니까.”

“오늘 고소장 접수는 나 혼자 간다. 하지만 그림 압수만 끝나면 곧바로 성공회 차원으로 대응할 거다. 성공회 탈북자 지원센터의 이름으로.”

“성공회 차원이라고? 뭐야, 금시초문이잖아.”

“말한 것처럼 아무리 검토해 봐도, 김명세는 유작 사건만으로는 미약한 처벌을 받게 돼 있다. 이 유작 사건의 본질은 법적으로는 입증 못해도, 이진섭 유작을 횡령하고 장길수를 끌어들여 이진섭 유족에게 고통을 줬던 위작 사건이야. 김명세의 명예를 실추시키는 데는, 5년 전의 그 사건을 다시 사회적 이슈로 환기시키는 방법이 최선이야."

"법률가로서는 못 해도 신부로서 할 수 있는 일이 있다더니, 바로 이거였구나. 결국 채지선 씨가 폭로하는 것과 비슷한 효과네. 그런데..."

이은영이 잠깐 말을 멈췄다.

"그런데 길 변, 혹시 생각해 봤어? 그럴 경우 '은전'이라는 이름의 명예도 같이 실추될 수 있다는 사실 말이야. 길 변이 그렇게 흠모하는 채은전 씨의 '은전' 미술관이잖아. 이진섭 컬렉션은 여전히 은전 미술관의 시그니처고, 횡령한 이진섭 그림은 은전 미술관의 소유로 예정된 것이었어."

봄비가 내리는 금요일 오전, 길정우의 차가 로펌을 빠져나왔다. 우회전을 하며 세종로로 들어서는 순간 히뿌옛한 대기속에 반짝 투사되는 주황빛 불빛이 느껴졌다. 광화문 장막 쪽에서 새어 나오는 불빛이었다. 공개 날짜가 두 달 앞당겨져 불철주야 복원 작업에 박차를 가하고 있는 현장이었다.

원위치를 찾아 옮기고 원형을 복원하기까지 무려 4년의 세월이 걸린 작업이었다. 이제 몇 달 후 광복절이면, 창건 당시의 원형의 광화문이 본래의 그 자리에서 우뚝 그 위용을 드러낼 것이었다.

차량의 물결에 휩쓸리며 길정우의 차가 멀리 서초동을 향해 힘차게 달려나갔다.

오프닝작 플래티넘 2010 5월 3일 월요일

'미술관 &옥션 은전'의 오프닝 날이었다. 은전 빌딩은 4층 옥션홀은 물론, 로비부터 미술관까지 참관객들과 관계자들로 넘쳐났다.

경매 목록 중에서 미술계의 관심이 집중되는 대상은, 갤러리 채의 창립자가 소장한 작품이었다. 최근 해외 경매시장에서 연일 신기록을 경신 중인 작가의 작품인데, 과연 어떤 작품일지, 낙찰가는 어떻게 될지가 초미의 관심사였다.

그러나 언론이 주목하는 대상은 역시 플래티넘 한복이었다. 미술품 전문의 옥션에 한복이 출품된 사실 자체가 센세이셔널했다. 신경희 한복쇼에서 이미 쇼케이스를 했고, 제작비가 이십억이라는 백금 한복은 과연 어떤 물건이고, 낙찰가는 얼마일 것인가.

검은 수트에 하얀 셔츠를 입은 여성 경매사가 등장했다. 남자로 쳐도 큰 키에, 까만 뿔테 안경과 질끈 동여맨 헤어스타일을 한 그녀는 한눈에 전문가였다.

미국 경매인 면허증 소지자라는 그녀는 분명한 발음과 빠른 멘트로 좌중을 리드해 나갔다. 작품에 관한 정보 제시와 함께 비딩의 시작을 알리고, 비딩을 추적하고, 최고가를 판단하여 해머를 두드리는 스킬이 신공에 가까웠다.

미술계의 이목이 집중되었던 해외 유명 작가의 작품은, 해외 옥션에서의 최고가를 뛰어넘는 쾌거를 기록하며, '미술관 & 옥션 은전'의 고품격 이미지를 공고히 했다.

드디어 마지막 순서인 플래티넘 한복의 비딩이 시작되었다. 스크린에 신경희 한복쇼에서의 쇼케이스 영상이 플레이 되는 가운데, 아크릴 박스 안의 실물이 조명을 받으며 등장했다.

"교토 소재의 직조 공방에 플래티넘 원사의 가공을 의뢰하고, 신경희 한복에서 작품으로 제작되기까지 총 일 년이 소요된 작품입니다. 제작자이자 판매자인 재단법인 은전이 정한 최저 경매 가격은 20억입니다."

최저 경매 가격이 제시되자 참관자들 사이에서 다시 한번 웅성거림이 일었다. 경매사는 객석을 개의치 않고 자신의 페이스를 유지하며 비딩을 유도했다.

"자, 20억에서 출발합니다. 누구 없으십니까?"

객석이 조용했다. 경매사가 다시 한번 멘트를 날렸다.

"20억입니다."

찰칵찰칵 초침 소리가 들릴 듯한 정적이 감돌 뿐 비더가 없었다. 식은땀 흐르는 긴장이 감돌았다.

경매사가 다시 한번 외쳤다.

"최종 비딩입니다. 20억입니다."

여전히 장내에는 두리번거림과 웅성거림뿐이었다. 경매사의 해머가 내리쳐지고 유찰이라는 두 음절이 겹겹이 파문으로 퍼져갈 찰나였다. 돌연 한 사내가 높이 번호판을 쳐들었다.

"50억 비딩합니다."

장내의 시선이 일제히 그에게 쏠렸다. 객석의 뒤쪽에서 번호판을 치켜든 거대한 체격의 한 사내. 김명세였다.

"플래티넘 한복, 50억에 낙찰입니다!"

멘트와 동시에 쾅! 해머가 내려쳐지고, 프레스석 기자들의 키보드 소리가 빨라졌다. 장내의 수런거림이 좀처럼 멎지 않았다.

이제 재단 법인 은전의 히스토리가 발표될 차례였다. 최 대표가 연단에 오르기 위해 자리에서 일어서던 때였다. 누군가가 황급히 김명세에게 다가가 귓속말을 했다. 입을 굳게 다문 채 끄덕이던 김명세가 최 대표를 향해 손짓했다. 최 대표는 그길로 김명세를 뒤좇으며 다급히 홀을 빠져 나갔다.

장내가 술렁거리는 가운데 경매사가 클로징을 선언했다.

"이것으로 '미술관 & 옥션 은전'의 첫 옥션을 종료합니다."

알을 깨고 날다 6월 중순

이진섭 유작 사건이 연일 언론을 뒤덮고 있었다.

'미술관 & 옥션 은전'이 자료화면으로 등장하고, 압수된 이진섭 그림에 대한 미술품 감정협회와 국립과학수사연구소의 감정이 단행된다는 소식도 들렸다. 북한 미술계에 관한 기획 프로가 방영되며, 김선주의 조부에 관한 미술계 인사들과 탈북자들의 증언도 이어졌다.

유작 사건이 법원 단계로 넘어간 즈음, 군산의 박 검사로부터 연락이 왔다.

"바쁠 것 빤해서 이제야 전화한다. 그때 너무 서둘러 올라가서 섭섭했는데 언제 다시 한번 놀러 와. 일요일 말고 일박쯤 되는 일정으로 말이야."

길정우 이은영 두 사람이 탄 차가 금강호변 국도로 접어들었다. 화사했던 벚꽃 자리가 검초록 이파리로 무성히 뒤덮힌 유월 중순이었다. 무논의 벼포기들은 제법 자리가 잡혀 있고, 밭작물은 자랄 대로 자라 수확철을 맞고 있었다. 간간히 수확에 열중인 농부들과 지게차의 인부들이 눈에 띄었다.

변함없이 만일한 금강호의 수면은 중하의 따사로운 햇볕 아래서 나른하고 한가했다. 이른 아침 쌀쌀하던 그때와 달리, 갈대가 무성히 자란 호변의 데크 길로 산책객과 바이크족이 오가고 있었다. 노출된 옷차림에 선글라스를 한 모습들이 화창한 날씨만큼이나 환하고 경쾌했다.

사월의 초행길과 달리 도로 사정에 익숙해진 두 사람의 차는 금강하구둑의 표지판을 보며 여유롭게 좌회전했다.

그들의 시선이 무심코 오른쪽의 바다로 향한 순간이었다. 하! 두 사람의 입에서 놀람의 외마디가 터져 나왔다. 바다가 온통 시꺼먼 뻘밭이었다. 마치 화산에서 흘러내린 마그마가 검게 일그러진 듯, 기괴한 형상의 뻘더미들이 바닥 곳곳에 뭉텅이로 쌓여 있었다.

지난 사월, 해수면 위로 갈매기떼가 한가롭게 날던 풍경이나, 노을 속에서 핏빛으로 타들어가던 만조의 장관 같은 것은 상상도 안 되는 광경이었다.

공터 주차장에서 차를 세운 두 사람이 그때 그 자리로 나아갔다.

바다는 목하 간조의 한복판인 듯했다. 끝없는 모래사장이 펼쳐지는 서해안의 썰물 때, 바로 그때였다. 그러나 눈앞에 펼쳐진 뻘밭은 광활한 모래사장은커녕, 평평한 갯벌조차도 못되는 누추하기 그지없는 모양새였다. 새삼 이곳이 바다도 강도 아닌, 서해안의 기수역이라는 사실을 일깨우는 광경이기도 했다.

길정우가 황량한 하구 너머의 먼 바다 쪽으로 시선을 던졌다. 바다로 활짝 열리는 육지의 끝자락에 낮은 산부리가 보였다.

"은영아. 저기 산부리 보이니. 혹시 저곳이 박인주 씨 기록에 나오는 월명산이 아닐까. 월명산을 내려가던 눈앞에 장항 쪽 바다가 활짝 열려 있었다고 써 있었잖아."

"맞아. 가록에 쓰인 그 지점 맞는 것 같아. 월명산. 70년대 초, 세 여고생들의 산상정담(山上鼎談)이 펼쳐졌던 곳이었지. 헤세의 『데미안』을 읽고 카인과 데미안 코스프레를 하던 여고생들이, 막상 채은전 씨네의 리얼한 좌우 갈등의 가족사에 맞닥뜨리자, 푹 움츠러들던 곳."

"벌써 사십여 년이다. 그분들이 언급했던 일제 강점기의 『탁류』나 「치숙」, 「산상정」까지 합치면 칠팔십여 년."

"길 변, 다큐 속의 그분들, 어쩌면 그 시대를 대표하는 분들일 수도 있는데, 요즘의 우리 세대보다 더 합리적이고 이성적인 세대였다는 생각 혹시 들지 않았어? 난 그 폐쇄적인 시대에, 열린 세계관을 가져보려고 애쓰는 그분들의 모습이 너무 인상적이었어. 특히 채은전 그분은 그 어린 나이에, 어쩜 그리 세상을 보는 눈도, 세상을 끌어안는 마음도, 그토록 활짝 열렸던 건지. 두 친구분들이 칭한 대로 충분히 에바부인인 분이셨어."

이은영의 뒤늦은 독후감이 피력되는 동안, 길정우는 뒷모습인 채 아득히 먼 바다로 시선을 던지고 있었다.

"이은영. 그런데, 그렇듯 멋있고 진취적인 사람들, 사라진 지 벌써 오래다."

길정우의 독후감은 짧고 시니컬했다.

"은영아. 알고 보니 저 채만식도 참 파란만장한 작가더라."

길정우가 돌아서며 하구둑의 끝 쪽을 가리켰다. 지난 봄 만조를 배경으로 서 있던 채만식 문학관이었다.

"박인주 씨 기록을 보면, 70년대 초 그때만 해도 채만식은 아무런 의심도 없이, 일제 강점기를 고발한 반일 작가로 통했었다. 작품들도 다 그런 틀 속에서 해석됐고. 그런데 지금은 친일인명사전에 등재된 것도 모자라, 간간이 '채만식 문학관을 폐쇄하라' '채만식 문학상을 철폐하라'는 주장까지 나오는 실정이더라. 작품은 그대로인데, 시대에 따라 반일 작가도 되었다가 친일 작가도 되었다가, 이리저리 마구 치이는 거다."

"어쩌겠어. 문학에조차, 아니 문학이라서 더 정치적인 이분법의 잣대를 들이대는 것을. 채만식은 풍자문학에 관한 한 한국 최고봉이라고 하는데, 원래 풍자라는 게 기법적으로는 에두름이지만, 그 정신 자체는 이쪽저쪽 눈치 보지않고, 눈에 보이는 대로 다 말해버리는 직설법이잖아. 그러니 편 가르기 좋아하는 사람들에게 딱 좋은 먹잇감이 되는 거야. 이데올로기의 패권이 바뀔 때마다 이현령비현령으로, 옳고 그름의 평가가 바뀌는 거지."

"그러고 보면, 채은전 씨와 친구분들이 추구했던 데미안의 길이라는 것도, 알고 보면 참 외로운 길이다. 양극단의 무리에서

벗어나, 뚜렷한 자기 편이 없는 채 혼자 가는 길이잖아. 기록에도
써 있었지. 정(正)의 편이든 반(反)의 편이든, 인간들이란 본성적
으로 죽자사자 자기네 틀을 지키려는 아벨들이라고.”

길정우는 표정까지 시니컬해지고 있었다.

팔짱을 낀 채 길정우 주변에서 오락가락하던 이은영이 길정우
에게 다가오며 말했다.

“아니 길 변. 그때 기록 속의 그분이 바로 고쳐서 말했잖아.
사람들은 본성적으로 아벨인 게 아니라, 습관적으로 아벨이라고.
그러니 그런 습관을 버리고 통합의 이상으로 나아가야 한다고.
나도 그분과 같은 생각이야. 힘들고 외롭더라도 알을 깨고 아브락
사스를 향하는 길은 헤세 때나, 채은전 씨 때나, 지금이나, 영원히
변치 않는 진리라고 생각해.”

이은영도 채만식 문학관을 가리키며 말했다.

“채만식 작가가 비록 지금 저래도, 작가로서의 업적은 문학사
적으로 길이 기려지게 될 거야. 일제 강점기 조선인들, 특히 군산
사람들의 의식과 욕망의 세태를 숨김없이 리얼하게 그려내어,
후대에게 여러 해석의 여지를 남긴 작가잖아. 그리고...”

이은영이 길정우를 응시하며 말했다.

“길 변이 그토록 흠모하는 채은전 씨도, 은전 미술관의 ‘은전’이
라는 이름으로 길이 남게 될 거야. 아이러니하게도 은전 미술관은,
서로를 친일파 빨갱이로 부르며 죽일 듯이 싸워대던 두 진영의
합작품인 셈이 돼버렸어. 김명세 씨가 의도했던 것보다 더 뚜렷하
게, 에바부인으로 불렸던 70년대의 지성인 채은전 씨의 상징물이

된 거라고.”

이은영이 문득 핸드폰을 열어 길정우에게 내밀었다.

“길 변, 채은전 씨 본 적 없지. 한번 볼래?”

이은영이 내민 것은 퇴색한 컬러 사진 한 장이었다.

“김명세 씨 집에 압수 수색 갔을 때 찍은 거야. 침대 머리맡에 덩그러니 놓여 있더라고. 증거물과 관련없는 사유물을 촬영했으니 문제가 될 수도 있는 사진이야. 몇 번 보여줄까 했지만 길정우 네가 하도 김명세 씨 말만 나오면 펄펄 뛰는 통에 그러지 못했어.”

길정우가 핸드폰 속 사진을 확대해가며 뚫어지게 응시하고 있었다.

“젊은 남자가 김명세 씨인 것 분명하지? 함께 있는 두 사람은 채은전 씨와 모친이고.”

사진에서 눈을 떼지 않는 채, 길정우가 끄덕였다. 이은영이 말했다.

“김명세 그 사람, 저 사진을 평생 신주단지 모시듯 간직해온 것 같더라. 박인주 그분들이 평생 채은전이라는 사람의 기억을 지우기 위해 애썼다면, 김명세 씨는 채은전이라는 사람을 잊지 않기 위해 미친 듯 살아온 사람 같아 보였어. 신문 조서에 서명을 한 후 그 사람이 그러더라. 평생의 바람이 은전이라는 여동생의 이름과, 맑고 깨끗한 이상을 지켜주는 것이었다고. 길 변. 혹시 그 사람에 대해서 더 들을 마음이 생기면 언제든 말해. 들은 대로 다 말해줄 테니까.”

이제 그만 시내로 들어가 박 검사를 만날 시간이었다. 주차장 쪽으로 돌아서는 두 사람의 눈앞으로 불쑥, 호(弧)를 그리듯 팽팽한 수면이 달려들었다. 하구둑 너머의 넓고 깊고 푸른 금강호였다.

"금강호다!"

이은영이 탄성을 질렀다.

뻘밭 천지인 하구 쪽과 대조적으로 맑고 투명한 물 천지의 호수였다.

이은영이 길정우를 돌아보며 말했다.

"길 변, 채은전 그분, 어쩌면 저 호수 같은 존재 아닐까. 아무리 이쪽이 비린내 나는 만조와 꺼먼 뻘밭의 간조로 엎뒤치락거려도, 저곳에서 묵묵히 자리를 지키는 부동의 호수 같은 존재... 밤낮없이 변하는 풍경으로 지치고 혼란스런 사람들이 잠깐 시선을 돌리기만 해도, 유장하게 살아갈 힘을 얻어낼 수 있는 저 도저한 호수 같은 존재 말이야."

그들이 막 차에 오르려던 때였다.

"정우야 저기!"

이은영이 외쳤다. 이은영이 가리키는 월명산 산부리 쪽에서 무슨 물체 하나가 높이 솟구치고 있었다.

'아브락사스! 아브락사스를 향해 나는 새!'

휘둥그래지며 두 사람의 눈길이 마주쳤다.

다시 시선을 돌렸을 때, 두 사람의 시야에는 하늘과 바다가 분간되지 않는 아득한 공간만이 펼쳐져 있었다.

작가 노트

라 스트라다 (길 道)

본 소설에서 중요한 역할을 하는 인물을 구상하다 문득 <라 스트라다: 길>의 남주인공이 떠올랐다. 여주인공 젤소미나가 잠든 틈을 타 트럼펫과 담요만 남긴 채 도망쳤지만, 세월이 흐른 후 젤소미나의 죽음을 알고 바닷가에서 오열하는 잠파노라는 남자다.

잠파노처럼 이 인물도 자신이 선택한 길에 대한 회한으로 골수까지 병이 든 인간이다. 끊임없이 과거의 언저리에서 배회하며 통한에서 벗어날 길을 찾아 헤매는 가련한 인간.

길은 태초로부터의 대자연과 달리, 인간의 육체적 힘과 의지로 대자연 속에 새겨넣은 물리적인 실체다. 수많은 인간의 족적이 다져낸 길이 문명사고, 물리적인 길을 내 본 인간들의 다양다지한 정신적인 파동의 행로가 곧 예술사 철학사 경제사...등등의 문화사다. 인간의 육체와 정신이 작동한 모든 자취는 곧 길로 상징된다.

당장 <라 스트라다>에만도 오토바이 수레가 떠도는 실체의 길이 있고, 잠파노의 불안한 시선과 젤소미나의 퀭한 눈빛으로 상징되는 인간 영혼의 숙명으로서의 길이 있다. 또 표면과 이면이 다른 인간관계로서의 길, 제국주의의 힘의 관계를 연상시키는 남녀의 길도 등장한다.

무한 확장되는 길의 상징성은 본 소설 속 젊은 주인공의 여정에도 깃든다. 그가 이진섭 위작사건의 진실을 찾아가는 과정도 길이고, 그 끝에서 마주친 과거의 진실(truth) 앞에서 변해갈 그의 세계관(world view)도 세상을 보는 길이다.

"신부님 어디십니까. 아직 길이십니까. 그러시면 잘 됐습니다."라는 소설의 첫 문장은, 길정우에게 길찾기라는 과제를 주기 위한 주교의

멘트다. <라 스트라다>에서 떠오른 '길'의 힌트로 성 씨조차 도중에
바뀌게 된 젊은 주인공, 과연 그가 찾아야 할 길은 어떤 길인가.

이중섭

이십여 년 전, 이중섭 위작사건을 건성으로 흘려듣던 어느 날, 우연히
모 방송국의 기획 르포를 보게 됐다. 한참 내용이 흘러가다 등장한
인물, 이중섭의 아들이었다. 공포와 불안에 찬 시선. 자신감 없는
눈빛. 저 사람이 그렇게 가족을 그리워하던 이중섭의 그 아들인가.
은박지 그림에 나오는, 게와 더불어 바닷가에서 천진하게 놀던 그
아이인가. 뜻모를 슬픔이 밀려왔다. 대한민국에서 돈=그림인 세상이
막 시작되던 때였다.

피부과 성형외과, 외제차 전시장, 아파트 모델 전시관 등지에 비치된
두꺼운 양장 커버의 잡지마다, 하이엔드 의상과 주얼리로 치장한
재벌가 여자들의 우아한 이미지컷, 그네들의 집과 소장품, 그네들
미술관의 건축과 인테리어에 관한 세련되고 교양미 넘치는 에세이가
어김없이 실리던 시절이었다.

그런데 저 초라하고 남루한 얼굴이라니. 저 힘없이 무력한 사람이라
니.

이후 국내외의 미술관을 갈 때마다 고흐의 운명을 닮은 그 사람의
얼굴이 문득문득 떠오르곤 했다. 그림과 돈과 시대라는 것에 대한
사념도 늘 함께 따라다녔다.

김용원

젊은 시절, 너무 행복해서 횡단보도를 건널 때마다 혹여 죽지

않을까 걱정이던 때가 있었다. 그 무렵이었다. 무슨 일인가로 가볍게 동네에 나갔다가 집으로 돌아가던 길이었다. 기나긴 골목길의 초입에 들어섰을 때, 별안간 천지가 암흑으로 변하더니 장대같은 비가 후두둑 땅을 때려치기 시작했다. 순식간에 빗방울이 튀어 내 키를 뛰어넘고, 빗소리로 고막이 터질 듯했다. 긴 골목은 어렴풋한 실루엣조차 없이 바로 눈앞이 폭포수 같은 물병풍이었다. 빛이라곤 오직 번득이는 빗줄기의 비늘뿐.

훅, 죽음의 공포가, 단말마의 공포가 찰나적으로 끼쳤다. 그리고… 왜였을까. 암흑과 빗줄기와 공포가 일시에 덮쳐들던 그 순간, 불현듯 김용원이라는 이름이 떠올랐다. 이 공포였을까, 그의 그 공포? 그 누가 그 공포를 알까, 하느님인들 그 공포를 알까? 세상에서 오직 나 혼자 감당해야 하는 이 극한의 공포. 그날 이후 문득문득 그때의 기억이 떠오르곤 했다.

성공회

그 옛날 덕수궁 돌담길의 고등학교를 다니던 시절, 성공회 수녀원의 기숙사에 살던 친구가 있었다. 어느 날 '성공회 주교좌 교회' 표지판을 스쳐가다 문득 옛 생각이 나서 교회로 들어가 봤다.

원 설계도대로 완공되었다는 성당은 미완으로 소탈하던 그때의 성당과 달리 매우 품격있는 건축물로 변해 있었다. 그러나 인간적인 규모에 경내도 그대로인 성당은 여전히 친근했다. 이후, 명동 성당의

고딕 양식과는 또 다른 로마네스크 건축 양식의 세련된 아름다움에 매료되어 수차례 건축물 투어를 다녔다. 그러던 끝에 드디어 교회 예배까지 참석하고 성공회의 역사와 독특한 예배 스타일에 주목하게 되었다.

성공회는 주지하듯, 헨리 8세의 왕권과 로마 교황의 신권이 충돌한 끝에 탄생한 종교로, 가톨릭의 전통과 개신교의 개혁성을 모두 품은 Via Media, 중용의 길을 추구하는 교단이다.

이런 교단답게 성공회의 예배는 천주교식의 의례가 있지만, 신도를 대하는 방식은 무척 자유로웠다. 또 신부님의 설교는 신앙심을 고취시키는 드라마틱한 호소나 열변 없이, 대학 강단의 교수님의 강의이 듯 냉철하고 객관적이었다. 한마디로 상당히 자유로운 중도의 종교였다.

군산

어릴 때 내게, 아니 우리들에게 군산은 신비로운 물자가 쉼없이 흘러나오는 화수분 보물창고였다. 나쯔미깡에 츄잉검, 럭스비누에 도로프스, 다리미에 트랜지스터까지 없는 것 빼고 다 있는 곳이 군산이었다. 양 손에 U.S. ARMY 보스톤백을 들고 대문간을 들어서던 멋쟁이 미제 아줌마는 바로 군산의 상징이었다. 수학여행지인 장항 제련소에서 아득히 바라다 보던 군산은 먼 이국의 항구처럼 신비하고 화려했다. 군산에서 근무중인 아버지를 찾아 가는 기차도 늘 설렘이었다. 풍요로운 도시의 키다리 아저씨가 벌써부터 대합실에 나와 기다리고 있을 테니까.

그러나, 멋모르던 유소년기의 기억과 달리 철든 눈으로 바라본 군산은 사연이 많은 도시였다. 장항 제련소에서 아련히 바라보던 낭만적인 항구는 일제의 쌀 수탈을 위한 식민지 항구였고, 레이션 박스나 US army 백이 열리던 황홀한 광경 뒤에는 6.25 전쟁의 깊은 상흔이 있었다. 또 키다리 아저씨가 기다리던 대합실은, 보따리 하나 꿰차고 산업화가 한창인 서울 부산의 공장으로 떠나는 여자 아이가 자꾸 대합실 시계를 올려다 보던 곳이었다.

어릴 적 물질적 풍요의 도시로 비쳐졌던 서해안의 항구 도시 군산은, 실은 한국 근현대사의 수난과 발전과 갈등을 압축해서 품고 있는 복잡다단하게 아픈 도시였던 것이다.

쇠락한 자태의 쓸쓸함과, 남아 있는 흔적의 반가움과, 중층적으로 쌓인 갈등의 복잡함이 교차하며 다가오는 군산.

이런 군산에서 언젠가부터 모종의 흐름이 감지되기 시작했다. 거리마다 캠페인과 포스터가 붙여지고 있었다. 어릴 적의 비행기 삐라나 전봇대 포스터와 흡사한 것들이, 정반대의 내용으로 그대로 반복되고 있었다. 이런 동어반복의 현상 앞에서 수십년 전의 광경이 데자뷔로 떠올랐다.

『탁류』와 『아리랑』

지금 군산의 근대역사문화거리에서는 채만식의 『탁류』와 조정래의 『아리랑』이 일제강점기의 중요한 증언자 역할을 하고 있다.

　『탁류』는 군산이 식민지의 항구 도시로서 안착되던 1930년대 말, 돈 성욕 등의 추악한 탁류에 휩쓸려 들어가는 세태와, 이에 저항하는 의식들을 디테일하게 그려낸 일종의 SEIN적 성격의 소설이다. 반면 『아리랑』은 군산이 식민지 항구로 형성돼 가던 1900년대 초, 일제의 수탈과 착취에 거세게 항거하는 노비 소작농 출신 인물들의 활약상을 그린 SOLLEN적 성격의 소설이다.

만약 이 두 소설에 본 소설의 채용만이 들어간다면 어떤 모습으로 그려졌을까 생각해 본다.

『아리랑』은 본 소설의 등장인물 채용만이 아니라 채용만의 조부나 부친의 시대다. 『아리랑』의 방영근이나 지삼출처럼 외거 노비 출신이지만, 장대한 골격도 분노도 지니니 못한 하찮은 두 사람은, 차마 엑스트라조차도 못 되지 않았을까 싶다. 그들이 한 일이라고는 고작 피눈물나는 여덟살 배기 채용만을 두고 질병으로 죽어버리는 일이었으니까.

『탁류』에서는 일본인들이 모여사는 신흥동 이야기가 거의 나오지 않는다. 따라서 채용만은 단편소설 「치숙」에서처럼 신흥동 어느 일본인 상점에서 고스까이로 빌붙어 사는, 또 하나의 탁류형 조선인으로 잠깐 언급되지 않았을까 싶다.

말하지만, 본 소설의 채용만은 물질적 성취를 꿈꾸었으되 『탁류』의 추악한 욕망의 군상들과는 다른 인물이다. 굳이 찾아 보자면 의식 있는 의사 남승재와 비슷한 유형일 듯하다. 노비 출신의 선조를 둔 채용만의 삶의 목표는 오직, 그를 얽어매는 가난과 신분의 질곡에서 벗어난 인간다운 삶이었다. 적절히 부를 사회에 환원하며 문화도 향수할 수 있는 부의 축적, 그것이 꿈인 보통의 사람이었다.

소설 형식과 스타일

본 소설은 넓게 추리 소설(whodunit)의 범주에 든다. 실제로 소설의 초반부에서 주인공이 사건을 접수하며 셜록홈즈 프로젝트라는 명칭을 붙이기까지 했으니까.

그러나, 여러 단서들을 놓고 해답을 찾는 귀납 추리와, 하나의 단서에서 여러 가능성을 열거하는 연역 추리가 혼재하는 일반 추리소설과 달리, 본 소설은 주로 정보 제공자의 정보에 의존해 사건의 실체에 접근해 가는 추적의 방식에 가깝다.

그리고, 마지막에 찾아낸 범인도 사람이기보다는 알껍질 속에 갇힌 그 당대의 사회상과 의식이라고 할 수 있다.

따라서, 이 소설에 추리소설이라는 명칭은 부담스럽다는 생각이 들었다. 자칫 스릴러물로 오해될 수 있기 때문이다.

소설을 끝내고 보니 대화체 형식이 높은 비중을 차지하고 있다. 결코 처음부터 의도한 게 아닌데 그렇게 되어 있었다.

대화체는 디에게시스와 미메시스, 작가의 직접적인 말하기와 보여주기의 스펙트럼 상에서 보여주기에 조금 더 가까운 위치에 놓인다. 그러나, 인물들의 다성성의 대화가 직설적으로 개진된다는 점에서는 디에게시스적인 성격도 다분한 형식이다.

결국 이런 대화체 형식은 평소 소설을 읽으며, '위대함의 이름 아래 작가가 무소불위의 이데올로그다.' 또는 '언어 미학적인 감추기 기법을 빌어 좀체로 자신을 드러내지 않는 기호론자네.' 하던 푸념이 형식으로 전화되어 나타난 경우가 아닌가 싶다.

표면적인 언설로 노출되는 의식 사상과 달리, 작가적 무의식이 발현되는 곳은 스타일이라는 말이 실감나는 지점이다.

아브락사스 탁류 위로 날다

2025년 12월 28일 초판 1쇄

지은이 이유온

펴낸이 이호숙

펴낸곳 (프레스)우드브리지

출판등록 2025년 11월 17일(제2025-000049호)

주소 서울시 도봉구 시루봉로 2길 80

전화 02-552-3604/ 010-4837-3604

팩스 02-552-3604

홈페이지 https://Woodbridge.co.kr

e-mail: dhsyyk@naver.com

ISBN 979-11-996539-0-0